KB171154

당신이
문을 열었습니다

당신이
문을 열었습니다

윤설 장편소설

ㅊㄴㅎ

차례

불편한 문자

⬤⬤

「안녕하세요, 고아진 선생님. 지인의 소개로 상담에 대해 문의드리고 싶은 게 있는데 언제쯤 통화 가능한지 알려주시면 제가 전화드리겠습니다.」

꽤 정중하고 조심성 있는 문자다.

「네. 4시~5시 사이에 통화 가능합니다.」

「감사합니다. 그럼 4시에 전화드리겠습니다.」

아진은 출근하자마자 문자에 답장을 보낸 다음, 커피를 내렸다. 그러고는 지난주에 새로 구매한 드보르자크의 〈고요한 숲〉 CD를 틀었다. 상담센터를 오픈한 후, 아진은 월요일이 좋아졌다. 오피스텔을 계약하고 인테리어에 필요한 소품 하나하나를 고르면서 아진이 제일 염두에 두었던 것은 공간이 주는 따뜻함이었다. 내담자들이 이 공간에 들어왔을 때, 편안하고 안전하게 느꼈으면 했다. 존중받는다는 생각이 들면서 신뢰감을 가졌으면 좋겠다고 말이다. 아진 자신에게도 이곳은 일터이면서 동시에 쉼터이다.

아진은 일정이 적힌 수첩을 펼쳤다.

오전 11시에 예약된 양주영.

회사 사람들과의 회식 자리에서 과장 머리에 소주를 붓는 사고를 친 뒤, 6개월째 취업준비생이다. 평소에는 다른 사람과 눈도 못 맞추는 주영은, 몸에 술만 들어가면 아무에게나 시비를 걸어 경찰서에서 아침을 맞을 때가 많다. 술이 깨면 아무것도 기억하지 못한다. 이런 문제로 약혼자에게 파혼당하고, 가장 친한 친구들에게마저 '손절당하는' 바람에 두 달 전 아진을 찾아왔다.

오후 2시에 오는 강수진.

한 남자와만 스물일곱 번째 이별과 만남을 반복하는 강수진은 지난 주말에도 하룻밤 사이 네 번이나 이별과 만남을 반복했다.

"선생님, 저 정말 미쳤나 봐요. 지난 주말에 누가 저를 CCTV로 훔쳐봤다면 아마 제정신 아니라고 생각했을 거예요."

"무슨 일 있었어요?"

"주말에 제가 단풍 구경 가고 싶다고 해서, 태호 씨가 아침 일찍 절 데리러 왔거든요. 그런데 갑자기 생리를 하게 돼서 배가 너무 아픈 거예요. 제가 어지간했으면 기분 망치지 않으려고 참으려고 했어요. 그런데 참을 수 없을 만큼 아픈 거예요. 선생님 아시죠? 생리통 심하면 토할 것 같고, 죽겠는 거.”

“네, 심했나 봐요.”

“네~ 그래서 약 먹었으니 통증 좀 가라앉으면 출발하자고 했더니, 차가 막힌다며 그냥 출발하자는 거예요. 얼마나 서럽던지 이런 기분으로는 못 간다고 가지 말자고 소리쳤죠. 그랬더니 태호 씨도 화를 내면서 정말 그냥 가버리는 거예요!”

태호가 떠나고 나서야 수진은 기억이 났다. 전날 야근이던 태호가 오전에 좀 자고 늦게 출발하면 어떻겠냐고 했을 때, 차 막히니 일찍 출발해야 한다며, 그냥 오라고 딱 잘라 말했었다. 뒤늦게 미안해진 수진은 태호에게 다시 전화해서 오라고 했다.

“결국 같이 가는데, 가면서 계속 아무 말도 안 하는 거예요. 내가 미안하다고까지 했는데, 기분을 안 풀면 제가 뭘 더 어떻게 해요? 그래서 숙소에 도착할 때까지 저도 한마디도 안 했어요. 짐 풀고 나가자며 태호 씨가 제 캐리어를 툭 던지는 거예요. 그래서 당장 내 눈앞에서 꺼져버리라고 소리쳤어요. 숙소는 제 돈으로 예약했거든요!”

‘정말 제멋대로군.’

아진은 속으로 생각했다. 아진은 수진이 남자친구들에게 하는 짓들을 듣고 있으면 당하는 남자들 엉덩이를 한 대 걷어차고 싶어진다. 당연히 수진의 등짝부터 한 대 치고 난 뒤에.

"아니, 그렇다고 그런 말을 했다고요? 태호 씨도 야근하고 수진 씨 집에 9시까지 오려면, 몇 시간 잠도 못 잤을 것 같은데."

"선생님은 누구 편이세요? 저도 알아요! 아니까 미안하다고 하고 아픈데도 참고 간 거잖아요! 꺼지란고 아픈 사람을, 그것도 여자 혼자 숙소에 두고 그냥 가버리는 건 잘한 일인가요?"

한마디 했다가 불똥이 아진에게 튀었다. 아진에게도 익숙한 일이다. 아진은 물러서지 않았다.

"정말 가는 걸 원하진 않았나 봐요? 태호 씨가 어떻게 해주길 바란 거예요?"

"알아요, 나도 안다고요! 저도 제가 왜 이러는지 모른다고요! 다 가버리라고 하세요. 선생님도 이런 제가 질리시죠? 선생님도 이제 가버리세요. 어차피 전 늘 혼자였잖아요!"

수진에게는 타인에 관한 관심도, 배려심도 없다. 상대를 질리게 만들고, 질려서 떠날까 봐 두려워지면 후회하고 용서를 빈다. 하지만 그 후회와 용서는 다른 사람을 생각하는 진정한 마음에서가 아닌, 버려짐에 대한 두려움 때문이다. 그래서 이 반복된 관계 패턴은 변하지 않는다. 수진은 아진에게 3년 전부터 상담받고 있지만 지금까지도 매달리기와 밀어내기를 반복하고 있다.

53세 윤진호는 5년 전, 가장 친한 친구에게 사기를 당해 청약에 당첨된 아파트 잔금을 모두 날렸다. 급하게 사업자금이 필요하다며 딱 한 달만 쓰고 돌려준다더니 잠적해서 지금까지 목소리 한 번

듣지 못했다. 그동안은 법적인 문제를 해결하느라 정신없이 보내다가 이제 겨우 수습이 되었는데, 갑자기 운전 중에 과호흡이 와서 목숨을 잃을 뻔했다. 친구 잃고, 돈도 잃고, 아내에게 이혼까지 당한 그는 이제 공황발작으로 직장까지 잃게 생기자, 모든 일을 뒤로하고 상담실 문을 두드렸다.

내담자가 앉을 의자의 쿠션을 다독다독해 놓으며 아진은 오늘 예약된 여섯 명의 내담자들을 한 명 한 명 떠올렸다. 이 행위는 첫 세션이 시작되기 전, 마음을 차분하게 가라앉히는 아진의 오래된 리추얼이다. 아진을 만나러 이곳에 찾아오는 내담자들은 각자의 삶에서 치열하게 사느라 애를 쓰는 사람들이다. 과거의 상처와 싸우고, 현재의 관계와 싸운다. 괴롭힘을 당하면서도 피하지 못하고, 괴롭히면서도 멈추지 못하는 사람도 있다. 자신의 정신을 갉아먹으면서도 그만두지 못하는 어떤 행동이나 생각 때문에 괴로워하는 사람. 벼랑 끝에 서서 앞으로 나아가지도 못하고 뒤로 물러나지도 못하는 안타까운 사람들이 아진을 찾아온다.

며칠 전 딸이 전화해서 오늘 오후 3시로 예약을 잡은 65세 최순자.

그녀는 다음 달에 결혼할 딸과 이제 막 취업한 아들, 그리고 편의점을 운영하는 남편과 산다. 최순자는 딸의 상견례 자리에서 결혼 날짜를 잡고 온 날부터 이상해졌다. 갑자기 냉장고에 있는 음식과 식재료들에서 냄새가 난다며 냉장고의 모든 음식을 내다 버리더니, 수돗물에서 약 냄새가 난다며 물을 사용하지 못하게 한단다. 그래서 가족들은 생수로 간단하게 씻고 집에서 요리도 못 하고 있다. 하루 이틀은 참을 수 있었지만, 화장실에서 볼일까지 못 보게 하자 순자의 남편은 폭발했다. 딸의 만류에도 불구하고 대변이 급하다며 화장실로 성큼성큼 걸어가는 남편을 순자가 달려들어 러닝셔츠를 잡아당기는 바람에 남편의 러닝셔츠가 찢어졌다. 이 모습을 지켜본 딸은 그때부터 신경정신과에 가보자고 매일 엄마를 설득하다가 안 돼서 고아진에게 데리고 왔다. 아진은 최순자 씨를 설득해, 병원에도 가고 상담도 받기로 했다. 집으로 돌아가는 모녀를 배웅하고 돌아서는데, 전화벨이 울린다.

"여보세요."
"저……."
"네~ 오전에 문자 주신 분이시지요?"
4시에 전화를 주겠다던 사람이다. 시계를 보니 정확히 4시다.
"네. 그런데……."
"네, 말씀하세요."
"저기… 제가 상담을 할 건 아니고요, 저희 누나가 상담받았으면 하는데요. 저… 혹시 본인이 직접 가야만 상담해주실 수 있나요?"
"전화 상담도 가능하긴 한데요, 거리가 너무 멀어서 그러신 건가요?"

"아니요. 그런 건 아닌데……. 혹시…… 집으로 와주셔서 상담해주실 수도 있나요?"

"집으로 방문해서 상담하진 않습니다. 오실 수 없는 상황이시면 전화로 하실 수는 있는데요, 누나분이 몸이 불편하신가요?"

'뚜뚜뚜…….'

전화는 순식간에 끊겼다.

몸이 불편하냐고 물어보긴 했지만, 대부분은 심한 대인기피로 인해 집 밖으로 나올 수 없거나 상담받는 것에 대해 본인이 거부하고 있는 상황일 것이다.

수화기 너머에서 오전의 예의 바른 느낌은 사라지고 무례한 사람의 분노가 전달된다. 마치 그럴 줄 알았다는 듯……. 왜 전화를 그냥 끊었을까? 20대 초반이나 중반 정도 되는 젊은 남자의 목소리였다.

어쩔 수 없다. 먼저 전화를 끊은 것은 그쪽이고, 어차피 가정방문으로 상담을 할 수는 없다. 국가에서 운영하는 위기상담기관에서는 가정방문 상담이 있기도 하던데, 남자는 설명할 기회도 주지 않고 전화를 끊어버렸다.

'가정방문 상담 요청'이라는 이름으로 남자의 연락처를 저장해두었다.

날도 더운데 수제빗집에 사람들이 꽤 있다. 다들 땀을 흘리며 뜨거운 수제비를 먹는다. 점심시간에 내려왔다가 긴 줄을 보고 엄두가 나지 않아 포기했는데, 아진은 뜨거운 국물을 넘기고 싶어 점심시간이 지나 다시 식당을 찾았다.

"수제비 하나 주세요."

무슨 사연일까? 누나가 은둔형외톨이일까? 조현병일까? 본인이 상담받고 싶어 했던 걸까?

수제비가 나오기를 기다리는 동안 머릿속이 복잡해진 아진은 머리를 가볍게 흔들었다. 그렇게 전화를 끊었고, 가정방문은 하지 않는다고 딱 잘라 말했으니, 다시 인연을 만들 일은 없을 거라고 생각의 마무리를 지었다.

사실 가정방문 상담을 하지 않는다는 원칙에는 상담자를 보호하는 것 외에도 여러 가지 치료적인 이유가 있다. 자발적인 의지로 상담실까지 걸어 나오는 것이 치료의 시작이란 점에서 이 구조는 중요하지만, 사각지대에 있는 사람들에 대한 딜레마는 여전히 아진의 안에 있다. 아진은 남자와의 통화로 인해 복잡해진 속에 뜨거운 수제비를 밀어 넣고 꿀꺽 삼켰다.

마지막 내담자가 떠난 뒤 간단하게나마 오늘 상담한 것들에 대한 프로세스 노트를 작성하기 위해서 책상 앞에 앉았다.

오후에 급하게 먹은 수제비 때문인가. 가슴에 뭔가 턱 걸려 속이 답답하다.

'뭐지……?'

저녁에 다른 내담자들과 세션을 진행하는 동안에도 한 번씩 그 남자의 목소리가 자꾸만 떠올랐다.

'내 목소리가 혹시 너무 냉정하게 들렸나? 나에게 한 전화가 마지막 SOS는 아니었겠지? 내가 생각하는 것보다 훨씬 더 절박한 상황이면 어쩌지? 나를 소개했다는 지인은 도대체 누굴까? 누군지 알면 사정이라도 들어볼 수 있을 텐데……. 내일 아침 뉴스에 「정신병을 앓고 있는 누나로 인한 절망감으로 가족 동반 자살」이라는 기사가 뜨는 건 아니겠지?'

아진의 프로세스 노트엔 온통 전화 온 남자에 대한 음산하고도 불안한 상상들로 메워지고 있었다. 퇴근하기 위해 아진은 마시던 컵을 싱크대로 가지고 가서 씻었다. 매일 반복되는 퇴근 준비엔 아진만의 규칙이 있다.

사용했던 컵을 씻어 놓고, 에어컨과 공기 청정기, 오디오 전원을 끈다. 대기실 전원도 끄고 화장실 문을 열어 상태를 확인한다. 내담자들이 벗어 놓은 실내용 슬리퍼들을 두 개만 남겨두고 신발장 안에 넣고, 찍찍이 롤러로 소파와 쿠션에 붙은 머리카락과 먼지를 떼어낸다. 겨자색 쿠션을 제일 안쪽에, 회색 쿠션을 제일 바깥쪽에 세워둔다.

오늘은 그 익숙한 순서가 뒤죽박죽이 된 기분이다. 손과 발은 습관적으로 움직였지만, 규칙적인 손놀림과 달리 아진의 정신은 불규칙했다. 엘리베이터 앞에서 문을 잠갔는지, 에어컨을 껐는지, 대기실 불을 껐는지 기억이 나지 않아 돌아가야 했다. 확인해보니

늘 하던 대로 잘 정돈해두었다.

'오늘 나 왜 이렇게 업세시브(obsessive, 강박적)하지?'

아무리 정신을 되찾으려고 해도 쉽지 않았다. 뿌연 정신 때문에 아진의 눈빛은 초점을 찾기가 어려워졌다. 한참 만에 정신을 차렸을 때 엘리베이터가 여전히 7층에 멈춰 있다는 것을 알게 되어 아진은 다시 한번 머리를 털어냈다. 그러고는 짧은 헛웃음과 함께 1층을 눌렀다.

아진은 주차장이 있는 곳으로 걸어가면서 핸드폰을 켜서 카카오톡에 새로 추가된 친구가 있는지 확인했다. 낮에 전화번호를 입력했으니 그쪽에서 일부러 차단하지 않았다면, 그 남자의 카톡을 엿볼 수 있을 거다. 집에 가서 확인해도 되지만, 이상한 행동과 멍한 상태가 그 남자에 대한 저항 같아서 차라리 그에 대한 호기심을 해결해보기로 했다.

「BLACK」

그의 프로필 사진은 온통 검은 배경 위에 하얀색으로 'BLACK'이라 써 있다.

아진의 심장이 가늘지만 빠르게 뛴다.

'미쳐가는 누나가 병원에도 안 가고, 오랫동안 집 안에 있으면서 동생마저 어둠 속에 가두어버렸다. 그리고 그는 오늘 나에게 SOS를 했다.'

아무것도 확인되지 않은 몽상들이 조각조각 아진의 머릿속에서 떠다닌다. 다시 연락이 온다면 그때 고민해도 될 일이건만, 얼

굴도 모르는 남자의 존재는 짧은 통화만으로도 거머리처럼 아진의
정신에 파고들어서 좀처럼 떨어지지 않았다.

깡마른 새끼 고양이

새로 이사할 집을 보러 갔다. 오래된 주택가 골목이다. 이런 동네를 소개하는 부동산 아저씨가 영 마음에 들지 않지만 내색하지 않고 따라갔다. 골목 끝에 오랫동안 사람의 손을 타지 않은 빈집이 한 채 있다. 아저씨는 녹슨 철문 너머로 손을 뻗어 안에서 문고리를 옆으로 밀었다. 발로 문 아래쪽을 걷어차자 요란한 소리를 내며 문이 열렸다. 좁은 마당에는 풀이 허벅지 높이까지 자랐다.

무성한 잡초 때문에 선뜻 들어가지 못한 채 망설이고 서 있는데, 가느다란 아기 울음소리 같은 것이 들렸다. 두리번거리며 소리의 정체를 찾았다. 대문 뒤쪽 나무 아래에 새끼 고양이

한 마리가 묶여 있다.

개에게 목줄을 하는 것은 봤지만 고양이에게 목줄을 매어 놓은 건 처음 본다. 가까이 다가가 보니 얼마나 오랫동안 물을 주지 않았던지 그릇 바닥은 얇게 흙이 굳어져 있다.

새끼 고양이는 깡마르고 털은 군데군데 빠진 채 맥없이 축 늘어졌다. 어떻게 살아 있을 수가 있지? 급한 마음에 가방을 열어 물을 찾았다.

다행히 먹다 남은 생수가 있다.

얼른 가여운 새끼 고양이를 위해 물을 손바닥에 부어 고양이의 입에 가져갔다.

"먹어라. 제발. 먹어야 살 수 있어."

고양이는 힘껏 물을 핥아서 손바닥에 있는 물을 금세 없앴다. 다시 물을 붓고 핥기를 몇 번 반복하고 나서야 고양이는 겨우 눈을 뜨고 이제 제법 들릴 수 있는 소리로 울어대기 시작했다.

도대체 이 주인은 왜 고양이를 여기에 묶어두고 간 걸까? 차라리 풀어놓았으면 자기가 알아서 먹이를 찾아 나갔을 텐데…….

고양이의 목줄을 풀어주고 품에 안았다. 아주 가느다란 숨으로 색색거린다. 먹을 것을 주어야 한다. 여기에 두면 안 된다. 이 집에서 내보내야 한다.

"아줌마, 이런 길고양이를 함부로 만지면 안 돼요! 털도 다 빠

졌구먼. 괜히 병이라도 옮으면 어쩌려고……. 집이 맘에 안
들면 다른 곳으로 갑시다!"
가슴이 아린다.

"여보! 꿈꿨어?"
아진의 남편은 아진의 어깨를 가볍게 흔들며 잠을 깨운다.
"꿈이었구나……. 오랜만에 꿈을 꿨어. 여보, 나 잠꼬대했어?"
"뭐라고 잠꼬대를 한 건 아니고, 흐느끼길래 깨워야 하는 건지,
놔둬야 하는 건지 몰라서 그냥 놔두려고 했는데……."
"응, 잘 깨웠어. 일어나야지."
꿈속에서는 운 것 같지 않은데 남편의 말대로 아진은 자면서 울
었는지 아랫배에 뜨거운 것이 묵직하게 짓누르고, 머리카락은 눈
물로 촉촉하다.
이사. 오래된 골목길. 낡은 빈집. 잠긴 문. 묶여 있는 굶주린 새
끼 고양이. 그리고 물.
아진은 아직 침대에서 나오지 않은 채 잠시 꿈 내용을 떠올렸
다. 그리 오래 생각할 필요도 없이 바로 어제 잠깐 통화를 했던 그
남자가 떠올랐다.
'도대체 그 남자, 왜 이렇게 진하게 내 잔상에 남아 있는 거야?
죄책감을 느낄 일이 아니야. 전화를 먼저 끊은 건 그쪽이잖아. 내가
뭘 어떻게 할 수 있겠어.'
상담에 대해 문의하기 위해 전화 통화를 하다가 비용이 부담된

다며 전화를 끊어버리거나 예약해 놓고 연락 없이 안 오는 경우는 가끔 있는 일이다. 그런데 이 남자와의 통화는 아진의 머릿속에서 유독 지워지지 않는다.

'어쩌면 그리 심각한 상황이 아닐 수도 있어. 그저 집 안에 골칫덩어리인 누나가 상담을 거부하자 홧김에 집으로 상담하러 와줄 수 있냐고 전화한 것일 수도 있잖아.'

아진은 애써 불편한 심기를 달랬다.

"엄마! 밥 안 줘?"

아진의 큰딸 윤희가 밥주걱을 들고 멍하니 서 있는 아진의 얼굴 앞에 손을 흔들고서야 비로소 아진의 생각이 멈췄다.

"어? 어… 윤희야, 앉아. 밥 줄게~ 잘 잤어?"

"엄마, 강희도 깨울까?"

"응, 그래~ 강희도 일어나야 해."

아홉 살 윤희는 두 살 어린 강희를 유난히 잘 챙긴다. 그것은 강희가 엄마 배 속에 있을 때부터 그랬다.

아진은 출근하자마자 핸드폰을 열었다. 부재중 전화가 한 통 와 있다.

발신자는 '가정방문 상담 요청'.

아진의 머릿속에 여러 가지 생각이 동시에 스쳐 지나간다. 상상했던 나쁜 일이 일어나지 않았다는 것과, 좀더 친절하게 말할 수 있는 기회가 다시 주어졌다는 것에 대한 안도감이다.

하지만 동시에 아직 결정하지 못한 일에 대한 부담감도 있었다. 또다시 가정방문을 요구한다면 어떻게 답변해야 할지 아진은 아직 결정하지 못했다.

곧 내담자가 도착할 시간이라 통화를 할 수 없어 간단히 문자를 남겼다. 부재중 전화를 확인하고도 답이 너무 늦어지면 그 남자에게 두 번째 거절감을 줄 수 있기 때문이다.

지하철 자리에 유별나게 집착하는 유승만이 도착했다. 승만은 오는 길에 하마터면 지하철에서 소리를 지를 뻔했다는 이야기로 시작했다. 그는 빈자리를 확인하고 기쁜 마음에 지하철 문이 열리자마자 자리를 향해 걸어갔는데, 옆 칸에 있던 아주머니가 쏜살같이 달려와서 그 자리에 앉고 말았다는 거다. 승만은 아주머니 앞에 서서 정수리를 노려보면서 분노를 삭이느라 힘들었다고 불평을 늘어놓았다.

"어떻게 그렇게 할 수 있었어요?"

아진이 이렇게 물어본 이유는, 승만이 이런 상황에 한마디 시비를 걸지 않고 참은 것이 처음 있는 일이기 때문이다.

"선생님 얼굴이 떠올랐어요. 빨리 와서 선생님께 이 이야기 하려고 생각하니까, 내가 이런 아줌마랑 싸워서 뭐 하겠나 싶더라고요."

아진은 크게 웃었다.

사실 승만이 집착하는 것은, 지하철의 자리가 아니다. 막내삼촌의 아들에게 빼앗긴 아빠의 옆자리다. 막내삼촌과 숙모는 가족여행 중 교통사고를 당해 모두 그 자리에서 세상을 떠났고, 아들만 살아서 승만의 집에서 같이 살게 되었다. 사촌동생과 함께 살면서부터 승만의 아빠는 승만에게 가엾은 사촌동생에게 모든 것을 양보하도록 강요했다. 자신을 향한 관심을 빼앗기고 부모님뿐 아니라 모든 좋은 것을 사촌동생에게 양보하고 빼앗긴 승만은 자신의 것을 침범하는 것에 과한 피해의식과 분노를 느낀다.

"잘했네요. 와서 이야기하면 내가 뭐라고 할 것 같았어요?"

"선생님이야 내 편 들어주고, 저 대신 그 아줌마 욕 실컷 해줄 것 같았죠."

"그럽시다. 오늘 우리 그 아줌마 욕 한바탕 해줍시다. 온종일 그 아줌마 귀가 가렵겠네."

"됐어요. 내가 왜 그깟 아줌마 이야기로 이 소중한 시간을 다 쓰겠어요. 이제는 괜찮아요."

서른두 살 유승만은 아직 한 번도 행동으로 옮기진 않았지만 저러다 언젠가는 사람에게 상해를 입힐 수도 있겠다는 걱정을 했었다. 1년이 지난 지금 그에게 변한 것이 있다면, 뭔가를 하려는 그 순간에 상담사 고아진을 떠올리면서 스스로를 진정시킬 수 있다는 것이다.

승만이 떠난 뒤 아진은 잊지 않고 '가정방문 상담 요청'에게 다시 한번 답장을 보냈다.

「상담 중이라 전화를 받지 못했습니다. 안 그래도 그렇게 전화를 끊고 나서 마음에 걸렸는데 다시 연락을 주셨네요. 제가 2시에서 3시 사이에나 편하게 통화를 할 수 있을 것 같은데 그 시간에 통화 괜찮으신가요?」

「네. 그날은 예의 없게 그냥 전화를 끊어서 죄송합니다. 2시에 제가 전화드리겠습니다.」

역시 깍듯한 말투다. 이런 문자를 받고 나니 그날 화가 나서 끊은 것이 아니라, 어떤 사정이 있었던 것은 아닐까 하는 생각이 들었다. 이렇게라도 다시 연결되고 나니 아진의 마음은 한결 가벼워졌다.

2시가 되었는데 전화벨이 울리지 않았다. 아진은 시계만 보며 전화벨이 울리기를 초조하게 기다리게 된다. 그러나 아진은 아직도 결정을 내리지 못했다. 다만 이야기를 우선 들어보자는 생각이었다.

5분이 지났다.

이 남자의 연락은 이상한 긴장감을 준다. 마치 아진을 강하게 자극하고는 숨어버리며 숨바꼭질을 하는 것 같다.

「선생님, 정말 죄송합니다. 혹시 제가 찾아뵙고 말씀드려도 될까요? 선생님 가능하신 시간에 제가 맞춰 가겠습니다. 번거롭게 해서 정말 죄송합니다.」

전화 대신 문자다. 어쩐지 쉽지 않게 느껴진다. 왠지 늪에 휘말리고 있는 느낌이다.

「내일 오후 1시나 3시에 빈 시간이 있는데 혹시 그 시간에 가능하시겠어요?」

「1시에 찾아뵙겠습니다.」

「네, 그럼 주소 찍어 보내겠습니다. 내일 뵙겠습니다.」

「네, 선생님. 감사합니다.」

히키코모리 누나

약속한 1시를 지나 1시 10분이다. 역시 오지 않았다.

'문자 보내고 1분 안에 답이 오지 않으면 난 당장 지갑을 들고 점심이나 먹으러 갈 거야.' 아진은 더 이상 이 숨바꼭질에 자신의 에너지를 쓰고 싶지 않았다.

「오시는 중이신가요?」

「늦어서 죄송합니다. 지금 올라가는 중이에요.」

얼씨구! 심장이 뛰기 시작한다. 화가 나서 뛰는 건지, 아진의 삶에 갑자기 끼어든 이 남자에 대한 무의식적인 반응인지 잘 모르겠다.

'딸랑딸랑' 조심스러운 풍경 소리를 내며 남자가 들어왔다.

남자는 더운 날씨임에도 긴 팔 남방에 작업용 조끼까지 입었다. 마른 몸은 긴 옷과 평퍼짐한 바지로 가렸지만, 광대가 툭 튀어나온 깡마른 얼굴은 모자로도 충분히 가려지지 않았다. 무엇보다 앙상한 손목과 손등이 아진의 시선을 집중시켰다. 잔뜩 긴장된 눈빛과 안면에 약간의 떨림이 있는 이 남자는, 불면 날아갈 것 같다.

아진은 꿈속에 나왔던 마른 새끼 고양이가 생각났다.

"안녕하세요. 고아진 선생님이신가요?"

"네, 어서 오세요. 찾기 어렵진 않으셨어요?"

무언가에 질려버린 것 같은 무력감이 온몸에서 뿜어져 나오는 남자를 보자 아진은 마음속에 연민이 채워졌다.

"아닙니다. 늦어서 죄송합니다."

"들어오세요."

아진은 리모컨을 들어 에어컨 온도를 21도로 더 낮춰주었다. 남자가 방 안에 들어오고 아진이 방문을 닫자마자 남자는 쓰러지듯 바닥에 무릎을 꿇고는 울음을 터뜨렸다.

"선생님, 저희 좀 살려주세요."

이 울음은 너무 참아서 더 이상 참을 수 없어 토해내듯 뿜어 나오는 울음이다. 오는 동안 얼마나 주저앉아 이렇게 울고 싶었던 걸까 생각하니 아진은 그가 늦게 오는 것을 탓한 자신이 원망스러웠다. 남자는 겨우겨우 여기까지 울음을 삼키며 왔을 것이다.

그는 지금 운다. 온몸을 떨며 흐느끼고 있다. 아진은 휴지를 뽑아 남자에게 건네주었다.

"감사합니다. 죄송합니다."

"괜찮아요. 괜찮습니다."

20대 후반 정도 된 키 큰 성인 남자가 다섯 살짜리 꼬마 아이처럼 주저앉아 양쪽 옷소매로 눈물을 훔치며 운다. 서 있자니 구경꾼처럼 느껴질 것 같아 아진은 남자에게서 한 발짝 물러서서 의자를 끌어다가 앉았다. 그리고 조용히 그가 입을 열 때까지 기다렸다.

'단순히 동정심에 끌려 가정방문 상담을 약속해선 안 된다. 그래! 집에 있는 누나에겐 갈 수 없지만, 이 남자는 상담실에 올 수 있으니 이 남자를 상담해주겠다고 하면 되겠다.'

눈앞에서 울고 있는 남자를 보며 아진은 미룬 결정을 이렇게 마무리했다.

"선생님, 제발 저희 좀 살려 주세요."

"일어나서 의자에 앉으실 수 있겠어요?"

"네……."

얼마나 울었는지 축 늘어진 몸을 겨우 일으켜 남자는 의자 깊숙이 들어가 앉았다. 아진은 문을 열고 나가 적당히 차가운 물을 가져와서 남자 앞에 두었다.

"괜찮으세요? 물을 마시는 게 좋겠어요."

"감사합니다."

남자는 힘겹게 물을 몇 모금 마셨다. 꿈속에서 물을 핥아 먹던 새끼 고양이가 또 한 번 아진의 머릿속에 스쳐 지나간다.

"죄송합니다. 초면에 이렇게 울어서……."

아진은 잠시 사이를 두고 남자를 물끄러미 보다 말했다.

"그런데… 많이 참았던 눈물 같아요."

아진의 말에 남자는 남았던 눈물을 한 번 더 쏟아냈다.

"네. 한 번도 다른 사람 앞에서 울어본 적이 없습니다. 여기 오려고 지하철을 탈 때부터 자꾸 눈물이 나와서 일찍 출발했는데도 몇 번 내렸다가 다시 타느라 늦었습니다."

"그랬군요."

그랬던 거였다. 한 번에 올 수 없을 만큼 이 길이 어려웠던 거였다.

남자의 이름은 서정훈.

58세 된 어머니, 세 살 터울의 누나와 함께 살고 있다. 정훈은 고등학교를 졸업하고 친구 아버지 회사에서 영업 일을 하다가 6년 전부터 대형마트에서 물품을 관리하는 일을 하고 있다.

누나 서우영은 서른두 살인데 5년 전 어느 날 방에 들어가더니 그 뒤로 한 번도 집 밖을 나간 적이 없는 히키코모리이다. 가족은 우영의 얼굴을 거의 본 적이 없는데, 우영이 집 안에 아무도 없을 때만 방에서 나오기 때문이다. 화장실을 갈 때와 먹을 것이 필요할 때만 우영은 방에서 나온다. 우영의 엄마 미숙은 동네 한정식집에서 오후 3시부터 밤 11시까지 일하는데, 우영은 거의 그 시간에만 거실에 나와서 활동한다.

미숙은 상담센터나 신경정신과를 찾아가 딸의 상태를 설명하고 상담을 요청했지만, 한결같이 본인이 직접 와야 한다는 답변을 들어야 했다.

"상황을 먼저 말씀드리는 것이 예의라는 건 알지만, 누나에 관한 이야기를 이미 몇 분들에게 했었는데, 결국 누나 얼굴을 봐야 상담을 할 수 있다고 거절당했습니다. 선생님이 저희를 도와줄 수 있는지 대답을 듣기 전엔 아무 말도 하고 싶지 않습니다. 제가 다 이야기를 한다 해도 와주실 수 없다고 하면 저희를 또 한 번 죽이시는 겁니다. 집을 방문하신 분들도 누나랑 한마디도 나누지 못했고, 누나의 방문을 열지 못했습니다."

정훈의 말은 예의 바르게, 그러나 매우 공격적으로 들렸다.

"그랬군요⋯⋯. 본인의 의지가 없다면 방문을 한다고 해도 도움을 드리는 게 어렵긴 합니다. 어쩌면 누나에겐 자신의 동의 없이 누군가가 집에 방문한다는 것 자체가 더 침범으로 느껴질 수 있을 거예요. 정확하게 어떤 상황인진 모르지만⋯⋯."

"그런가요?"

"네. 그런 일들이 오히려 누나의 방을 더 단단하게 잠그게 할 수도 있습니다."

"그럼 어떻게 해야 하나요? 그냥 우리 같은 사람은⋯ 그냥 다 같이 죽어야 하는 건가요?"

정훈의 목소리는 점점 더 격양되었고, 당장이라도 의자를 박차고 방을 나가버릴 것만 같았다.

"누나가 만약 누군가에게 문을 열어준다면, 그건 그 사람에게 무언가 기대하는 것이 있을 때가 아닐까요? 그게 뭘까요?"

비자발적인 내담자는 변화를 기대하기 어렵고, 상담사를 지치게 한다. 그들에게는 상담을 통해 바라는 것이 아무것도 없기 때문이다. 심지어 마음의 고통을 겪고 있다 하더라도 그 고통을 조금도 덜어내고 싶지 않은 이들에게 상담사의 접근은 그 자체로도 침범이 될 수 있다는 것이 아진의 생각이다.

분노든. 슬픔이든. 죄책감이든. 한 숟가락도 덜어내지 않고 온전히 고통을 뭉개고 살려는 사람.

고통과 함께 동거하고 싶어 하는 사람이 있다. 아진은 그 선택을 비난하거나 멈추도록 할 권한은 누구에게도 없다고 생각한다.

단, 그 멈춘 시간을 현실은 기다려주지 않는다는 것이 문제다.

그 멈춘 시간 동안 부모와 형제의 시간은 흘러간다.

그 멈춘 시간 동안 어린 자식의 소중한 시간도 함께 멈춰버린다.

안타깝게도 그 멈춘 시간 동안 현실은 기다려주지 않고 매일매일 흘러간다.

"선생님은 가정방문 상담도 하신다고 들어서 연락드린 거예요. 선생님이 설득해서 상담실에 오게 한 사람이 있다고 들었습니다."

"누굴 말씀하시는 건지…… 어느 분한테 저를 소개받으셨어요?"

"직장에서 같이 일하는 동료인데요, 신은지라고⋯⋯. 몇 년 전에 선생님께서 신은지 씨 집에도 오시고, 상담도 해주셨다고 들었습니다."

신은지

●●

8년 전의 일이다. 당시 고아진은 대학원 동기 몇 명과 일주일에 하루, 구청에서 의뢰하는 내담자들을 무료로 상담해주는 자원봉사를 했었다. 그때 사례관리자를 따라 열일곱 살 은지네 집을 방문한 일이 있다.

은지는 조현병을 앓고 있는 엄마, 지적장애인 아버지와 함께 7.5평 되는 임대아파트에 살고 있었다. 은지의 엄마는 아파트단지를 돌아다니다가 아무 곳에서나 속옷까지 홀러덩 벗어버린다. 그때마다 은지는 경비 아저씨의 전화를 받고 엄마를 붙잡아 와야 한다. 병원에 가서 엄마의 약을 받아 오고 하루에 두 번씩 잊지 않고 먹이는 일도 고등학교 1학년 은지의 몫이었다. 은지는 학교에 가기 전에 잠을 자는 엄마를 깨워서 뭐라도 위장에 넣어주고 한바탕 난리를 치른 뒤 아침 약이 엄마의 목구멍에 들어가는 것을 확인했다. 아빠에게 맡겨보기도 했지만, 아빠는 약을 먹으라고 엄마를 다그치기만 할 뿐, 안 먹으면 그만이라는 식이다. 아빠는 은지만큼 약의 중요성을 모른다.

하루는 은지가 학교에 간 사이에 엄마가 담배를 피우고 온다며 혼자 밖으로 나갔다. 그리고 노인회관 복도 의자에 올라가선, 은지 친구들도 모여 있는 곳에서 옷을 다 벗어버렸다. 그 소동이 벌어진 날도 엄마가 약을 거른 날이었다.

그날도 집 안에 먹을 것이 아무것도 없어서 두유와 아침 약을 자는 엄마 머리맡에 놓아두고는 아빠에게, "엄마가 일어나면 두유 먹이고, 약도 꼭 먹여."라고 신신당부했었다. 하지만 온종일 TV 앞에 누워서 뭐든 소리만 지르는 아빠는 그날도 엄마에게 약 먹으라고 소리만 질렀다.

집으로 돌아오는 길에 경비 아저씨에게 소동을 들은 은지는 집으로 들어오자마자 약이 그대로 있는 것을 보았다.

잠든 아빠에게 성큼성큼 걸어간 은지는 소리쳤다.

"나보고 어떻게 하라고! 나도 학교는 다녀야 할 것 아냐! 나보고 대체 어떻게 하라는 거야!"

자다가 은지의 고함에 놀란 은지의 아빠는 황급히 몸을 일으켜 세웠다. 그도 그럴 것이 한 번도 은지가 화를 내거나 큰 소리를 내는 것을 들어본 적이 없었기 때문이다. 은지 아빠는 말문이 막혀 은지를 멍하니 바라만 보고 있었다.

"약 하나 먹여달라는데 그게 그렇게 어려워? 나보고 어떻게 하라고!"

"저 여편네가… 내가 아까 약 먹으라고 했잖아! 니 엄마가 언제 내 말 듣냐? 아까도 담배 피우러 나가지 말라고 그렇게 해도 기어이 나가더니 그 망신을 떨고 돌아다니고……. 내가 동네 창피해서 나갈 수가 없다."

"죽자. 아빠, 그냥 우리 다 같이 죽자."

은지는 부엌으로 가더니 가스 호스를 왼손으로 야무지게 잡고는 칼로 호스를 베어버렸다.

"이놈의 집구석 불 질러버리고 다 죽자."

칼을 든 손을 좌우로 흔들며 은지가 울부짖었다. 집 안에 가스 냄새가 퍼지기 시작했다. 은지의 엄마는 그저 큰 소리가 나는 것이 무서워서인지 안방 이불 속에 얼굴을 파묻고 나오지 못했고, 은지의 아빠는 겁에 질려 119에 신고했다.

은지가 등교 거부를 하고 집에서도 나오지 않은 것은 그때부터였다.

죽을 만큼 버텨오던 은지는 그날 삶의 모든 끈을 내려놓았다.

그날의 일로 은지의 엄마는 다시 정신병원에 입원하게 되었고, 은지 역시 우울증 약을 먹기 시작했다. 하지만 사례관리자가 상담을 의뢰한 것은 다른 이유였다.

사례관리자는 한 달에 한 번씩 은지를 찾아가 반찬이나 부식거리를 전달하고 집 안도 살피곤 했는데, 한번은 집 안에서 시큼하게 상한 냄새가 진동했다. 냉장고며 쓰레기통을 다 살펴봐도 냄새의 근원을 찾지 못했다. 결국 은지를 설득해 은지의 방 안에 들어가서야 냄새의 근원을 찾아냈다.

빈 케첩 통들이었다.

무려 스무 통이 넘는 빈 케첩 통들이 여기저기 나뒹굴고 있었다. 도대체 언제부터 먹었던 것을 모아둔 것일까. 은지가 계속 살이 빠진 이유도 이것 때문이었다. 아기 때부터 통통했던 은지의 몸은 3개월 만에 7킬로그램이나 빠졌지만 두꺼운 옷을 입고 모자를 눌러써서 몸이 이 지경이 된 줄 사람들은 알아채지 못했다.

사례관리자는 은지를 설득하려고 했지만 이미 다른 음식은 삼키지 못하고 바로 구토를 한다는 말에 아진에게 상담을 의뢰하게 된 것이었다.

아진은 은지를 만나러 집으로 갔다. 그리고 설득 끝에 상담실까지 나오게 하는 데 성공했다. 단, 환한 낮을 피해 또래 아이들이 모두 학원에 가 있는 어두운 시간에 오도록 했다. 살아갈 희망을 전혀 찾지 못한 사람에게 상담은 사치처럼 생각된다. 상담을 받겠다는 것은 살아보겠다는 희망을 다시 부여잡는 것이기 때문이다.

은지는 엄마를 자기 손으로 다시 병원에 입원시켰다는 죄책감을 덜어낼 마음이 없었다. 은지는 낯선 남자 둘이 와서 양팔을 잡아 신발도 안 신은 엄마를 끌고 나간 모습을 잊고 싶지 않았다. 안 간다고 떼를 쓰며 은지의 이름을 부르던 엄마의 얼굴도 잊고 싶지 않았다. 그렇다고 엄마를 보내지 않을 용기도 없는 자신을 용서하고 싶지도 않았다. 이 끝나지 않을 지옥에서 벗어날 방법도 없으니 희망 따위를 다시 붙잡고 싶지도 않았다.

은지에게 아진이 제시할 수 있는 희망은 없었다. 하지만 아진은 은지가 케첩이라도 빨아 먹으면서 연명하는 이유를 알아내야만 했다.

엄마가 병원에 입원한 뒤에 은지는 아빠를 윽박질러 계속 케첩을 사 나르게 했다. 이미 은지에게 겁을 잔뜩 먹은 아빠는 아내가 떠나고 은지마저 자신을 버릴까 봐 두려워 케첩이 떨어지기가 무섭게 사다 두었다.

"언제부터 케첩을 먹은 거니?"

"몰라요."

"원래 케첩을 좋아했었니?"

"아니요."

은지는 하루에 두 통의 케첩을 비웠다.

"처음에 어떻게 케첩을 먹게 된 거야?"

"배가 고파서 나왔는데 밥도 없고 냉장고고 싱크대고 먹을 게 정말 하나도 없는 거예요. 심지어 씨발, 설탕도 떨어졌더라고요. 나가기도 존나 싫고…… 냉장고에 케첩 하나 딱 있더라고요. 그래서 입에 짜서 먹었더니 맛있더라고요. 그 뒤로 중독된 것처럼, 케첩만 쭉쭉 빨아 먹었어요. 케첩이 제일 먹기 편해요. 복지관에서 가져다

준 도시락도 먹기 귀찮더라고요."

"그랬구나……."

은지는 케첩을 방에 여러 통 두고 침대에 누워서 젖병을 빨듯이 먹으면서 잠이 들기도 했다. 시뻘건 케첩을 빨다가 잠이 드는 걸 떠올린 아진은, 그 모습이 마치 젖병을 입에 물고 잠드는 아기 같기도 하고, 관 속에 누워 피를 삼키는 흡혈귀 같기도 하다고 생각했다.

"사회복지사 선생님이 내가 찾아온다고 했을 때 너도 동의했니?"

"네."

"그래? 상담을 받고 싶었니?"

"잘 모르겠어요. 그냥…… 계속 이렇게 살면 안 될 것 같았어요."

됐다. 그렇다면 됐다. 은지가 그렇다면 아진은 은지랑 함께 이 보이지 않는 길을 갈 수 있겠다고 생각했다.

"계속 이렇게 살면 뭐가 걱정되는데?"

"계속 이렇게 살면…… 다른 건 모르겠는데 이빨이 아파요. 이빨이 썩는 건지, 어금니도 아프고, 앞니도 썩었어요. 이빨이 다 빠지면 틀니를 하고 다녀야 할지도 모르고 그럼 돈도 많이 들 것 같아서……."

아진은 이 어이없는 삶의 동기에 웃음이 나올 뻔했다. 하지만 얼마나 10대 소녀다운 삶의 동기인가!

고등학교를 졸업하고 나면 파마도 하고, 염색도 하고, 화장도 하고, 예쁜 옷을 입어보고 싶었던 거다. 귀도 뚫고 미팅도 하고 아르바이트란 것을 해서 친구들과 파스타 집도 가보고 싶었을 거다. 아진은 은지의 이 리비도(libido, 삶의 에너지)와 치료 동맹을 맺었다.

"그래. 케첩만 먹으면 영양실조로 치아뿐 아니라 뼈도 틀어질 거야. 일단 치아가 어떤 상태인지 치과부터 가봐야겠다."

이렇게 해서 은지는 1년 만에 치과를 가기 위해 집 밖으로 나오게 되었고, 두 번 더 가정방문으로 상담하다가 센터로 나오게 되었다. 아진은 은지가 검정고시를 보고 전문대학에 합격할 때까지 보다가 상담을 종결했다.

"고아진 선생님 때문에 은지가 살았어요. 너무 감사합니다."

은지를 담당했던 사례관리자 김 선생님은 은지가 대학에 합격하기 전에 다른 지역으로 옮겼지만 계속해서 은지에게 깊은 관심을 보였다.

따지고 보면 그때 은지를 살린 것은, 아진이 아니라 김 선생님이다. 김 선생님이 은지를 좀더 자세히 살펴보지 않았다면 아무도 은지가 그 지경이 되었는지 몰랐을 거다. 같이 사는 아빠도 몰랐고 옆집 사는 이웃도 모르지 않았는가. 은지가 방문을 열도록 설득하고 가정방문 상담을 받을 수 있도록 센터를 설득한 것도 은지에게 이웃이 되어준 사례관리자 김 선생이었다.

"은지 씨가 소개했군요. 이렇게 은지 씨 소식을 들으니 신기하기도 하고 반갑네요. 제가 안부를 물어보더라고 전해주세요."

"네."

전문대학에 합격했다는 소식까지 전해 들었는데 직장생활도 한다니 무슨 일을 하며, 일한 지는 얼마나 되는지, 애인은 있는지, 어머니는 어떠신지 궁금한 것들이 많아졌다. 하지만 지금 은지 씨 안부를 물을 상황은 아니다.

"그때, 계속 집으로 간 건 아니고, 세 번 정도 가정방문을 해서 은지 씨가 상담실로 오겠다고 선택했어요. 누나도 그렇게만 될 수 있다면 그렇게는 할 수 있지요."

"……"

정훈은 고개를 더 깊이 숙였다.

약속

●●

"누나는 어떤 상태인가요?"

정훈이 걱정하는 것은 누나가 히키코모리라는 것이 아니다. 평생을 저렇게 살게 되면 어떡하나 하는 두려움은 이미 무뎌졌다. 그보다 더 큰 걱정은 누나가 엄마에게 보이는 살기이다.

우영은 미숙이 집에 있을 때는 화장실조차 가지 않는다. 우영은 미숙이 쉬는 날이라서 낮에 집에 있게 되면, 동생 정훈에게 '저 여자 좀 치워줘'라고 문자를 한다. 그러고는 미숙이 집 밖으로 나가는 소리를 듣고서야 나와서 볼일을 본다. 오후 3시에 출근하는 미숙은 나가면서 밖에서 문을 잠근다. 문이 잠기는 소리를 들으면 우영이 나와서 물도 마시고 먹을 것을 가지고 들어간다.

"누나도 누나지만 어머님과 정훈 씨가 참 힘들었겠네요."

"네. 저도 죽을 것 같고…… 엄마가 더는 못 버티실 것 같아요."

정훈은 더 이상 눈물을 보이고 싶지 않아 눈을 감아 눈물을 막느라 애를 썼다.

잠시 숨을 고른 정훈이 다시 입을 열었다.

"제가 불안해서 밖에서 일할 수가 없어요. 요즘은 문자가 와 있을까 봐 불안해서 계속 핸드폰을 확인하게 돼요."

"뭐가 걱정되시는 거예요?"

6개월 전, 정훈은 회사에서 급한 일을 처리하느라 우영의 문자를 확인하지 못했다. 출근했던 미숙이 감기 기운이 있어서 조퇴하고 집에 일찍 들어왔다. 그래서 우영은 정훈에게 문자를 보냈다.

「저 여자 좀 치워줘」

뒤늦게 문자를 확인한 정훈이 엄마에게 밖에 나가 있으라고 전화했다. 다른 때는 짜증 내는 목소리로 구시렁거리면서도 잠시 나갔다가 들어오는데 그날은 미숙이 작정을 했다.

"에미 지금 아파서 뒤질 것 같다. 그래서 잠깐 약 먹고 누버 있을라꼬 들어왔는데 어딜 가란 말이고? 내 집에 내가 맘대로 들어오지도 몬하나? 이게 사람 사는 집이가? 잉! 모른다! 내 아파서 한 발짝도 못 나간다. 지가 오줌 싸고 싶으면 나와서 싸든지, 아니면 이불에 싸든지 지 맘대로 하라 해라! 여그가 지 집이가! 어데서 아픈 에미한테 나가라 마라 하노!"

"엄마, 그럼 잠깐만 나갔다가 다시 들어오면 되잖아. 내가 누나한테 말할게. 잠깐만 나갔다가 와."

정훈의 불안은 점점 고조되었지만, 미숙은 단단히 마음을 먹은 것 같다.

"됐다! 언제까지 이렇게 살 끼데? 니도 누나한테 질질 끌려다니면 안 된다! 방문을 부숴버리든지 해야지. 언제까지 내가 지 비위를 맞추고 살아야 하나! 지가 내 보기 싫으면 나가 살든가, 이게 무슨 짓이고. 내 집에 내가 들어올 때마다 저 가시나 허락을 받으란 게 말이 되나?"

미숙은 이미 수화기 너머 정훈에게 말하는 게 아니었다. 우영이 들으라는 듯 우영의 방을 향해 점점 더 목청을 높였다. 그러자 미숙의 말이 끝나기 전에 우영이 문을 열고 나왔다.

우영은 성큼성큼 안방으로 가서 조금 열려 있는 방문을 벌컥 열어젖혔다.

'쾅' 소리를 내며 문고리가 벽에 부딪히더니 우영은 방 안으로 들어와 옷을 입은 그대로 서서 미숙을 쏘아보며 소변을 싸버렸다. 그 행동에도 놀랐지만, 몇 년 만에 본 우영의 모습에 미숙은 더 놀라 수화기를 든 채 비명을 질렀다.

마치 유령을 본 사람처럼.

우영의 떡 진 머리카락은 기름기로 서로 엉켜 있었고, 얼굴과 목은 부스럼 같은 피부병으로 각질이 덕지덕지 붙어 있었다. 물기라고는 하나 없는 벗겨진 나무껍질 같은 목과 손등, 그리고 손목은 쩍쩍 갈라져 벌겋게 핏기가 내보였다. 손톱과 발톱은 오랫동안 자르지 않아 돌돌 말린 채 자랐고 깡마른 몸은 살이 아니라 거죽이었다. 얇고 헐렁한 바지 사이로 소변이 흘러내려 방바닥을 타고 미숙이 앉아 있는 이불 쪽으로 방향을 잡아 이동했다.

살기 돋는 눈빛으로 미숙을 뚫어지게 쳐다보며 소변을 눌 때, 미숙은 자기 얼굴에 소변을 뿌릴 것 같은 공포를 느껴 양팔로 얼굴을 가렸다.

"정훈아! 우야노! 우야노! 사람이 아이다. 자 봐라. 자가 와 저리 되삣노! 니 빨리 와봐라!"

미숙은 그런 우영을 그대로 둔 채 귀신이라도 본 얼굴을 해서 혼비백산하며 집 밖으로 도망쳤다.

이 일이 있고 난 뒤부터 정훈은 핸드폰을 손에서 놓지 못하고, 미숙도 정훈이 퇴근하기 전엔 집에 들어오지 않고 있다.

"누나가 한 번 더 엄마를 마주치게 되면 그때는 아마 엄마를 죽일 거예요. 그게 너무 겁이 나요. 그래서 웬만하면 낮에 누나 혼자 집에 있게 하려고 엄마한테 일을 다니라고 했어요. 집에서 미친 짐승이랑 같이 사는 거죠."

"누나가 실제로 엄마를 공격한 적이 있어요?"

아진의 질문에 정훈의 표정은 갑자기 서늘해졌다. 더 이상의 정보는 아진이 집으로 방문하겠다는 약속을 하기 전까진 들을 수 없을 것 같았다.

"좋아요, 정훈 씨. 일단 이렇게 해봐요. 제가 일주일에 한 번씩 세 번, 집에 가서 누나를 설득해볼게요. 대신에 정훈 씨도 일주일에 한 번씩, 세 번만 여기 와서 저에게 상담받으세요. 누나에 대해서도 제가 들어야 하고, 지금은 정훈 씨도 도움이 필요해요. 그렇게 약속해주면 해볼게요."

"만약 세 번 만에 누나가 문을 안 열어주면요?"

"음… 그건 그때 가서 다시 생각해봐요. 저도 어떻게 해야 할지 아직 잘 모르겠어요. 포기할 수 있다고 말하는 게 아니라, 다른 방법을 계속 같이 찾아보자는 말씀을 드리는 거예요."

"……네, 감사합니다. 그렇게 하겠습니다."

들어오자마자 울음을 터뜨리는 바람에 상담신청서를 작성하지도 못해서 아진은 정훈이 나가기 전에 신청서 작성을 요청했다.

그는 선뜻 일어서지 못하고 길게 숨을 내뱉었다. 처음에 들어올 때의 창백해진 안색에 이제야 붉은 기가 돌았다.

그가 작성한 신청서를 보니 아버지는 없다. 사망하신 건지, 이혼을 한 건지, 아무 기록도 하지 않았다. 어머니에 대한 느낌을 쓰는 곳에 '화나고 불쌍하다.'라고 되어 있고, 누나에 대해서는 '불쌍하고 화가 난다.'라고 적혀 있다.

잘한 일일까? 아진은 우영을 만나지 못해도 도움을 청한 정훈을 그냥 돌려보낼 수는 없었다.

닫힌 문

멀리서 산만 한 파도가 몰려온다. 아이들과 거실에 서서 거실 창문 밖에 다가오는 큰 파도를 보고 있다. 저 정도의 파도라면 집을 순식간에 집어삼키고도 남을 크기다.

가슴이 뛴다.

하지만 두려움은 아니다.

기다리던 파도인가?

죽음을 몰고 오는 파도가 아닌 새 삶을 위한 파도인 것 같아 양손으로 윤희와 강희의 손을 꼭 잡고 온몸으로 그 파도를 받아들였다. 파도는 집을 덮치면서 다시 빠져나갔지만 아무도 다치게 하지 않았다. 그리고 아무것도 쓸고 간 것이 없다.

모든 것이 그대로다.

눈을 떠보니 평소보다 훨씬 이른 시간이다. 아진은 여전히 뛰는 가슴을 진정시키기 위해 심호흡을 몇 번 했다. 박하사탕을 삼킨 것처럼 상쾌한 아침이다.

그날이 되었다. 우영의 집에 방문하기로 약속한 날.

어떤 돌발적인 상황이 벌어질지 몰라 겁이 날 만도 한데 아진은 이상하리만큼 차분하고 담담하게 알려준 주소로 찾아갔다.

"아이고, 선생님, 오셨습니까!"

마치 현관에서 문을 열어주기 위해 대기라도 하고 있던 것처럼 잠시의 지체함도 없이 문이 열렸다. 중년의 한 여자가 반갑게 문을 활짝 열었다. 아진은 자신이 상상했던 모습과는 다소 다른 정훈의 어머니 모습에 당황스러웠다. 5년이란 세월을 견뎌온 어머니라고 하기엔 너무 씩씩하고 멀쩡해 보였기 때문이다. 그런데 그보다 더 당황스러운 것은 냄새였다.

현관에 한 발을 넣는 순간, 살면서 한 번도 맡아본 적이 없는, 도저히 들여 마실 수 없는 악취가 더운 공기를 타고 아진의 몸을 덮쳤다. 안 그래도 비위가 유난히 약한 아진에게 이 공기는 최악이었다. 참아보려고 했지만, 아진은 미숙의 앞에서 이미 헛구역질을 하고 말았다. 그리고 동시에 머리를 찌르는 듯한 두통이 시작되었다.

"안녕하세요. 정훈 씨 어머님이시죠?"

"네, 선생님. 이래 와주시니 너~무 감사합니다. 아들은 출근했고요."

미숙은 손가락으로 현관 바로 앞에 있는 방, 닫힌 문을 가리켰다. 그녀는 눈을 질끈 감고 입술을 삐쭉거리며 우영이 저 방 안에 있다는 것을, 소리 없이 전달했다. 그러고는 작은 목소리로 아진에게 속삭였다.

"정훈이가 지 누나한테 선생님 오신다꼬 말은 했는데요, 열어줄랑가 모르겠습니다. 바쁘신 선생님이 이렇게 집까지 오셨는데……. 아이고… 자가 지발 열어줘야 할 낀데. 자가 와 저렇게 되뻤는지 모르겠습니다. 다 지가 잘못해서 그렇지요."

그녀는 필시 아진이 헛구역질하는 것을 눈을 뜨고도 보지 못했다. 들어가는 것을 주저하고 있는 것은 더더욱 알아차리지 못했다. 그녀의 목소리는 아진을 향해 있었지만, 마음은 다른 데 있는 듯했다. 그녀는 아진과 눈을 맞추지 않았고, 심지어 아진의 얼굴 쪽으로 시선조차 주지 않고 자기 말만 쏟아냈다.

임미숙. 나이 58세. 젊을 때부터 식당에서 일했다. 빠릿빠릿하고 솜씨도 있어서 일을 잘한다는 소리를 듣는데도, 주방 아줌마들하고 시비가 붙어 한 식당에서 1년을 못 넘겼다. 미숙은 짧고 가는 머리카락을 뽀글뽀글 볶아서 앞머리까지 바짝 끌어다가 간신히 하나로 모아 묶었다. 그리고 잔머리 하나도 삐져나오지 못하게 실핀을 여기저기 찔러 놓았다. 눈썹과 아이라인에 짙은 문신은 다소 사

나워 보였지만 애써 예의 바르게 굽신거리는 모습이 서로 부딪혀 아진은 거북스러웠다.

미숙은 작은 몸집으로 말만 빠른 게 아니고 행동도 매우 빨랐다.

아진이 신발을 채 벗기도 전에 아진을 안내하며 거실과 현관 사이를 종종걸음으로 몇 번이나 왔다 갔다 했는지 모른다. 그녀의 그런 번잡스러운 행동만으로도 정신이 하나도 없는 데다가 몸을 움직이면서 쉴 새 없이 자기의 말을 아진의 귀에 쑤셔 넣는 바람에, 아진의 정신은 이미 지쳐버렸다.

'괜한 짓을 했다. 이건 내가 할 일이 아니다. 다시 돌아나가 저 맑은 공기가 있는 바깥세상으로 도망치고 싶다. 나의 오만함으로 인한 실패를 인정하고 지금 돌아서고 싶다.'

아진은 집 안으로 발을 옮기면서 괜한 오지랖을 부린 자신을 원망했다.

"집이 좀 누추합니데이. 애가 저러고 있으니 제 맴이 맴이 아니라서 청소도 제대로 못 하고 이러고 삽니다. 자 방은 더할 깁니다. 생전 방에서 안 나오니 청소하기를 하나 씻기를 하나……. 아마 저 방은 더 엉망일 깁니다."

문이 닫힌 것은 우영의 방만은 아닌 것 같다. 언제부터 환기를 시키지 않은 것인지, 거실 벽지는 누렇게 찌들었고, 한쪽 벽에는 커다란 액자에 검은 먹과 붓으로 그린 음산한 호랑이 그림이 떡하니 아진을 응시하고 있었다.

'그래. 절대 문을 열어줄 것 같지 않다. 5년 동안 열리지 않은 문이 세 번 만에 열릴 리가 없다. 문을 안 열어주는데 무슨 수로 상담을 한단 말인가. 괜한 호기심과 객기를 부린 책임이 있으니 견뎌보자!'

아진은 옆에서 떠들어대는 미숙을 뒤로하고 조용히 집 안을 둘러보았다.

방은 총 세 개다. 거실 안쪽에 안방으로 보이는 큰 방이 있다.

현관 앞쪽이 우영의 방이고, 우영의 방 바로 옆에 주방이 있다. 주방을 마주 보고, 작은 방이 하나 있다. 옷걸이에 걸려 있는 남자 옷을 보니 정훈의 방인 것 같다. 우영의 방과 주방 사이의 벽에는 냉장고와 작은 식탁이 붙어 있다. 오래된 냉장고에서는 냉각기 소음과 함께 뜨거운 열기가 흘러나오고 있다.

등받이가 있는 식탁 의자가 세 개 있는데, 멀쩡한 게 하나도 없다. 연둣빛 페인트가 벗겨져서 녹슨 쇠가 살을 드러내 놓았다. 정훈의 방으로 보이는 곳은 방이라기보다는 창고에 가까웠다. 내용물을 알 수 없는 박스들과 옷가지, 정훈의 물건으로 보이지 않는 잡다한 물건들이 어수선하게 쌓여 있다.

온종일 고된 일을 하고 돌아오는 집인데, 이곳은 집이 아니라 그야말로 쾨쾨한 지하창고 같다.

"선생님, 이리로 앉으세요."

미숙이 거실로 안내하면서 낡은 방석 하나를 내민다. 아진은 이 집 안의 모든 냄새와 세균을 흠뻑 빨아들였을 것 같은 저 눅눅한 방석에 앉을 수 없었다.

"아니에요. 그냥 여기 앉으면 됩니다, 어머님."

아진은 식탁 의자를 꺼내 앉았다. 아진의 신경은 온통 후각에 집중되어 의자의 녹슨 쇳내를 예민하게 맡고 있었다.

"집에 대접할 게 없는데, 선생님 커피 한 잔 타드릴까요?"

미숙은 쉴 새 없이 아진에게 말을 걸어왔다. 하지만 아진의 의식은 방 안에서 이 모든 소리에 촉을 세우고 긴장하며 듣고 있을 우영에게 향해 있었다.

"아닙니다, 어머님. 저 신경 쓰지 않으셔도 됩니다."

아진은 이 집에선 어떤 것도 만지고 싶지 않은데 입에 넣는 것은 더욱 하고 싶지 않았다.

"우영아, 상담 선생님이 니 만나러 오셨다. 이 선생님 엄청 바쁘신 분이신데 일부러 니 만나러 오셨다. 좀 나와 봐라."

"……."

"에휴~ 저래 소 죽은 귀신처럼 안 나옵니다."

미숙은 갑자기 목소리를 죽이더니 아진에게 가까이 다가와 속삭이듯 말했다.

"저래도 안에서 다 듣고는 있습니다. 씻지도 않고, 뭘 먹는지, 지 동생한테 문자해가, 지 묵고 잡은 건 사다달라 해서 묵데예……. 자 동생도 할 짓이 아닙니더."

미숙은 고개를 흔들며 처음 본 낯선 사람에게 아픈 딸의 흉을 보았다. 그러다가 다시 큰 소리로,

"니 기어이 집에서 에미가 송장 치르게 하고 싶나? 도대체 내가 어떻게 해야 문을 열래. 엄마한테 화난 게 있으면 말을 하면 될 거 아이가!"

미숙은 우영의 방문에 입술이 거의 닿을 듯이 다가가서 소리를 지르더니 다시 한 발 물러서서 다정한 목소리로 달래듯 남은 말을 뱉어냈다. 우영과 아진은 말할 틈도 없이, 미숙은 혼자서 이 공간을 다 삼켜버렸다.

"영아~ 이 선생님한테 다 이야기해라~ 선생님 좋으신 분이라 다 들어주실 기다."

미숙의 모든 행동과 대사가 우영과 자신 중에 누구를 조종하려는 의도를 가졌는지 아진은 잠시 생각했다.

급기야 미숙은 우영의 방으로 성큼성큼 가더니 문을 두드리려고 손을 뻗었다.

아진은 놀라서 의자에서 벌떡 일어나 미숙의 팔을 잡았다.

우영을 위해서가 아니다. 화가 난 우영이 밖으로 나와서 자신과 미숙을 공격할까 두려웠다. 그리고, 그보다 아진은 아직 그녀를 볼 준비가 되어 있지 않았다.

"어머님! 그러지 마세요! 괜찮습니다. 제가 이야기해 볼 테니 방에 들어가 계셔도 돼요."

아진은 미숙에게 눈을 꿈쩍꿈쩍하며 방에 들어가시라고 했다. 미숙은 긴 한숨을 내쉬며 안방으로 들어가서 문을 닫았다.

집 안의 모든 문은 닫히고 아진만 홀로 식탁에 앉았다. 이제야 평온을 되찾은 아진은 다시 한번 주변을 찬찬히 둘러봤다.

집 안 살림은 얼마나 오랫동안 이 가족이 지옥 같은 시간을 보냈는지 말해주고 있었다. 이곳은 아무도 가두지 않은 창살 없는 감옥이고, 살아서 경험하는 무덤같이 눅눅하고 어두웠다.

그러면서도 자세히 살펴보니 물건이 낡고 오래되긴 했지만, 말끔하게 닦여져 있었다. 싱크대도 먼지 하나, 물기 하나 없이 깔끔하고, 설거지통도 깨끗이 비워져 물기를 빼기 위해 엎어져 있다. 뚜껑과 짝이 맞지 않은 냄비와 프라이팬은 비록 주방 바닥에 쌓여 있었지만, 나름 손잡이까지 반들반들 잘 닦여 있다. 미숙이 얼마나 많은 시간을 주방에서 닦고 또 닦으며 보냈는지 알 것 같다. 이곳에서 달그락달그락 부엌일을 하면서 벽 사이로 딸의 숨소리를 엿들었을 것이다. 빛바랜 녹색 플라스틱 휴지통은 오늘 버린 듯 속에 휴지 한 조각도 들어 있지 않았다.

거실 창문은 두껍고 촌스러운 커튼으로 닫혀 있어서 집이 더 어두운 것 같다. 커튼을 빨지 않아 더러운 것인지, 원래 색깔이 그런지 모르겠으나 분명한 건 커튼이 집 안의 모든 냄새와 밖에서 들어오는 빛을 다 잡아먹고 있다는 것이다.

커튼만 떼어버려도 집 안이 훨씬 더 환하고 상쾌할 것 같다는 생각에 아진은 일어나 커튼을 뜯어내고 창문을 활짝 열어버리고 싶었지만, 그럴 수는 없는 노릇이었다. 아진은 고개를 돌려 우영의 굳게 닫힌 방문 쪽으로 시선을 옮겼다.

그녀의 방 안에서는 아무런 소리도 들리지 않는다.

'잠을 잘까? 내가 바로 벽 옆에 있다는 것은 알고 있을까?'

아진은 이런 생각을 하니 문득 무서운 생각이 들었다. 우영이 갑자기 방문을 열고 자신에게 무언가를 집어 던지거나 현관문으로 끌어 내동댕이치는 장면을 마음속에 그려보았다. 혹은 사람이라면 가질 수 없는 엄청난 힘을 가진 주먹이 문을 뚫고 튀어나오는 장면도 떠올랐다.

'저 안에서 나를 노려보고 있을까? 자리를 반대편 의자로 옮겨야 할까?'

반대편 의자로 옮기면 자신의 목소리 전달도 어렵겠지만, 무엇보다 우영의 움직임을 감지하기가 어려워질 수 있다는 생각에 그대로 있기로 했다.

마치 야생에서 마주한 사나운 들짐승에게서 눈을 뗄 수 없는 것처럼, 아진의 모든 감각은 우영을 향해 곤두서 있었다. 아진이 올 것이라는 이야기를 들었으니 쉽게 잠들지는 않았으리라 생각하지만 방 안에서는 숨소리조차 들리지 않았다.

"안녕하세요, 우영 씨. 저는 상담사 고아진입니다. 본인 허락도 없이 이렇게 집에까지 불쑥 찾아와서 죄송합니다. 동생분 통해서 제가 올 거라고 미리 말해달라고 했는데 들으셨는지 모르겠네요."

"……."

'듣고 있으려나? 바보 같은 소리. 벽 쪽에 귀를 대고 듣고 있으려나? 아니면 이불 속에 들어가서 이어폰으로 귀를 막고 있으려나?'

그냥 가만히 있다가 적당한 시간에 일어나서 가도 아무도 욕할 사람은 없었다. 사실 이런 자리에 직접 찾아온 것부터 과한 행동이라는 것을 아진도 안다. 자기 입으로 내뱉은 약속에 대한 책임은 져야 한다는 마음으로 온 것이고 그 책임을 다하고 나면 선택은 방 안에 있는 우영의 몫이다.

"어머님과 동생분 부탁으로 오긴 했지만, 아직 우영 씨가 저하고 상담하고 싶어 하는지는 잘 몰라서 일단 제가 매주 목요일 11시에 세 번 오겠다고 동생분과 약속을 했어요. 세 번 올 동안 우영 씨가 어떻게 하고 싶은지 결정해서 알려주면 좋겠어요. 매주 목요일 11시에 왔다가 11시 50분이 되면 일어나서 갈 거예요."

"……."

아무 소리가 없다. 아진은 말을 길게 하고 싶지 않았다. 미숙을 보니 말을 길게 해서는 안 될 것 같았다.

'갓 뜯은 새 기타 줄을 조율하는 것 같아. 조금만 힘을 주면 줄이 퉁겨져 끊어질 것 같아.'

방과 주방 사이, 보이지 않는 긴장감이 가득했다.

작은 숨구멍

●〉

'적어도 저 사람은 엄마란 여자가 원하는 대로 움직이지 않는다. 뭔가 조금 다르다.'

방 안에 있는 우영은 조용했던 집 안이 상담사란 여자가 와서 시끄러워진 것이 못마땅했다. 오늘 여자 상담사가 집에 찾아온다는 정훈의 문자를 보고 신경이 쓰이는 쪽은 낯선 상담사가 아니라 미숙이었다. 누가 우영을 만나러 오기라도 하면 그 사람보다 미숙이 더 시끄럽게 하기 때문이다.

아진은 정확하게 11시에 벨을 눌렀고, 그때부터 조용하던 집 안은 미숙의 목소리로 시끄러워졌다. 우영은 상담사란 여자가 하는 말을 듣고 싶은데 한참 동안 여자의 목소리는 들리지 않고 미숙 혼자 떠들고 있다. 이제 곧 방문을 두드리고 대화란 걸 해보자고 하겠지만 우영은 알고 있다. 그것은 대화가 아니라는 것을. 아무것도 모르면서 자신을 다 아는 것처럼 충고 나부랭이를 할 속셈인 것을. 그냥 못 들은 척, 아무 반응도 하지 않고 조용히 있으면 제풀에 꺾여 미숙의 하소연만 듣다가 돌아갈 것이라고 우영은 생각했다. 좀더 성격이 급한 사람이라면 문을 몇 번 두드리다 말 것이다.

그들은 대개 비슷하다. 나이 드신 엄마를 생각해야 한다는 둥, 집이 싫으면 자립할 수 있도록 도움을 주겠다는 둥, 당신은 사랑받기 위해 태어난 사람이라는 둥 말하는 이만 따뜻해지는 설교를 한다.

그때마다 우영은 하던 일을 멈추고 소음이 그칠 때까지 문을 등으로 막고는 쪼그리고 앉아 꼼짝도 하지 않는다. 예전에 미숙이 조용히 문을 따서 열고 들어오려고 한 적이 있었기 때문이다. 우영과의 접촉을 포기한 사람들은 그때부터 미숙의 방으로 이동해서 방문을 닫고 한참 동안 소음을 이어간다. 대화라고 하기엔 미숙 혼자만의 하소연에 가까울 것이다.

원래는 착한 아이고, 엄마한테 말대꾸 한 번 안 하고 집안일도 열심히 했던 아이였다는 이야기로 시작해서 씻지도 않고, 방 안이 쓰레기로 가득하다는 흉을 보는 것으로 마무리가 된다. 그렇게 간 사람은 가끔 찾아오긴 하지만 그때마다 우영의 방문을 몇 번 두드리다 그만둔다. 그런 다음 다시 안방으로 가서 커피믹스나 타 마시면서 수다를 떨다가 가곤 했다.

고아진은 우영의 방문을 함부로 두드리지 않았다. 그뿐만 아니라 문을 두드리려고 하는 미숙을 강하게 막아섰다. 무엇보다 우영이 고아진을 마음에 들어 한 이유는 미숙의 입을 막았다는 것. 미숙의 입을 저렇게 빨리 막아버린 사람은 처음이다. 그리고 저 교활하게 놀리는 혀에 놀아나지 않은 사람도 고아진이 처음이었다.

"선생님, 애가 대답이 없지요. 우영아, 나와서 선생님하고 이야기 좀 해봐라. 선생님 인상도 참 좋으시다. 니가 무슨 이야기를 하든 다 들어주실 끼다."

참지 못하고 방문을 열고 나온 사람은 우영이 아니라 미숙이었다. 방 안에 있던 미숙이 어느새 밖으로 나와 우영의 방문을 또 두드리려고 해서 아진은 다시 미숙을 가로막았다.

그리고 안에 있는 우영이 잘 들을 수 있도록 또박또박 큰 소리로 말했다.

"어머님, 우영 씨가 와달라고 한 게 아니라, 아드님이 저를 불렀고, 제가 와보고 싶어서 온 거잖아요. 우영 씨가 문을 열고 저를 만나야 할 이유는 없습니다. 저는 제가 정훈 씨와 약속한 것을 지키러 온 거지 우영 씨가 오라고 한 게 아니잖아요. 어머님도 제가 와 있을 동안은 나가셔서 볼일을 보시다가 들어오시는 게 좋을 것 같네요."

생각해보니 우영은 미숙이 집에 있으면 방에서 나오지 않는다고 했으니 미숙을 진작에 집에서 내보냈어야 했다.

"풋!"

우영은 아진의 말이 어찌나 고소하던지, 5년 만에 처음으로 입 밖으로 웃음이 새어 나왔다.

"아, 네. 선생님. 그리해도 괜찮으시겠습니까?"

"네, 괜찮습니다. 50분까지만 있다가 저는 가겠습니다."

"네, 네. 선생님. 감사합니다. 그렇게 하겠습니다. 제가 나갔다 가 들어오겠습니다."

미숙은 다시 순한 양이 되었다. 굉장히 공손한데 비굴하리만큼 굽신거리는 미숙의 몸짓과 시선을 피하는 눈빛, 그리고 말투가 아 진은 몹시 거슬렸다. 공손하고 시키는 대로 잘 따라주는데도 이상 하게 불쾌했다.

혼자 있는 것이 무섭기는 하지만, 미숙이 자꾸 우영을 자극하고 또 자신을 자극해서, 혼자 있는 것이 아진은 한결 편했다. 미숙이 집 밖으로 나갔다.

이제 겨우 20분이 지났다.

철컥.

밖에서 문을 잠그는 소리가 들린다. 정훈이 한 말이 생각났다. 그의 말에 의하면, 미숙이 집 밖으로 나갈 때는 반드시 밖에서 문을 잠근다. 밖에서 문을 잠그자 어쩐지 아진은 우영과 함께 갇힌 느낌 이 들었다.

'이 가족이 설마 나를 이 집에 영원히 가두어버리는 건 아니겠 지? 혹시 내가 문을 열고 나가지 못하는 건 아니겠지?'

아진은 무음으로 해놓은 핸드폰에 남아 있는 배터리를 다시 확인해봤다.

'내가 있다는 것을 아니까 나오진 않겠지? 화장실을 가야 하는데 나 때문에 나오지 못하는 건 아니겠지? 갑자기 나에게 덤벼들면 어디로 도망을 쳐야 하는지 동선을 미리 짜놓아야 한다. 가장 빠른 동선은 안방으로 가서 문을 잠그는 거다. 그런 후 112에 신고를 해야 하나?'

그러고 보니 우영은 아직 동생에게 '저 여자들 좀 치워줘.'라고 문자를 보내지 않았다. 정훈에게 아무 연락이 없는 것을 보니 그런 것 같다.

그렇다면 왜?

이 집 안에서 낯선 사람과 단둘이 있는 경험이 처음인 것은 아진뿐만 아니라 우영도 마찬가지다. 하지만 우영이 느끼는 긴장감은 아진이 느끼는 긴장감과는 사뭇 달랐다. 문밖에서 간간이 들리는, 아진의 차분하면서도 단호한 목소리는 우영에게 작은 숨구멍 같았다. 그 숨구멍 사이로 신선한 산소도 들어오고 빛도 들어왔다. 아직 그 구멍 사이로 보이는 것은 없지만, 우영은 분명 그 사이에서 한 가닥 빛을 보았다.

아진이 11시 50분에 일어날 거라고 시간을 미리 알려준 것은 잘한 일이었다. 시간에 대해 구조화를 한 것은, 아진에게도, 그리고 우영에게도 긴장감의 끝을 정확히 알게 해주었다. 50분까지만 버티면 된다는.

이 집의 냄새와 공기에 적응하는 건 세 번으로는 어림도 없을 것 같아 아진은 벌써 다음주가 걱정되었다.

시간은 왜 이리 느리게 가는지, 아진은 세상에서 가장 느리게 가는 시계를 보고 있었다. 초침 소리가 마치 집 안의 산소가 점점 빠져나가고 있다는 것을 알리는 신호 같고, 그 신호에 맞춰 아진의 심장박동 소리도 점점 커지는 것 같았다. 그녀도 시계를 보고 있었을까?

"우영 씨, 11시 50분이네요. 저는 이만 갈게요. 다음주에 또 오겠습니다."

아진이 식탁 의자를 뒤로 미는 소리로 오랜 침묵은 깨졌다.

아차. 아진에게는 열쇠가 없다. 아진은 문을 잠글 열쇠가 없다는 사실을 그 순간 깨달았다. 아진은 문을 잠그지 않고 나오면 어떻게 되는지 미숙에게 물어보지 못했다. 혹시 문을 열어놓고 갔다가 누가 들어오기라도 하면 안 될 것 같은데. 아진은 나가지도 못하고 서 있었다.

"우영 씨, 저 가야 하는데…… 저 간 다음 나와서 문 잠글 거죠?"

"……."

어리석은 질문을 하고 미련하게 기다리고 있다는 생각이 들고서야 아진은 그냥 집을 나섰다. 나와서 바로 미숙에게 전화를 할 참이었다. 하지만 그럴 필요가 없었다. 아진이 문을 열자 현관문 앞에 미숙이 쪼그리고 앉아 있었기 때문이다.

"어머님, 여기 계셨군요. 저는 이만 가보겠습니다. 다음주에도 11시에 오겠습니다."

"아이고, 선생님, 점심때가 다 되었는데 점심이라도 하고 가세요. 요 앞에서 김밥 한 줄 사 왔습니다."

미숙의 손엔 검은 봉지가 들려 있었다.

"아닙니다, 어머님. 일부러 마음 써주셔서 감사한데 앞으로는 이런 거 신경 안 쓰셔도 됩니다. 점심 맛있게 드시고 다음주에 뵙겠습니다."

"헛걸음하셔서 우얍니꺼. 조심해서 가이소. 감사합니다. 정말 감사합니다."

허리를 깊게 숙이고 연거푸 인사를 하는 미숙의 몸짓이 아진은 왜 이리 불편하게 느껴지는지 서둘러 자리를 떴다. 아진의 마음속에는 방 안에 있는 우영보다 그녀의 어머니를 보는 것에 대한 저항이 이미 더 커지고 있었다.

집 안으로 들어가 문 잠그는 소리가 철커덕하고 들린다. 아진은 문이 잠기는 소리와 함께 이상한 해방감이 느껴졌다.

'자유의 몸이 되었다'라고 느끼는 순간 저 안에 갇혀 있는 우영이 가엽다는 생각이 동시에 든 아진은 깊게 숨을 내뱉으면서 차의 시동을 걸었다.

아주 잠깐 몇 마디를 나눴을 뿐인데, 미숙에게서 받은 느낌은 아진에게 매우 독특했다. 그녀가 도대체 뭘 했다고 그러는지. 문득 <헨젤과 그레텔>에 나오는 아이 잡아먹는 마녀 같은 섬뜩한 생각이 순간 머릿속에 스치듯 지나갔다.

아파트 입구를 빠져나오니 아진은 마치 다른 세상에 온 것 같았다. 분명 50분 전까지만 해도 아진이 있던 세상이었는데, 50분이란 시간이 몇 달은 되는 것 같았다. 햇살이 유독 더 빛나고 바람이 달콤했다. 두 다리로 걸어 다니는 사람들을 보며 집으로 돌아갈 수 있음에 새삼 감사함까지 느꼈다.

아무것도 한 것이 없는데, 우영의 얼굴도 목소리도 듣지 못했는데, 이상했다. 아진은 창문을 열어 바람을 폐에 가득 넣었다가 다시 숨을 내쉬면서, 저 집 안에서 담아온 칙칙한 공기들을 밖으로 내밀면서, 뭔가 큰일을 해낸 듯 보람을 느꼈다. 우영이 동생에게 자신을 내보내달라고 문자를 하지 않은 것이 1차 면접에 통과한 기분이 들어서인 것 같다. 아무도 강제로 저곳에 밀어 넣지 않았는데, 저곳에서 안전하게 빠져나왔다는 사실이 스스로 자랑스러웠다.

동생의 소리

●●

"안녕하세요, 선생님."

"어서 와요, 정훈 씨."

"잘 지내셨나요."

정중함이 짙게 묻어 있는 태도와 말투는 도저히 미숙이 낳은 자식 같지 않다.

정훈은 의자에 앉더니 어깨를 축 늘어뜨리고 다리를 모을 기운도 없는지 벌어진 다리를 그대로 둔 채 한참을 침묵했다.

"집에 가봤어요."

아진이 먼저 입을 열었다.

"네, 다녀가셨다고 들었습니다. 감사합니다."

약간의 침묵이 또 흘렀다. 침묵 속에서 그의 깊은 좌절감이 방 안을 가득 짓누르고 있었다. 50여 분 동안 머물렀던 그 공간이 주는 무게감을 정훈은 매일 마주하고 산다고 생각하니 처음 아진에게 '살려달라' 했던 말이 얼마나 절박했던 건지 느낄 수 있었다.

"정훈 씨, 쉽진 않겠지만…… 그렇다고 포기할 수는 없을 것 같아요."

아진의 말에 정훈은 떨군 고개를 들더니 다리에 힘을 주었다.

"누나와 대화를 해보셨나요?"

"아니요."

아진은 고개를 살짝 저으면서도 약간의 미소를 더해 희망을 버리진 말라는 메시지를 보냈다.

"그런데 그날 누나가 저를 치워달라고 문자를 보내진 않았나 봐요?"

"후훗… 네. 문자를 하진 않던데요."

정훈이 고아진에게 처음으로 연락을 한 날 아침에 일어난 일이다. 아파트 동대표 아주머니와 이웃들이 구청 직원과 함께 찾아와 문을 두드렸다. 여름이 시작되면서 정훈의 집에서 올라오는 악취와 바퀴벌레 때문에 더 이상 살 수가 없으니 집을 치우든지 이사를 가달라고 호소하러 왔다. 이미 여러 차례 다녀갔지만, 그나마 말이 통하는 아들과 이야기해야겠다며 아침 일찍 들이닥친 것이다. 집을 방문한 대표는 들어오자마자 다짜고짜 우영의 방문을 쾅쾅 두드리더니 큰 소리로 그녀를 다그쳤다.

"아가씨, 문 좀 열어보세요! 얼굴 좀 봅시다! 이거 너무한 거 아니에요! 오늘은 아가씨가 죽든 내가 죽든 사생결단하러 왔으니까 얼굴 좀 봅시다! 사람이 양심이 있어야지. 늙은 어머니가 불쌍하지도 않아요? 들어보니 사지가 멀쩡한 아가씨라고 하더만, 어머니랑 동생을 생각해서 이러면 안 되지요!"

정훈이 사정하며 막아보려고 했지만, 주민들을 혼자의 힘으로 막아내긴 역부족이었다.

"우리도 죽을 맛이지만 여기 어머니 보기가 하도 딱해서 더는 못 보겠습디다. 나이 든 사람이 온종일 식당 나가서 일하고 몇 푼 받아 사는 게 불쌍하지도 않아요?"

옆에서 말리는 정훈을 잡고 있는 할아버지도 한마디 거든다.

"부모가 돼서 마냥 받아만 주면 안 돼! 문을 부수고라도 끄집어내야지. 이게 사람 사는 집이야! 동네가 이 집 때문에 악취가 나서 살 수가 없어! 문을 부숴버려! 미쳤으면 정신병원에 갈 일이지, 이러다가 우리가 먼저 미쳐버리겠어!"

"어르신이 다 받아주니까 그러는 거예요. 인터넷도 끊어버리고 밥도 해주지 말아야죠. 그래야 밖으로 나오지 않겠어요? 배고픈데 먹을 거 안 주면 언젠가 나오게 돼 있어요. 어르신이 필요한 걸 다 사다 넣어주니 더 나오지 않는 거예요. 그러다가 어르신이 먼저 병나면 어쩌시려고 그래요."

옆에서 팔을 잡아당기며 말리는 남편을 뿌리치며 젊은 여자는 끝까지 하고 싶은 말을 다 뱉어냈다.

당황한 구청 직원이 주민들을 말려보았지만, 소용이 없었다. 미숙은 그들을 막아서지 않았다. 마치 바라기라도 한 것처럼.

그때다. 옆집 아저씨가 팔을 걷어붙이고 우영의 방문 앞으로 다가가더니 더 거칠게 소리를 쳤다.

"비켜봐요! 세상에 이깟 문 하나 못 열어서 이 난리라는 게 말이 되나! 아가씨, 나 문 부수고 들어갈라니까 우리 이야기 좀 합시다!"

그 순간 방 안에서 우영의 찢어지는 괴성이 들렸다.

"아~악! 문 두드리지 말라고!"

방 안에서 뭔가를 집어 던지는 소리, 비명을 지르는 소리가 뒤섞여 소란스럽다.

"누나! 누나! 문 열어봐. 그러지 마, 누나!"

정훈이 자기 팔을 잡은 할아버지의 손을 뿌리치고 문 앞으로 다가갔다.

"나가! 안 나가면 죽어버릴 거야!"

우영은 이미 여러 차례 이런 상황에서 손목을 그었었다.

"제발 가주세요. 누나 정말 죽어요. 집 치워드릴게요. 약속할게요. 제발 오늘은 그냥 가주세요. 이사를 하든지 집을 치우든지 할게요. 부탁드립니다."

정훈은 주민들에게 간절히 호소했다. 우영의 비명에 겁을 먹은 주민도 한발 물러섰다. 모두 현관을 나섰지만, 우영의 방에서는 뭔가를 집어 던지는 소리가 계속되었다. 정훈은 주민들이 미리 준비해온 각서에 한 달 안에 청소를 하든 이사를 하겠다고 사인하고 돌려보냈다. 물론 이런 각서를 쓰는 것도 처음은 아니었다.

정훈은 출근을 포기하고 엄마도 밖으로 내보낸 후, 우영의 방문에 등을 기대고 그대로 주저앉았다.

"누나…… 나 출근 못 했어."

방 안은 조용해졌다.

"누나, 나 힘들어."

정훈은 소리 없는 눈물을 훔쳤다.

"누나, 나도 일 그만두고 우리 다 같이 그냥 죽을까? 나도, 더는 못하겠어.……이렇게 살고 싶지 않아."

방 안에서는 아무 기척이 없었다. 흐르는 눈물을 옷깃으로 닦아 낸 정훈은 목소리를 가다듬고 다시 한번 간절히 부탁했다.

"누나, 마지막으로 우리 상담 한 번만 받아보자. 제발 부탁이야, 누나. 나 너무 힘들어.……집으로 와서 얼굴 안 보고도 상담해주실 분이 있다고 들었어. 내가 그분한테 연락해서 부탁해볼게."

정훈이 누나의 방 앞에 주저앉아 우영을 설득하는 동안 미숙은 복도에 서 있는 이웃들을 배웅하러 나가서는 그새 딸의 흉을 보고 있었다.

"자가요, 절대 그냥 나올 아가 아닙니다. 내 힘으로는 저 쇠심줄 같은 고집을 꺾질 못합니다. 저래 방에서 살다가 내가 집에서 송장을 치를 깁니다."

주민들과 구청 직원을 동원하고 부채질을 한 사람은 다름 아닌 미숙이었다. 옆집 아저씨에게는 특별히, 정 안 되면 문을 부숴도 된다고 따로 부탁까지 한 것도 엄마 미숙이었다.

그 일이 있던 날 정훈은 아진에게 문자를 보냈고, 첫 면담 후 누나에게 상담사가 집에 방문할 거라고 알려주었다. 정훈은 아진이 한 말을 그대로 누나에게 전했었다.

그리고 아진이 가기로 한 날 아침에 누나에게 문자를 남겼다.

「누나, 마지막 부탁이야. 세 번만 오실 수 있대. 선생님께 누나 마음 한 번만 열어서 이야기해 보자. 그것도 못 하겠다면… 우리 인제 그만 끝내자.」

"그런 일이 있었군요."

"누나는 스스로 나오지 못하게 가둔 거예요. 누나가 나오면 엄마가 죽든 누나가 죽든 둘 중의 하나는 죽을 거예요."

"누나가 어머니한테 화가 많이 났나 봐요."

"그렇죠. 저도 엄마가 용서가 안 되는데요. 그래도 어쩌겠어요, 엄만데. 저는 누나가 저렇게 된 게 이해가 됩니다. 저도 미안한 게 많고요."

이런 일이 있을 때마다 우영은 정훈에게 미안했다. 단단하게 굳어버린 우영의 마음을 흔드는 것은 정훈의 목소리뿐이다. 방에 들어간 뒤, 우영에게는 괴로운 모든 자극들을 차단할 수 있는 능력이 생겼다. 자신이 보려고 하는 것 외에는 아무것도 눈에 들어오지 않을 수 있고, 의식적으로 냄새를 맡으려고 하지 않는 한, 어떤 냄새도 우영의 후각을 자극하지 못했다. 아무런 외부 자극도 없는 그 방은, 시간도 공간도 없는 우영만의 세상이었다. 그 세상은 고요하고 평온했으며, 심지어 충만하기까지 해서 부족함이 없었다. 그 세상을 깨뜨리는 침입자는 오직 한 사람의 소리. 바로 동생 정훈의 소리다. 늦은 저녁 퇴근하고 들어오는 정훈의 발소리. 냉장고를 열어 물을 꺼내 마시는 소리. 샤워하고 나와서 다시 물을 마시는 소리. 다음 날 이른 아침, '다녀오겠습니다' 하며 미숙에게 인사하는 소리가 우영이 들을 수 있는 동생의 소리 전부다. 그 소리만큼은 우영이 선택적으로 안 들을 수 없는 소리다. 정훈의 소리만큼은 아무리 귀를 막아도 심장까지 파고든다. 우영에게 동생의 생기 없는 소리가 들리는 순간만큼은 모든 감각이 한꺼번에 열려 고통스러웠다. 어쩌면 정훈의 생기 없는 소리가 짧아서 우영에게는 다행이었는지 모른다. 동시에 그 생기 없음이 죽어가는 우영에게 생기가 되어 현실을 직면하는 고통을 주기도 했다.

설날 아침

떡국 한 그릇을 먹으면 정훈은 아홉 살이 되고, 우영은 열두 살
이 된다. 남매에게는 아침에 눈을 뜨고 싶지 않은 그런 날이 있다.
명절과 소풍 가는 날, 그리고 어린이날이 그런 날이다. 엄마의 부재
가 또렷하게 확인되는 날이기 때문이다.

"정훈아, 인나라~ 니 떡국 먹으면 오늘부터 아홉 살 형님 된다.
우리 둘 다 이제 한 살 더 먹는 기다!"

우영은 설날 아침에 일찍 일어나 정훈을 깨웠다. 뭐가 기분이
나쁜지 정훈은 전날 밤부터 시무룩해서는 심통을 부린다. 아마도
전날부터 동네 아이들이 설빔을 차려입고 도시에서 온 사촌들과
동네를 뛰어다니는 모습을 봐서 그런 것 같다.

"내는 떡국 안 먹을 끼다!"

"와? 와 또 그라는데? 떡국 안 먹으면 한 살 안 먹는데? 니 혼자만 계속 여덟 살 할래? 준호랑 승민이는 다 아홉 살인데?"

"그런 게 어딨노?"

정훈은 이불을 뒤집어쓰고 돌아누웠다. 벌써 일주일 전부터 마을 입구에는 고향을 찾는 사람들을 환영하는 현수막이 여기저기 붙어 있었다. 우영과 정훈 남매는 현수막이 붙여지는 날부터 더 고개를 숙여서 눈에 보이는 것들을 외면했다.

골목 입구에 있는 전방 앞에는 고향을 찾는 사람들의 지갑을 열게 할 물건들이 길목까지 나와 있어, 아무리 안 보려고 해도 안 볼수가 없다. 과자 종합선물세트가 그중 제일 먼저 눈에 들어온다. 마을 입구부터 서울 번호판이 붙은 자동차들이 서 있어서, 남매는 아예 골목에 나가지 않기로 마음먹었다. 집집마다 손님들로 시끌벅적하고 부침개 냄새며 튀김 냄새가 진동했다. 손자 손녀를 반기는 할아버지 할머니의 웃음소리로 시끌벅적했다.

하지만 새해 첫날, 남매의 아버지 서진수는 집에 들어오지 않았다. 미숙이 집을 나간 뒤 서진수는 매일같이 술만 퍼마셨지만, 한동안 정신을 차리고 남의 밭에 가서 열심히 일을 했었다. 그런데 시내에 사는 막내 여동생마저 고향을 떠나 해외로 이민을 가자 다시술을 입에 대기 시작했다. 그래도 어린 자식들이 무서워한다며 밤12시 전에는 꼭 집으로 들어와 잠을 잤는데, 새해 아침에는 보이지않았다.

"누나, 아빠는?"

"아빠 집에 안 들어왔는데."

아빠가 없다는 말에 정훈은 아빠가 자는 방으로 뛰어 들어가 보고, 신발을 보기 위해 툇마루 아래를 살펴보기도 한다.

"누나, 아빠도 우리 두고 어디 간 거 아이가?"

정훈이 울먹이며 아빠를 찾는다. 하지만 우영은 아무 말 없이 아침상을 차리는 데만 열중한다. 서진수는 아무리 술을 마셔도 지금까지 명절날 아침에 집에 안 들어온 적은 한 번도 없었다.

"누나야, 아빠 또 전방 앞에 누버 자는 거 아이가? 우리 아빠 찾으러 가볼래?"

남매가 술 취해 잠든 아빠를 찾으러 가는 건 흔한 일이었다. 전방 아주머니가 전화해서 "우영아, 느그 아부지 또 가게 앞에서 누버 잔다. 내가 몬 살겠다. 하루 이틀도 아니고… 어린 새끼들 생각해서 정신을 차려야 할 낀데, 와 저러고 사는지 모르겠다. 퍼뜩 와서 아부지 모시고 가야겠다." 하면 남매는 아버지를 모시러 가곤 했다.

그런데 우영이 그날은 좀 이상했다. 아빠를 찾으러 가자는 정훈의 말을 못 들은 사람처럼 계속 떡국 타령만 했으니 말이다.

"정훈아~ 니 떡국 안 묵을 끼가? 빨리 온나! 누나가 맛있는 것도 마이 했데이."

"아빠는?"

"……."

정훈은 칭얼거리며 내복 바람으로 주방에 갔다. 남매의 집에서도 부침개 냄새가 난다.

"이거 누나가 한 거 아니잖아."

식탁에 차려진 음식을 보자마자 정훈은 어깨를 툭 떨구더니 '그럼 그렇지' 하는 표정으로 걸음을 멈췄다.

"이것도 누가 준 기고, 저것도 누가 준 거 다 안다. 어제 준호네 아줌마가 갖다주는 거 다 봤다! 우리가 거지가? 이런 거 쥐도 받지 마라! 치아라! 내는 떡국만 묵을 끼다."

정훈은 언젠가부터 동네 사람들이 챙겨다 준 반찬은 입에 대지 않았다. 정훈은 누나가 끓여준 떡국만 앞에 끌어다가 우걱우걱 삼키면서 누나와 눈이 마주치지 않도록 시선을 피했다. 누나의 표정을 볼 수 없었다. 안 봐도 어떤 심정일지, 어떤 눈빛일지 다 안다. 알지만 다른 사람들이 준 음식은 먹고 싶지 않았다.

그때, 누군가가 급하게 대문 안으로 뛰어 들어오며 남매를 불렀다.

"우영아! 정훈아! 나와봐라! 우짜노… 우짜노……! 이게 무슨 일이고…….."

우영은 손에 든 부침개 접시를 싱크대에 내려놓고 한 손으로 정훈의 어깨를 눌렀다.

"정훈아, 떡국 묵고 있어."

우영은 차분하게 말하고는 대문을 향해 걸어갔다.

전방 아줌마만 온 게 아니라 아줌마 남편과 동네 사람들 몇 명도 대문 앞에 몰려와서 웅성거린다.

대문에 들어선 전방 아줌마는 양손을 흔들며 팔짝팔짝 뛴다.

"이 여자가 와 이라노, 애들 앞에서."

아줌마의 남편은 흥분한 아내를 야단치더니 침착하게 우영의 손을 잡고 정훈이가 없는 대문 밖으로 데리고 나갔다.

"우영아, 내 말 단디히 들으래이."

"네."

우영은 가만히 고개를 끄덕였다.

그사이 동네에 구급차의 요란한 사이렌 소리가 점점 다가오고 있었다.

"느그 아부지가 공판장에서 자다가 고마 잘못된 것 같다. 언능 가봐야 하니까 니만 살짝 옷 입고 나온나."

내내 평정심을 유지하려 애쓰던 우영은 사이렌 소리가 들릴 때부터 몸을 떨더니 그대로 대문 앞에 주저앉았다. 다리에 힘이 풀려서 다시 일어날 수도 없었고, '엄마' 하고 울 수도 없었다. 부를 엄마가 없었기 때문이다. 입도 얼어붙었고 몸도 얼어붙었고… 심장도 얼어붙었다.

50분이 다 되어버렸다. 정훈은 50분을 거의 꽉 채워 어린 시절의 가슴 시린 기억을 풀어놓았다. 시간이 흐를수록 그의 몸은 점점 더 움츠러들었고, 울음을 참느라 중간중간에 목을 뒤로 젖히고 긴 한숨을 내뱉기를 여러 번 반복했다. 아무 반응도 할 수 없었다. 정훈은 고아진에게 말을 하고 있었다기보다 독백을 하는 사람 같다.

"그리고 어떻게 했는지, 기억이 안 나네요. 아마 누나 혼자 가서 봤을 거예요. 경찰차에 구급차 소리가 동네에 막 울렸던 기억밖에 안 나요."

"정훈 씨도 그렇고 우영 씨도 어린 나이에 그런 큰일을 겪었군요. 그런 일을 겪기엔 두 사람 모두 너무 어렸네요. 그런데 어머님은요?"

"아……."

아진은 기가 막혀서 말을 더 이상 이을 수 없었다.

정훈은 아까부터 시계를 계속 의식하면서 이야기할 분량을 계산하고 있었다.

"다 지난 일이죠. 한 번도 입 밖으로 꺼낸 적이 없는 일인데 이렇게 말하고 나니 기억나는 게 신기하네요. 저 때문에 퇴근도 못 하시고…… 수고하셨습니다. 다음주에 뵙겠습니다."

정훈은 서둘러 자리에서 일어나려 했지만, 아진은 자리를 뜰 수가 없었다.

"저는 너무 기가 막히고 마음이 아픈데 정훈 씨는 괜찮아요?"

"……네, 괜찮습니다."

정훈은 모자를 벗고 꾸뻑 인사를 하더니 다시 모자를 깊이 눌러쓰고 급하게 등을 보이며 나갔다. 그 모습은 아진에게서 어떤 위로나 공감도 받지 않기로 작정한 것처럼 보였다. 아진은 심장 한가운데에 생채기가 나는 것 같은 통증을 느꼈다.

아진은 정훈이 떠나고 난 자리에 서서 한참을 그대로 있었다.

정훈에게 들은 남매의 기막힌 사연에서 전달되는 슬픔, 그 이상의 것들이 아진의 정신을 휘감는다. 큰 슬픔. 아니, 아진을 힘들게 한 것은 슬픔만이 아니다. 슬픔 말고도 아진은 화가 났다. 아진은 우영의 부모에게 생생한 분노를 느꼈다.

정훈에게 차마, 미숙은 왜 그 자리에 없었는지, 새해 첫날 왜 어린 남매와 함께 있지 않았는지, 어째서 겨우 열두 살이 되는 아이가 떡국을 끓여야 했는지 물어볼 수 없었다. 도대체 왜 그 어린 여자아이가 아버지의 죽음을 보러 혼자 달려가야 했는지 차마 묻지 못했다.

아진은 늘 하던 대로 천천히 퇴근 준비를 하기 위해 발걸음을 뗐다.

누굴 향한 분노인지, 누구의 분노인지 방향을 잃은 아진은, 퇴근을 위한 리추얼을 순서대로 실행하면서 마음을 가라앉혔다. 오전에 차 수리를 맡기는 바람에 하필이면 이런 날 지하철을 타야 했던 아진은 지하철역으로 터덜터덜 걸어갔다. 지하철 문이 열렸다. 문 안으로 한 발을 내딛는데 딴청을 부리다가 뒤늦게 내리려던 한 여자가 아진의 몸에 세게 부딪히며 달려나갔다.

"아!"

생각보다 아진의 목소리가 컸다. 놀란 아진은 하마터면 달려가는 여자의 뒷덜미를 잡아챌 뻔했다. 지하철에서 다시 내려 저 여자의 뒷덜미를 잡아서 왜 사람을 치고도 미안하다는 말 한마디 없이 가는지 눈을 크게 뜨고 소리 지를 뻔했다. 정상적인 사람 안에도 사이코틱한 부분이 항상 숨어 있고, 그 광기는 언제든지 튀어나올 수 있다는 것을 아진은 잘 알고 있다.

아진은 깊은숨을 내뿜고 이어폰을 귀에 꽂았다. 그리고 음악을 틀었다. 차분한 멜로디가 머릿속에 있는 복잡한 오물들을 씻어내 주길 바라면서.

희망이라 믿고 싶은 작은 빛

"아이고, 선생님 어서 오시이소. 이래 또 오시게 해서 우얍니꺼… 덥지예?"

여전히 눈을 맞추지 않는 그녀의 시선은 아진의 배꼽 정도에 고정되어 있다.

아진이 올 시간에 맞춰 외출 준비를 하고 서 있는 미숙은 외투를 손에 든 채로 인사만 하고 곧장 밖으로 나갔다. 정훈이 당부를 한 모양이다.

시체를 방 안에 오래 방치한 냄새를 맡아본 적은 없지만, 이 집에서 나는 냄새를 설명해보라고 한다면 그렇게밖에 설명할 수 없을 것 같다. 뭐라 형용할 수 없는, 목구멍까지 톡 쏘는 듯한, 짙게 깔린 쾌쾌한 곰팡 냄새 같은 그런 냄새다.

"우영 씨, 저 오늘도 왔습니다. 식탁 의자에 앉아 있을게요."

"……."

"오늘도 11시 50분까지 앉아 있다가 갈 거예요."

식탁 옆에 안 보이던 선풍기가 있다. 아진은 미숙이 자신을 배려해서 미리 꺼내 놓은 건가 하는 생각을 잠시 했다. 버튼을 눌렀다. 선풍기 돌아가는 소리가 '탈탈탈' 요란하다. 그 요란한 소리 때문에 혹여 들어야 하는 소리를 놓칠지 모른다는 생각에 아진은 발을 뻗어 선풍기 버튼을 눌러 꺼버렸다.

사실 선풍기는 미숙의 배려가 아니라 우영의 배려였다.

지난번 가정방문을 왔을 때 미숙이 집 밖으로 쫓겨나고 매우 조용해졌을 때 우영은 집이 처음으로 평온하다고 느꼈었다. 미숙이 출근하고 집에 혼자만 있을 때는 느껴보지 못했던, 정훈과 단둘이 있을 때도 느껴보지 못한 평온함이었다. 악당을 물리쳐준 사람과 함께 있는 느낌이랄까? 아니면 혼자 있지 않은 느낌이랄까? 방 앞에 자신을 지켜줄 든든한 경호원이 있는 느낌이랄까? 아무튼 우영은 얼굴 한 번 본 적이 없는 사람에게서 안정감을 느끼고 있었다.

우영은 만약 밖에 있는 경호원이 자신에게 어떤 말이든 걸어줘도 나쁠 것 같지는 않았지만, 말을 건다 해도 아직 자신의 목소리를 밖으로 내보낼 용기는 없었기 때문에 이대로 평온한 상태를 좀더 유지해주길 바랐다.

우영은 주방 식탁이 있는 쪽 벽으로 소리 없이 다가가 벽에 등을 기대고 밖의 소리에 귀를 기울였다. 아무 소리도 들리지 않았다. 간간이 들리는 소리라고는 뭔가로 부채질을 하는 것 같은 '타닥타닥' 하는 소리뿐이었다.

집의 모든 창문이 닫혀 있다는 것을 우영은 그제야 인식했다. 밖으로 냄새가 나온다는 이웃들의 항의가 있기도 했지만, 그것만이 이유는 아니었다. 언제부터인가 가족은 모든 창문을 잠갔고, 커튼도 열지 않았다. 시작은 우영이었을 것이다.

어릴 적 대문도 잠그지 않고 살던 때에 비하면 우영은 변한 것이 참 많다. 서울에 올라와서 처음 이 복도식 아파트로 이사 왔을 때, 우영은 답답하다며 현관문을 자꾸 열어놔서 미숙에게 혼이 나곤 했다. 거실에 앉아 지나가는 사람마다 인사를 하고, 아이들이나 할머니를 집에 들여 간식을 나눠주기도 했다. 그래서 조부모님하고만 사는 아이들이 자꾸 우영의 집에 놀러 와서는 "언니, 나 언니 집에서 살아도 돼?"라고 물어보곤 했다. 그런 아이들을 우영은 씻겨주고 간식도 주고, 심지어 숙제까지 봐주곤 했다. 아마도 어린 시절 정훈과 자신이 받고 싶었던 돌봄을 이웃집 아이들에게 해주는 것이었을 테다.

그러던 우영이 방 안에 들어가 문을 닫으면서부터 가족이 나가기만 하면 모든 창문과 커튼을 닫아버렸다. 처음에는 미숙이 일주일에 몇 번씩 주방 창문을 열어 잠깐씩 환기를 시키기는 했지만, 미숙도 점점 닫힌 문이 더 편해졌다.

밖에서 부채질하는 소리를 듣고 우영은 아진이 두 번째 방문하기로 한 날 새벽에, 정훈에게 문자를 보냈다.

「부엌에 선풍기 좀 꺼내놔 줘. 그 선생님 더우신가 보더라.」

벽 하나를 두고 두 사람은 다른 경험을 하고 있던 것이다. 아진은 우영을 '성난 괴물처럼 으르렁거리면서 언제 달려들지 모를 위험한 존재'로 경험하고 있었다. 반면에, 우영은 아진을 '희망이라 믿고 싶은 작은 빛'으로 경험하고 있었다. 그렇게 아진은 첫 번째 만남에서 우영의 안에 있던 불안을 자신의 것으로 담아갔다.

그날 밤, 아진은 꿈을 꾸었다. 그리고 자신의 분석가 김 교수와의 세션에서 꿈 이야기를 했다.

큰 파도가, 집을 통째로 삼킬 만큼 크고 강한 파도가 밀려왔다. 파도는 나와 두 아이에게 덮쳤는데, 무섭지만은 않았다. 파도와 접촉한다고 해야 하나? 파도가 다가온다고 해야 하나? 찾아온다고 해야 하나? 아무튼 파도를 두려워하면서도 뭔가 받아들이는 그런 느낌이 더 컸다.

아진은 그 가족을 생각할 때마다 심장이 약간씩 뛰는데, 그것이 무서움인지 기대감인지 잘 모르겠다. 엮이고 싶지 않으면서도 궁금하고, 밀어내고 싶은데도 어느새 그들을 생각하고 있는 자신을 발견한다. 아진은 그날, 우영의 집에서 나올 때까지는 광기 가득할 것 같은 우영에 대한 자신의 두려움이라고 생각했었다. 하지만 생각해볼수록 그것만이 아니었다.

선풍기를 끄니 집 안은 다시 고요해졌다.

아진은 다시 집 안 구석구석을 살폈다.

TV 옆에 낡은 액자가 하나 있다. 정훈의 유치원 졸업 사진인 것 같다. 우영의 사진은 없다. 가까이 가서 보고 싶지만 이동하는 소리를 그녀가 예민하게 듣고 있을 것만 같아서 앉은 자리에서 둘러보았다. 아진은 우영이 있는 방의 벽 쪽에 귀를 기울이고 있고, 우영은 아진이 있는 벽에 기대어 아진의 소리를 기다렸다.

시계는 이제 겨우 5분이 지났다.

두 번째라 괜찮을 줄 알았는데, 5분이 지나면서 차츰 아진의 감각기관들은 또다시 예민해지기 시작했다. 째깍째깍 초침 소리가 귀에 바짝 붙은 것처럼 크게 들리더니 집 안에 있던 산소가 다 빠져나가는 것처럼 답답해진다. 그 답답함이 처음엔 가슴을 조이더니 점점 목까지 차올라 터질 것만 같았다. 아진은 시야가 흐려지고 주변이 어두워지는 것을 느꼈다. 이대로 45분을 버틸 수 없다. 아진은 우영에게 아무 말이나 던졌다.

"우영 씨, 거기서 뭐 해요?"

선풍기를 준비한 우영은 아진이 선풍기를 끄는 소리를 듣자 불안해졌다. 지난주와는 다르게 뭔가 화가 난 것 같기도 하고 피곤해하는 것 같기도 했다. 지난주에는 미숙에게라도 말하는 소리가 들려 아진의 마음을 그림으로 그려볼 수 있었지만, 표정도 못 보는 상황에서 목소리마저 들리지 않으니까 오히려 마음을 읽는 게 더 어려워졌다. 우영도 밖에 있는 아진처럼 점차 침묵이 불안했고 답답함을 느낄 때, 마침 아진이 뜬금없는 질문을 한 거다. 너무 반가운 나머지 하마터면 우영은 대답을 할 뻔했다.

우영은 아진의 당돌한 이 화법이 참신하고 재미있다. 튀어나올 뻔한 대답을 숨기고, 우영은 한참을 망설이다가 널브러져 있는 종이 한 장을 문 아래 틈새로 '쓱' 하고 내밀었다.

"계란이 왔어요~ 싱싱한 계란이 왔어요~"

그런데 하필이면 그 타이밍에 계란 장수의 트럭이 등장했다. 계란 장수의 소리가 우영이 내민 종이 소리를 잡아 먹어버려서 아진은 종이를 보지 못했다. 그리고 아진은 '계란'이라는 단어를 붙잡아 다음 질문을 이어갔다.

"우영 씨, 이 근처에 떡볶이 맛있게 하는 집 알아요? 길 건너 고등학교 근처에 엄청 유명한 떡볶이집 있다고 하던데."

"……."

아진의 생각 속에 계란 장수의 소리를 들으니 질척한 떡볶이 국물에 삶은 계란을 부숴서 먹고 싶다는 엉뚱한 욕망이 흘러 들어왔다.

대답을 기대한 건 아니지만, 외부에서 들어온, 생생한 삶의 소리로 인해 아진은 한결 숨쉬기가 편해졌다. 아진의 우스꽝스러운 질문을 듣자, 우영도 아진에 대한 불안한 생각이 사그라들었다.

5년 전, 우영이 처음 방 안에서 나오지 않았을 때, 우영을 가장 괴롭혔던 것은 불면증이다. 밤이고 낮이고 몸은 피곤한데 머리가 각성돼서 몇 주가 지나도 도통 깊은 잠을 잘 수 없었다. 체온은 점점 떨어지고 머리에 한기가 들었다. 털모자를 써도 얼음처럼 차가워진 머리 때문에 잘 수 없었다. 잠을 아예 못 잔 것은 아니지만 잠깐 잠이 들었다가 깨보면 겨우 5분, 10분이 지났다. 때론 깊이 잠이 들려고 할 때, 깜짝 놀라서 깨곤 했다. 잠을 자지 못하게 되자 몸의 감각들은 예민해졌고, 작은 소리에 귀를 기울이게 되니 더 잠을 잘 수 없었다. 그러던 어느 날 잠이 오지 않아 뒤척이다가 팔뚝이 몹시 가려워 긁기 시작했다. 팔에 작은 뾰루지들이 손톱에 걸려 잡아뜯으니 따끈한 피가 피부를 타고 흘러내렸다. 피를 보자 온몸에 피가 돌면서, 마치 막힌 온수 파이프가 뚫린 것처럼 차가운 머리까지 따뜻해지기 시작했다. 우영은 그날 그렇게 자기 살을 뜯어내고 난 뒤에 처음으로 꼬박 서른 시간 동안 잠을 잤다. 그 뒤로 우영은 팔, 다리, 목, 배 등 손이 닿는 곳이라면 어느 곳의 살점이라도 뜯어 기어이 피를 봐야 잠을 잘 수 있었다.

'철컥' 현관문이 열렸다. 그 순간 방문 밑으로 내밀었던 종이도 빠르게 다시 안으로 들어가서, 결국 아진은 종이를 보지 못했다.

아진은 떡볶이 생각을 하니까 배가 더 고팠다. 상담한다고 와서는 내담자랑 말 한마디 섞어보지 못하고 떡볶이에 대한 몽상만 한 자신이 한심스러웠다. 이게 뭐 하는 짓인가.

두 번째 가정방문은 아진에게 자괴감과 함께 슬슬 영혼의 생기마저 잃게 만들고 있었다.

만약 그 종이를 아진이 봤다면, 큰 희망을 손에 쥐고 돌아갈 수 있었을 텐데.

희망이라 믿고 싶은 작은 빛

잃어버린 것

일고여덟 살 정도 된 남자아이가 뭔가 중요한 것을 잃어버렸
다. 낡은 집들이 있는 좁은 골목을 돌아다니며 맨홀 구멍도
들여다보고, 드럼통 뒤도 찾아봤다. 마음을 더 불안하게 하는
것은 잃어버린 것이 무엇인지 도무지 생각나지 않는다는 거
다.

크기가 얼마나 되는지, 어떻게 생긴 것인지 알아야 찾을 수
있을 텐데 아무것도 기억나지 않는다. 만약에 그것이 생명이
있는 것이라면 더 큰 일이다.

빨리 찾아내야 한다.

발을 동동 구르며 울음을 터뜨리자 주변에서 사람들이 무엇

을 찾고 있는지 같이 찾아봐주겠다고 친절하게 다가온다.

하지만 어떤 도움도 청할 수 없다.

찾고 있는 것이 무엇인지 모르기 때문이다.

오랜만에 그 꿈이 또다시 아진을 찾아왔다.

뭔가 중요한 것을 잃어버렸는데, 그것이 무엇인지 몰라 발을 동동 구르는 꿈.

몇 년 동안 한 번도 말을 걸지 않던 그 꿈이 하필 왜 지금 다시 아진에게 말을 건 것일까?

아진은 침대에 누운 채 그대로 다시 눈을 감았다. 그리고 꿈에 대한 정서에 좀더 집중했다. 오랜만에 느껴보는 어둠이다.

김 교수와 함께 그 꿈에 대해 이미 여러 차례 작업했지만, 그 잃어버린 것이 어릴 때 실종된 동생 선호라고 단순화하기엔 여전히 다루지 못한 것들이 너무 많다.

아진은 사실상 선호가 실종되던 날을 전후로, 어린 시절의 기억이 거의 없다. 김 교수와 아진은 당시의 충격 때문에 그 시기의 기억을 해리시켰다고 보고 있다. 아진이 분석에 와서 김 교수에게 보고한 내용 대부분은 아버지나 친척들에게 들은 것이 전부이다.

'오늘 분석 가면 꿈 이야기를 해봐야겠다.'

아진은 꿈을 잊지 않기 위해 핸드폰을 꺼내 간단한 키워드를 입력했다.

잃어버린 것

카우치에 누운 아진은 발아래 있는 담요를 조심스럽게 손으로 끌어다가 가슴부터 발끝까지 길게 덮었다. 그리고 양손을 배 위에 가지런히 올려놓았다. 긴장된 몸을 이완하고 싶어서인지 여러 차례 몸을 고쳐 눕더니 눈을 감았다. 다른 때와 달리 김 교수의 눈에도 아진이 유독 불안해하는 것이 보인다.

고아진.

그녀가 3년 전 처음 김 교수를 찾아왔을 때도 그 꿈을 가지고 왔었다.

사막. 일행은 저 앞에 가고 있는데, 무언가 중요한 것을 잃어버렸다. 일행을 먼저 보내고 혼자 남아서 잃어버린 것을 찾고 있었다. 해가 곧 지려 하고, 일행과 너무 떨어져 있어도 안 될 것 같아 마음이 급했다. 그런데 무엇을 찾는지가 도저히 생각나지 않았다. 발이 모래 속으로 푹푹 빠지고 흙먼지가 눈앞에 날려서 시야가 흐려졌다. 그래서 눈을 부릅뜨고 찾아야만 했다. 만약, 만약에 잃어버린 것이 사람이라면, 더 빨리 찾아야 한다.

아진은 마치 꿈속에서 아직 빠져나오지 못한 사람처럼 흥분된 상태였다. 당장 찾지 않으면 안 된다는 다급함이 김 교수에게까지 전해졌다.

공사판에서, 백화점 지하 주차장에서, 그리고 엘리베이터 안에서, 아진은 알지 못하는 것을 찾는 이 악몽의 수수께끼를 풀고 싶다는 소망으로 김 교수를 찾게 되었다.

　김 교수가 아진을 처음 만났을 때 아진은 넋이 나간 듯 불안해 보였다. 눈빛이 그랬다. 어딘가에 갇힌 듯 잔뜩 겁먹은 눈빛이었는데, 그 눈빛은 마치 이 세상이 아닌 또 다른 차원의 세상을 보고 있는 눈빛이었다. 겁먹은 눈빛과 달리, 단아하고 차분한 몸짓과 부드러우면서도 똘망똘망한 목소리에서는 분석가를 처음 찾아온 사람에게 보이는 긴장감이 전혀 느껴지지 않았다. 심지어 아진은 여유롭기까지 했다. 신청서를 보고 직업이 상담사임을 알고서야 김 교수는 아진의 여유로움을 이해했다. 시작해도 좋다는 김 교수의 사인을 받자마자 아진은 꿈 이야기를 하며 어린아이처럼 울먹였다.

　아진이 꿈 이야기를 마치고 곧바로 어릴 때 실종된 남동생 이야기를 했기 때문에, 김 교수는 그 일과 관련되어 있지 않을까 염두에 두었다. 아진의 이야기를 들은 김 교수는, 의식에 올라온 남동생의 실종에 대한 것보다, 더 깊은 곳에, 아직 드러나지 않은 것이 있지 않을까 생각했다. 그리고 이제 혼자가 아닌 자신과 함께 그것이 무엇인지 찾아보자고 제안하며 두 사람은 첫 세션을 마쳤다.

　아진은 꿈을 기억해서 김 교수에게 가져올 수는 있었지만, 꿈이 말하고자 하는 것이 무엇인지, 연상할 수 있는 것이 아무것도 없었다. 그저 잘게 조각 난 퍼즐 조각처럼 선호가 있었던 당시의 특정한 장소나 사물들이 떠오를 뿐이었다. 아진은 그것에 대한 에피소드들은 구체적으로 기억하지 못했고, 하다못해 어떤 정서도 가져올 수 없었다.

　시골 할머니 집 마당에서 강아지와 놀았던 것, 침대 옆 방바닥에서 TV로 만화를 봤던 장면, 선호가 있던 병원 복도에서 뛰어다니며 놀았던 장면이 떠올랐지만, 곧바로 필름은 싹둑 잘려 나간 것처럼 머리가 하얗게 되곤 했다.

무정한 사람들

"어서 오세요, 정훈 씨."

"안녕하세요."

"지난주에 이야기하고 나서 괜찮았어요?"

"뭐, 그렇게 사는 사람이 어디 저희뿐이겠어요. 다 힘들죠."

아진은 아직도 그 일을 생각하면 가슴이 시린데, 정작 당사자는 그 시린 고통을 일반화시켜 버렸다. 그렇게 한쪽 귀퉁이로 밀어 놓으며 지금껏 살아온 거다.

일하다가 왔는지 정훈의 손에는 꼬질꼬질한 기름때가 그대로다. 정훈은 그것이 민망한지 휴지 한 장을 뽑아서 손을 문질러 닦으며 말을 이었다.

"누나가 선생님이 오시는 게 싫지 않았나 봐요."

"그래요?"

아진은 궁금해서 눈이 번쩍 뜨였다.

"누나가 선생님 오시는 날, 선풍기 꺼내 놓으라고 문자를 했거든요. 그럴 때 보면 옛날 누나로 돌아온 것 같아요. 멀쩡하단 이야기잖아요."

멀쩡하다 뿐인가! 그 말 한마디를 통해 아진은 많은 단서를 보았다. 우영에게서 현실적인 기능이 꽤 살아 있다는 단서 말이다. 우영은 아진이 오는 날을 기억하고 있고, 날씨가 덥다는 것, 거실에 선풍기가 없다는 것까지 생각하고 있지 않았나! 심지어 아진에게 배려까지 했다는 것은, 아진이 집에 찾아오는 것이 싫지 않다는 뜻이 아닌가!

아진은 깜깜한 마음에 밝은 빛이 들어오는 것을 느꼈다.

'됐어! 그렇다면 된 거야. 그렇다면 해볼 만하지!'

"누나가 차라리 나가서 독립해 살았으면 좋겠어요. 저렇게 엄마도 괴롭히고 자신도 괴롭히면서 사는 게 너무 화가 나요. 엄마를 다시는 안 보고 살아도 좋으니 자기를 더 이상 괴롭히지 않았으면 좋겠어요. 엄마는 내가 알아서 할 테니까 제발, 자기 인생 좀 살라는데! 후……."

정훈의 목소리는 점점 격양됐다.

"누나는 어머님에 대해 그 정도로 화가 났는데 정훈 씨는 어떠세요?"

"엄마가 저보다 누나한테 몹쓸 짓을 더 많이 했어요. 전 어리기도 했고…… 누나는 못 볼 꼴도 많이 봤어요."

정훈은 핑 도는 눈물이 밖으로 흘러나오지 않도록 눈알을 굴려 눈물을 다시 안으로 밀어 넣었다.

"전 제가 여기서 우는 것도 누나한테 미안하고 사치스럽게 느껴져요. 여기서 울어야 할 사람은 제가 아니라 우리 누나예요."

정훈이 초등학교 입학을 하루 앞둔 날이었다. 미숙은 옷이랑 학용품을 사준다며 정훈을 데리고 시내로 나갔다. 오랜만에 엄마가 일을 안 나가는 것만으로도 충분히 좋은데, 시내에 가서 선물을 사준다는 말에 정훈은 신바람이 났다.

한 손에는 새 학용품이 가득 든 봉지를 손에 쥐고, 다른 한 손은 엄마의 손을 잡은 정훈이 이번에는 아동복 백화점으로 뛰어 들어갔다. 웬일인지 미숙은 작정을 한 사람처럼 옷을 골라대기 시작했다.

"사장님! 이거 한 치수 더 큰 건 없습니꺼?"

"그거 맞을 낀데요. 그것보다 한 치수 더 크면 어벙해서 파입니더. 그게 아한테 지금 딱 맞는 깁니다."

"아니, 됐고요. 딱 맞는 거 누가 보면 모르나. 이거 말고 더 큰 치수도 찾아봐주이소."

다른 사람 말을 끊어먹는 버릇이 있는 미숙은, 왜 더 큰 치수의 옷을 찾는지 설명할 필요 없다는 듯 자신이 원하는 것을 요구했다.

결국 미숙은 한 치수가 더 큰 옷들과 봄에 입을 옷까지 몇 벌 더 샀다. 사장님은 이해할 수 없는 미숙의 행동에서 뭔가를 읽은 듯 계산기를 두드리면서 살짝살짝 모자의 얼굴을 번갈아 살폈다.

"엄마, 누나 거는 안 사주나? 이거 누나 입으면 예쁘겠는데."

자기 것만 사는 것이 미안했는지, 정훈은 원피스 하나를 손에 쥐더니 미숙에게 보여준다.

"만지지 마라. 누나는 고모가 수영이 누나가 입던 옷 많이 보내준다 아이가. 누나는 옷 많다."

집으로 돌아온 미숙은 출근도 하지 않고 온종일 집안일을 했다. 쌀이며 가스, 연탄을 주문하느라 분주했다.

"엄마, 오늘 일 안 가나?"

고모네 집에 심부름을 다녀온 우영이 마당에 있는 엄마를 보고 반가워서 쪼르르 달려온다.

"오늘은 일 안 간다."

"엄마 맨날 일 안 가믄 좋겠다. 엄마 집에 있으니까 좋다!"

자기 생각에 빠져 있으면 다른 사람 말을 씹는 사람이긴 하지만, 미숙은 유독 우영에게 눈길을 주지 않고 대답을 회피했다. 우영은 그러려니 한다. 엄마가 머릿속으로 뭔가 꿍꿍이를 계획할 때는 옆에서 아무리 말을 걸어도 듣지 못하는 것을 잘 알기 때문이다. 고모네에서 받아온 건어물을 마루에 던져두고, 우영은 마당에 널린 빨래를 걷었다. 정훈은 엄마가 사준 운동화와 가방을 안방 이불 위에 올려놓고 신이 나서 이불 위에서 폴짝폴짝 뛴다.

그날은 엄마가 집에 있어서인지 다른 때보다 남매는 일찍 잠이 들었다.

다음 날 아침.

새 가방과 운동화를 머리맡에 두고 잠든 정훈이 눈을 떴을 때 방 안엔 아무도 없었다.

"엄마, 나 오늘 옷 뭐 입고 갈까? 이 청바지가 낫겠나? 아니믄 하늘색 바지 입을까?"

정훈은 어제 산 옷가지들 사이에서 바지 두 개를 양손에 쥐고 나오며 엄마를 불렀다. 그런데 엄마의 대답은 없고 누나 우영이 대문 앞에 서서 골목 끝을 바라보며 망부석처럼 서 있다.

살면서 단 한 번도 경험해보지 않은 이런 장면의 의미가 무엇인지, 정훈은 본능적으로 알았다. 그래서 양손에 쥐고 있던 바지를 바닥에 내동댕이치고는 대뜸 우영에게 소리를 지르며 달려갔다.

"누나, 와 우는데? 엄마 일하러 갔나?"

다가가는 정훈을 우영이 자기 품에 끌어다가 부둥켜안고 엉엉 소리 내서 울었다.

"누나야, 와 그라는데?"

정훈은 대답을 듣기도 전에 우영의 손을 뿌리치고 골목으로 뛰어나갔다.

"엄마, 엄마! 나도 갈래! 엄마 따라갈래!"

내복 바람으로 정훈은 엄마를 부르며 거리로 뛰어나갔다.

"제가 잠든 사이에 갔기 때문에 저는 엄마가 가는 걸 못 봤어요.

그런 순간은 매번 누나 혼자였죠. 그래봤자 나보다 겨우 세 살밖에 안 많았는데요. 엄마가 새벽에 누나만 깨워서 단도리를 해놓고 갔다고 하더라고요. 서울 가서 돈 많이 벌어서 누나가 중학생이 되면 돌아올 테니, 동생이랑 아빠 잘 보살피고 있으라고 했대요. 말도 안 되는 이야기죠. 누나가 겨우 열한 살이었는데……. 나중에 동네 사람들이 수군거리는 소리를 들어보니 식당 사장님하고 눈이 맞아서, 둘이 도망친 거라고 하더라고요."

그랬다.

설날 아침에 어린 남매가 단둘이 떡국을 먹은 데는 이런 사연이 있었다.

무정하고 잔인한 사람들. 하루도 못 참았나? 생애 처음으로 엄마 품을 떠나 학교라는 무서운 세상에 첫발을 내딛는 순간이 아닌가! 그런 순간에 서로의 손을 잡고 넓디넓은 운동장에 들어선 두 남매의 모습이 미숙은 정말로 그려지지 않았을까? 어린 남매만 그 시작을 밟게 하다니. 동네의 엄마란 엄마들은 다 모여 있는 그런 자리에 오직 두 아이만 존재하게 했다.

아진은 기가 막혔다.

'우영은 지금 미숙에게 복수하는 것일까? 미숙의 남은 삶과 자기의 삶을 지옥으로 만들고 있는 것인가?'

펄펄 뛰며 우는 정훈을 겨우 달래서 들어온 우영은 툇마루 끝에서 어제 던져둔 건어물 봉지를 보았다. 그리고 고모를 대신할 검은 봉지에라도 의지하듯 바짝 다가앉았다.

'고모가 말한 꿍꿍이가 이거구나.'

우영은 고모가 한 말이 생각났다.

미숙이 집을 나가기 전날에, 우영의 고모는 곧 초등학교에 입학하는 정훈에게 선물을 주겠다며 집에 들르겠다고 했다. 그런데 미숙은 한사코 힘들게 올 거 없다며 우영을 보냈다.

"느그 엄마는 뭔 줄 알고 니보고 가지고 오라 카드나? 무거운 기면 우얄라꼬. 고마 지가 오토바이 타고 금세 오면 될 긴데. 우영이 니가 올 거였으면 고모가 갔지! 걸어서 왔드나?"

"버스 시간 맞춰서 타고 왔어요."

"갈 때 태워다 주면 좋겠는데, 느그 엄마가 기어코 오지 말라고 니를 보낸 거 보니까 뭔가 또 꿍꿍이가 있다. 니 알제? 느그 엄마 꿍꿍이 있으면 안 하던 짓 하는 거? 뭐가 그리 숨기는 게 많은지. 있어봐라. 느그 엄마 뭐 있다. 돈 준다 카는 거 뻔히 알 긴데도 오지 말라카는 거 보니까. 누가 알겠노, 그 능구렁이 같은 속을."

고모는 아이 손에 돈을 보내는 것이 걱정되기도 했고, 미숙이 괘씸하다는 생각이 들어 준비해 둔 돈 봉투는 다시 넣었다. 그리고 3만 원과 들고 가기 가벼운 건어물을 이것저것 봉지에 담아 우영의 손에 들려 보냈다.

고모의 예감대로 미숙에게는 엄청난 꿍꿍이가 있었다. 살림하는 성인 여자라면 그날의 미숙의 이상한 행동을 보고 오랫동안 집을 비울 꿍꿍이가 있다는 것을 모를 리가 없었을 거다.

"그래도 고모님이 가까이 계셔서 의지가 많이 되셨겠어요."

아진은 이 비극적인 상황에 조카들을 챙기는 고모가 가까이에 있다는 것에 내심 안심했다.

하지만 아직 안심하긴 이르다.

"엄마가 집 나가고 6개월 있다가, 갑자기 고모가 미국으로 이민 갔어요. 제 오해일지 모르지만, 아빠랑 저희 남매를 떠안게 될까 봐 멀리 도망친 것 같아요. 동네 사람들이랑 엄마도 그렇게 말씀하시더라고요. 피해의식일지 모르지만."

막내 고모가 미국으로 갑자기 떠난다는 마지막 인사를 하러 왔을 때도 역시 우영 혼자였다. 미숙이 떠나고 가을 추수가 막 시작될 때, 고모도 꿍꿍이가 있는 짓을 했다. 이른 아침에 주문하지도 않은 쌀이며 가스가 배달되어 오더니 뒤이어 고모가 찾아왔다. 오토바이에 한가득 과자며 빵, 그리고 열무김치 한 통을 싣고 말이다.

우영은 그것들이 왠지 반갑지도 고맙지도 않았다.

"우영아, 고모네 식구가 다음 주에 미국으로 가게 됐다. 니 알제? 고모부 누나들이 다 미국에 사는 거."

"네."

"그전부터 오라고 오라고 했는데, 한인 마트 하는 큰누나가, 니 알제? 가끔 미국 과자도 보내주던 큰누나!"

"네, 알아요."

어른들은 왜 꿍꿍이가 있으면 하나같이 평소와 다른 모습을 하는 걸까 우영은 생각했다.

"그래, 그 누나가 고마 아파서 도저히 혼자 가게 운영이 어렵단다. 그래서 고모부한테 와달라꼬 매일같이 징징거려서 고마 갑자기 이래 가게 됐다."

"네."

"느그 아부지한테는 암말 마라. 느그 엄마야 뭐 알아도 그만이고 몰라도 그만이지만."

"네, 아무 말 안 할게요."

"엄마는 아직도 연락 한번 없제?"

"네."

"아이고, 독한 여편네. 에미가 되가지고 우째 그리 독한 짓을 할 수 있는지 아무리 생각해도 내는 이해가 안 간다. 저 어린것을 두고 얼매나 잘 살라고. 쯧쯧쯧……."

우영은 이 말에는 동의하는 대답을 하고 싶지 않아 입을 다물었다.

"그래, 내가 괜한 소리 했다. 그래도 느그들한테는 엄만데……. 고모가 느그들이 마음에 걸려서 이렇게 갑자기 떠날라 카이 마음이 좀 그래서 안 그러나. 그래도 우야겠노. 집안의 가장이 간다는데 따라가야 안 되겠나."

"네, 괜찮아요."

정말 괜찮았나? 괜찮을 수가 있나? 하지만 자식을 등지고 떠나는 엄마의 발목도 못 잡은 우영에게 고모의 발목을 잡을 수 있는 명분은 없었다.

"공부 열심히 하고, 고모가 한 번씩 전화하게. 이거 얼마 안 된다. 고모도 갑자기 떠날라니까 돈 나갈 데도 많고 해서. 느그 아빠보면 또 다 술 퍼먹는다 할 테니, 니가 어디 잘 넣어두었다가 요긴하게 쓰래이."

두툼한 돈 봉투를 TV 위에 얹어 놓고 고모는 황급히 시선을 돌려 나갔다. 아마 눈물을 보일 염치까지는 없었나 보다. 눈도 맞추지 못하고 나서는 고모의 뒤통수를 향해 우영은 깍듯한 인사를 했다.

"감사합니다, 고모. 안녕히 가세요."

마침 옆집에 놀러 나갔던 정훈이 돌아와 마당을 나서는 고모를 보고 반갑게 인사했지만, 고모는 정훈을 차마 보지 못하고 도망치듯 대문을 나섰다.

고모마저 같은 하늘 아래 없다는 게, 어떤 것인지 체감하는 데는 단 몇 초밖에 걸리지 않았다. 자주 왕래하는 사이는 아니었지만, 그동안 그렇게 큰 의지가 되었던 줄 몰랐다. 고모가 떠나자 우영은 한쪽 다리가 꺾여 두 다리로 서 있을 수 없어 툇마루를 의지해 앉았다.

몸의 일부가 떨어져 나간 것 같다. 우영은 그동안 자신도 모르게 엄마나 아빠보다 고모네 가족을 더 의지했었던 것을 그제야 깨달았다.

마음의 소리를 들어서는 안 돼

●●

고아 아닌 고아가 된 어린 남매가 치른 초라한 장례식은, 바람
나 자식 버리고 집 나간 여자, 미숙을 안주 삼아 3일간 이어지다가
장지에 다녀와서야 끝이 났다.

"저 아그들이 불쌍해서 우야노. 에미란 여자가 우째 그리 독할
꼬. 즈그 애들 아빤데 장례식은 와야 하는 거 아이가? 저 어린것들
이 상주로 앉아 있는 게 말이 되나."

바로 옆집에 사는 마산 아주머니가 고개를 절레절레 흔들었다.

곁에 있던 마을 문상객들도 남매를 배려해서 소리를 죽여 한마
디씩 거든다.

"정훈이 아부지가 술을 마셨어도 아들한테는 잘했다 아닙니까.

정훈이 아부지가 정은 많습니다."

"맞다. 술만 안 묵으면 그만 한 사람도 읍다. 아이고, 바람난 그 느마는 뭐! 박사장 그느마도 그게 사람 새끼가. 다 큰 자식들 두고 쇠가 빠지게 일해서 그만치 읍내에서 식당 하게 만든 게 다 즈그 마누라 고생한 덕 아이가! 지가 뭐 한 게 있나? 만날 천날 손님들하고 술이나 먹고 노닥거리기나 했지. 그런 처자식 버리고 우영이 에미 꼬셔가 서울 가서 삼계탕집 차렸다 카드라. 인간이, 인간이 그래 살면 천벌 받을 끼다. 봐라. 얼마 몬 가서 그 삼계탕집은 홀랑 망해 묵을 끼다. 내사마 살아보니끼니 사람 이치가 그렇드라. 심은 대로 반드시 거두는 기라."

그때 마을 이장이 마시던 술잔을 들고 끼어들었다.

"근데, 나는 고마 도저히 이해가 안 가는 기라. 그 사람이 와 공판장에 누버 자노? 정훈이 아베가 아무리 술을 많이 마셔도 지 집을 못 찾아갈 사람은 아니거든! 그 사람은 내가 30년을 넘게 한 동네 살아보니, 술 마시면 코스가 딱 있는 기라. 택시 타고 동네 입구에 딱 내리가, 점방 앞에 앉아서 막걸리 한 병 다 비우고 평상에 누워 자다가 술 깨면 곧장 집에 가는 사람이다. 근데 와 즈그 집 가는 길도 아닌데, 그 새벽에 공판장에 가 엎어졌을까? 난 도저히 이해가 안 간다. 안 그렇습니까?"

앞에 앉은 이장 부인은 아랫입술을 깨물며 남편에게 입 다물라는 신호를 보냈다. 그렇게 해서 서진수의 죽음에 대한 의혹은 떠오르기가 무섭게 거세되고 말았다.

미국에 가서 연락한다던 고모는 단 한 번도 우영에게 전화하지 않았다. 그래서 아버지의 죽음을 고모에게 알릴 길도 막혀버렸다.

"감사합니다. 설날인데도 와주셔서 감사합니다. 안녕히 가세요."

차로 집까지 태워다준 동네 이장 박 씨 부부에게 우영은 깍듯하게 인사를 했다. 힘없이 돌아서는 남매를 보고 이장은 운전석에서 내려 우영의 손을 잡았다.

"우영아, 니 고생 많았데이. 가서 집 따숩게 하고 정훈이 데리고 일단 푹 좀 자래이. 설 명절이라 자기 집에 제사 땜시 많이 몬 왔다. 니가 이해하고 너무 섭해하지 마라."

"아닙니다. 감사합니다."

옆 좌석에 앉아 있던 이장의 부인은 눈물을 훔치느라 내리지도 못하고 창문 밖으로 얼굴을 내민다.

"우영아, 그 반찬 냉장고에 바로 넣으래이. 방에 두면 쉰다!"

"네, 안녕히 가세요. 감사합니다."

"아이고… 저 착한 걸 두고……. 느그 어매는 참말로 독하다."

이번에는 이장이 아랫입술을 깨물고는 아내의 입을 막았다.

"어, 거 쓸데없는 소리 한다. 뭐 한다꼬 그라노! 우영아, 문단속 잘하고 자래이."

"네."

이장 부인은 입이 간지러워 참을 수가 없었는지 기어코 한마디를 더 한다.

"언제는 뭐 지 에미 애비랑 같이 잤나? 만날 천날 즈그 둘이 에미 애비 올까배 문도 몬 잠그고 잤는데."

"고마, 시끄럽다카이. 니는 그 주둥아리 좀 안 다무나? 우영아, 저 여편네 말 신경 쓸 것 없다. 퍼뜩 드가서 보일러부터 세게 틀어놔라. 춥겄다. 정훈이 추워한다. 퍼뜩 드가라."

"네, 안녕히 가세요. 감사합니다."

허리 숙여 감사 인사를 한 남매는 차가 골목 밖으로 빠져나갈 때까지 집 안으로 들어가지 못한 채 서 있었다. 감사한 마음 반, 무서운 마음 반으로 우영의 몸은 굳었다.

"누나야, 춥다."

차가 시야에서 사라졌다. 우영은, 또다시 집 안에 동생과 단둘만 남겨졌다. 이장 부인 말대로 어차피 매일 동생과 단둘이 들어간 빈집인데, 이제는 더 춥고 더 쓸쓸하다.

울 수 없다.

더는 울 수 없다.

울더라도 정훈이 앞에서는 울 수 없다.

대문을 열고 들어간 집은 시간이 멈췄다. 몇 년처럼 느껴졌던 3일인데, 돌아온 집은 시간이 멈춰 있었다. 식탁에는 먹다 남은 떡국과 말라버린 김치가 주인이 오길 기다리고 있었다. 이부자리도 그대로, 급하게 아빠 사진을 찾느라 열어놓은 장롱 문과 펼쳐진 앨범도 그대로다.

'뭐부터 해야 하지?'

털썩 주저앉아 목 놓아 울고 싶은 우영은 자신의 정신을 둘로 쪼개 떼어 놓았다. 목 놓아 울고 싶은 자기는 꽁꽁 묶어두고 예전과 똑같은 씩씩한 누나 우영, 맏딸 우영만 다시 살려냈다. 울고 싶은 자기가 튀어나와서 동생까지 울면 안 된다. 아무도 도와줄 수 없고, 아무에게도 신세를 져선 안 된다. 그러니 정신을 바짝 동여매 놓아야 한다.

'자, 하나씩 해보자!'

"정훈아, 누나가 청소하고 밥할 동안에 니는 옷 갈아입고 씻으라. 알았지?"

"알았다."

우영은 보일러 온도를 올렸다. 그러고서 장례식장에서 들고 온 음식들을 조금씩 덜어놓고 냉장고에 넣었다. 식탁에 말라버린 그릇들을 설거지통에 담가놓고, 걸레를 물에 적셔 급한 대로 잠잘 방에 들어가 깔아놓은 이불 바깥쪽 남은 방바닥을 훔쳤다.

들고 온 밥에 물을 조금 부어 데우고, 소고깃국을 냄비에 부어 가스레인지에 올려놓았다. 동그랑땡에 꼬치도 프라이팬에 데우고 다른 반찬들도 모두 접시에 담았다. 손은 쉬지 않고 움직이지만, 우영의 정신은 온전히 그 부엌으로 돌아오지 않은 듯 눈빛은 멍했다.

명절 음식인지, 장례 음식인지 밥상에 남매의 이른 저녁밥이 차려졌다.

"정훈이 다 씻겠나? 밥 묵자. 추우니까 우리, 방에서 묵자."

아직 방바닥이 차서 우영은 이불 가까이 밥상을 끌고 왔다. 이불 끝에 정훈을 앉히고 두 사람은 수저를 들었다. 우영은 리모컨을 들어 TV를 켰다. 채널을 눌러가며 정훈이 좋아하는 만화를 찾았다. 그리고 볼륨을 높였다.

고요한 집, 동생과 둘만 남아 있는 텅 빈 집의 적막함은 TV 소리로 밀어낼 수 있다.

밥상을 물리고 나니 우영은 할 일이 태산이다. 이불 속에 누워서 TV를 보던 정훈은 어느새 잠이 들었다.

우영은 부엌 싱크대 앞에 섰다. 참았던 슬픔이 더 이상 견딜 수 없다는 듯 가슴을 타고 올라와 목구멍을 뜨겁게 달군다. 그러곤 눈구멍을 통해 솟구치듯 터져 나왔다.

쏟아지는 눈물이 목덜미를 타고 내려와 웃옷을 적시도록 내버려 두고 우영은 할 일을 계속했다.

그대로 주저앉고 싶다.

작은 육체를 지탱해줄 우영의 다리는, 미숙이 집을 나가던 날 한 번, 고모가 마지막 인사를 하던 날 또 한 번, 아버지의 죽음을 들은 순간 또 한 번, 그리고 이장님 부부가 골목을 빠져나간 날 또 한 번, 총 네 번을 꺾여서 아무 감각이 없다.

그냥 주저앉아 울면 편할 것 같다. 하지만 우영의 작은 몸뚱이와 여린 정신은 여전히 둘로 나뉘었다.

어깨를 들썩이며 소리도 못 내고 참았던 눈물을 흘리는 아이와, 달그락거리며 야물딱진 손놀림으로 설거지를 하는 어른스러운 아이로…….

행주를 빨아 식탁에 말라붙은 밥풀도 떼고 가스레인지에 흘린 국물도 닦는 모습이 여느 날과 다르지 않다. 벗어놓은 옷들과 밀린 빨래들을 세탁기에 넣고, 건조대에 널려 있던 빨래들을 걷어서 TV 앞에 앉았다. TV는 TV대로 자기 일을 하고, 우영의 손은 손대로 자기 일을 한다. 우영의 육체는 울고 있는 아이를 이렇게 철저하게 소외시킨 채 해야 할 일을 했다.

우영은 쉬지 않고 손을 움직였다. 다른 때 같으면 TV를 보면서 게으름을 부리느라 미숙에게 이미 한 소리를 들었을 게다.

"가시나야, 뭐 하노? 하루 죙일 그 빨래만 만지작거리고 있을 끼가?"

그런데 오늘은 개어놓기가 무섭게 일어나 각자의 자리에 넣는다. 움직임을 멈추면 안 된다. 육체가 정지되면 마음이 육체를 덮치고 말 것이기 때문이다. 빨래를 개는 동안은 알아차리지 못했는데 옷장 서랍에 구분해 넣으려고 보니 아빠의 내복, 아빠의 양말, 아빠의 팬티가 손에 들려 있다.

우영의 가슴에 한기가 든다.

눈물로 이미 옷이 가슴까지 젖어 있었기 때문일까. 그러나 우영은 옷을 갈아입지 않았다. 그게 자기 마음에 대한 최대한의 배려였다.

'그냥, 더 울게 내버려둘래.'

슬픔을 멈추고, 눈물을 멈추라는 잔인한 말을 자신에게 하지 않는 것. 그것이 우영이 그날 자기 자신에게 줄 수 있는 최선의 배려였다.

우영은 다 돌아간 세탁기에서 차가운 옷들을 꺼내 건조대에 하나씩 널었다. 눈은 TV를 향하고 귀도 TV를 향했다.

마음을 보아서도 마음의 소리를 들어서도 안 된다.

해리

⬤⬤

「마을 가운데에 오래된 우물이 있다. 깊은데 더럽고 썩은 물
이 얕게 고여 있는 그런 우물이다. 한 억척스러운 여자가 깡
마른 소를 질질 끌고 와서 우물에 넣으려고 한다. 미친 소라
서 우물에 넣지 않으면 '광견병'이 옮는다고 하면서. 힘없이
끌려가는 소가 우물에 빠지기 직전에 갑자기 고개를 들었다.
그 순간 그 소와 눈이 마주쳤는데 심리상담사의 소견으로 볼
때, 그 소는 미치지 않았다. 그래서 소리쳤다.
"저기요! 그 소 미치지 않았어요! 그 소 미친 소가 아니라고
요!"
아무리 외쳐도 아무도 관심을 보이지 않았다. 여자는 소를 우

물에 밀어 넣고 우물 입구를 무거운 나무판자로 덮었다. 사람들이 그 자리를 모두 떠나기를 기다렸다가 나무판자를 들어 올리려고 하는데 꿈쩍도 하지 않았다.」

발을 동동 구르다가 잠에서 깼다.

화장실에 다녀온 후 아진은 다시 잠이 들었다.

「가족과 공항에 있다. 해외여행을 가려고 하는 것 같다. 탑승하기 위해 게이트에서 기다리고 있는데 뭔가 중요한 것이 없어졌다는 것을 알았다. 뭐가 없어졌는지를 생각하기에는 탑승해야 할 시간이 촉박해서 일단 갔던 곳으로 돌아가 보기로 하고 달리기 시작했다.

화장실도 가보고, 카페도 가봤다. 서 있던 곳을 모두 가보았지만, 무엇을 잃어버렸는지 크기나 모양이 전혀 떠오르지 않는다. 그것이 무엇인지 모르는 것 때문에 미쳐버릴 것 같다. 그것 없이 비행기를 그냥 타면 크게 후회하게 될 것 같다.」

꿈 이야기를 다 들은 김 교수의 표정이 사뭇 진지하다.

"꿈에서 깼을 때 가장 먼저 어떤 생각이 들던가요?"

"왜 '광견병'이지? 소는 '광우병' 아닌가 하는 생각을 했어요."

김 교수도 같은 궁금증을 갖고 있었다.

"그렇네요. 소에게 광견병이라고는 안 하죠."

"그냥 지금 생각난 건데요. 생뚱맞은 소리 같긴 하지만, 선호가 소띠예요. 할머니는 선호가 소띠 아니랄까 봐 눈도 황소 눈처럼 크고, 겁도 많았다고 했어요."

아진은 선호를 잃은 초등학교 이전의 기억이 거의 없다. 부모님이 선호를 찾는 전단을 만들어 현관 앞에 전단이 쌓여 있던 기억만 얼핏 떠오를 뿐이다. 그나마 어느 때부터는 선호와 관련된 물건이나 사진 한 장 남기지 않고 없애버려서, 아진은 선호의 얼굴조차 잘 기억나지 않는다. 전단이 사라진 이후 선호라는 이름은 일가친척 사이에서도 암묵적인 금지어가 되었다.

아진이 다시 그 이름을 부른 것은 김 교수에게 꿈을 가지고 온 첫날이었다. 그 뒤로 아진은 이모들을 찾아가 선호와 초등학교 이전의 자신이 어떤 아이였는지에 관해 조금씩 알게 되었다.

"교수님, 선호가 앓았던 병이 뇌전증이었다고 그랬잖아요."

한동안 침묵하던 아진이 다시 입을 열었다.

"네, 그랬죠."

김 교수는 두 손을 서로 깍지를 끼우며 나지막한 목소리로 대답했다.

"간질이라고. 미칠 광, 소 우."

아진은 또다시 한참을 침묵하고 있다가 어떤 기억 하나를 꺼냈다.

"제가 중학교 때 같은 반 애 중에 간질을 앓고 있는 애가 있었어요. 학기가 시작되었는데 담임 선생님이 저만 살짝 부르시더니 조금 아픈 아이가 있는데 혹시 짝이 되어줄 수 있냐고 물으시더라고요. 전 괜찮다고 했죠. 근데 보기에는 어디가 아픈지 전혀 모르겠더라고요. 이틀인가 있다가 그 애 엄마가 학교 앞에 찾아와서 그 애랑 저한테 짜장면을 사주시면서 짝 해줘서 고맙다고 하셨어요. 그러고서 한참 뒤에 딱 한 번 그 아이가 교실에서 발작하는 것을 본 적이 있어요. 종례한다고 서서 선생님께 인사를 하려고 하는데 그 아이가 책상 사이로 쓰러졌어요. 그러더니 심하게 몸을 떨고 입에서 거품도 흘러나왔어요. 검은 눈동자도 거의 보이지 않아서 애들이 얼마나 무서워했는지 몰라요. 그런데 제가 그걸 보면서 간질이라는 걸 바로 알았어요. 친구들이 '미친 건가? 정신병 아니야?'라고 숙덕거렸는데 제가 '미친 거 아니고, 아파서 그래. 뇌가 아파서. 이거 뇌전증이야.'라고 말했던 기억이 나요. 나중에 들어보니까 간질이 맞더라고요. 아마 제가 그 장면을 처음 본 것은 아니었던 것 같아요."

"그런가 보네요."

"그런데요, 저는 지금 광우병이란 단어에서 선호가 연상되었다는 것에 대한 죄책감이 너무 크네요. 꿈에서 깼을 때도 광견병이라는 단어에 화가 났었는데, 지금도 말하면서 미친 게 아니라면서 미친 소라는 말에 선호를 입에 올렸다는 것이 미안해요."

아진이 나이 일곱 살이었으니 선호의 질병이나 가족의 고통, 실종, 모든 것에 관해 그런 생각을 가질 수 있을 나이다. 하지만 그렇게만 보기에는 아진이 보고하는 꿈이나 해리 방어가 그렇게 단순해 보이지 않는다고 김 교수는 생각했다. 여러 회기 동안 비슷한 꿈에 관한 작업을 했는데도 불구하고 같은 악몽에 시달린다는 것은,

아진에게 여전히 한 번도 담기지 못한 중요한 무언가가 남아 있다는 것이다.

이장님의 말대로 이제 대문을 잠가도 된다.

어둠이 시작된 것을 알아차렸을 때 우영은 이장님의 말대로 대문을 잠그기로 했다. 우영이 자리에서 막 일어서려고 할 때다.

"정훈아, 우영아!"

일어서려던 몸은 그 자리에 털썩 주저앉고 말았다.

"엄마다!"

잠든 줄만 알았던 정훈이 강시처럼 벌떡 일어나서 마루 유리창의 커튼을 열어젖혔다.

"엄마다! 진짜 엄마다! 누나! 엄마다! 엄마 왔다. 진짜다!"

잠이 덜 깬 정훈은 몸을 제대로 가누지도 못해 비틀거리며 신발도 신지 않은 채 마당으로 뛰어나갔고, 우영은 얼른 눈물로 젖은 윗옷을 갈아입었다. 그리고 남아 있는 눈물을 말끔하게 훔쳤다.

"우영아, 잘 지냈나?"

정훈을 품에 안고 그렇게 기다리던 엄마가 우영 앞에 서 있다. 꿈속에서 보았던 장면이자 수없이 상상하던 순간이라 연습을 많이 했는데도 우영은 몸이 굳어서 연습한 대로 할 수가 없었다.

정훈을 마룻바닥에 내려놓고 엄마는 우영을 향해 양손을 벌렸다. 엄마의 두 팔에 안겨, 엄마의 가슴에 얼굴을 묻고, 엄마의 등을 깍지로 꽉 묶어서 그렇게 오래오래 엄마 냄새를 맡으려고 했는데,

우영의 몸은 나무토막처럼 굳어버렸다.

"우리 우영이 마이 컸네. 우째 이리 컸노. 이리 와봐라. 엄마다."

"엄마……."

미숙은 우영을 거칠게 당겨서 자기 멋대로 양쪽 어깨를 잡아 이리저리 몸을 돌렸다.

"엄마, 아빠 술 묵고 추운 데서 자다가 죽었데이. 엄마, 이야기 들었제? 엄마, 내 방학이다. 그리고 내 이제 2학년 된다."

정훈은 할 말이 너무 많아서 무슨 이야기부터 해야 할지 몰라 순서 없이 쏟아내기 시작했다.

"아이고, 그르나? 벌써 2학년이가? 우리 정훈이 마이 컸네."

미숙이 아빠의 죽음을 듣고도 놀라지 않는 것에 우영은 잠시 당황했다. 우영은 마을 사람들에게 이미 소식을 들었나 하고 생각했다.

"엄마, 이제 우리 같이 살 기가?"

우영이 가장 알고 싶은 것을 고맙게도 정훈이 대신 물어봐줬다.

"그래! 이제 엄마 느그들하고 같이 살 기다."

"앗싸!"

정훈은 양손과 양다리를 고릴라처럼 흔들더니, 꽃게처럼 긴 마룻바닥을 옆으로 뛰어다녔다. 이렇게 엄마와의 재회로 인해 아빠의 갑작스러운 죽음은 남매에게 불행이 아닌 기회가 되었다. 먼 길 오느라 볼일을 못 봤다고 화장실로 가는 미숙 뒤에서 정훈은 누나에게 귓속말을 한다.

"누나야, 엄마 아무것도 안 들고 왔데이. 맞제?"

"뭔 소리고?"

우영은 철없는 동생의 목소리를 엄마가 들었을까 얼른 정훈의 입을 막았다.

"누나야, 엄마가 서울 가서 돈 많이 벌어서 누나 거랑 내 거랑 선물 사 온다고 했다며? 내는 무전기 사 준다고, 누나는 뭐 사준다 했드라?"

"시끄럽다. 니 함부로 그런 말 엄마 앞에서 하지 말래이. 알았제?"

"알았다! 씨……."

우영은 이제 겨우 엄마와 함께 살 수 있게 되었는데 정훈이 때문에 엄마가 마음을 다시 고쳐먹을까 두려웠다.

금세 화장실에서 나온 미숙은 올리다 만 바지춤을 잡고는 황급히 방 안으로 들어갔다. 그러고는 장롱을 하나하나 열고 서랍도 열어 서류 봉투 하나를 꺼냈다.

"엄마, 뭐 찾는데?"

우영이 물었다.

"느그들 짐 챙기라. 우영아, 이리 와봐라."

이제 엄마는 우영을 보려나 보다. 이제야 어린 딸에게 무거운 짐을 맡긴 것에 대해 미안하다고 하려나 보다. 늦었지만 이제라도 잘 견뎌줘서 고맙다고 할 건가 보다. 우영의 꿈에서처럼 우영을 안아주면서 '고생 많았제, 우리 우영이. 이제 엄마 왔으니까 아무 걱정 마래이.'라고 하려나 보다. TV에서 본 것처럼 꼭 껴안고 한참을 울려나 보다.

우영은 눈물을 참으며 엄마에게 바싹 다가가 앉았다.

"우영아, 동네 사람들이 부조를 따로 했나? 느그 고모는 연락 안 왔제?"

"응."

"소식을 모를 리가 읎다. 하긴, 즈그 오빠 그 꼴 안 볼 끼라고 일억만리로 도망간 사람이 죽었다고 오겄나."

"엄마, 이거 이장님이 주더라. 동네 상조회에서 주는 거라면서. 장례비 하고 남았다고 하더라."

미숙이 옷도 제대로 입을 새 없이 급하게 찾던 것이 무엇인지 눈치 빠른 우영은 금세 알아차렸다. 엄마의 마음을 사기 위해서 우영은 이불 속에 넣어 두었던 제법 두툼한 돈봉투 두 개를 꺼내 엄마에게 건넸다.

"겨우 이거 주드나? 아이고, 못된 것들. 내가 상조회에 낸 돈만 해도 얼만데. 에미 애비 없다꼬 사람을 이런 식으로 대하나?"

돈봉투를 낚아채듯 가져가 불평을 쏟아내는 미숙. 그 앞에서 미숙의 품에 안겨 설움을 달래기를 기다렸던 우영은 서로 다른 세상에 있었다. 미숙은 정훈이만큼이나 궁금한 게 많아서 우영을 향한 질문이 그치질 않았다.

"영민이 아줌마는 따로 뭐 안 주드나? 오긴 왔나? 그 우라질 여편네."

"응, 왔다."

"하이고! 그래도 양심은 있었는가베. 양심이라고는 쥐똥만큼도 없는 여편네인 줄 알았는데! 다 소용없다. 징글징글한 이 동네, 퍼뜩 떠나뿌야지."

엄마는 속사포처럼 말하다가 또 우영에게 물었다.

"고모는? 느그 고모는 미국 가기 전에 느그들 얼굴은 보러 왔드나? 뭐 좀 주고 가드나?"

"응, 와서 먹을 거랑 돈도 주고 갔다."

미숙은 질문만 쏟아내고 우영이 대답을 하기도 전에 돌아서서 짐을 챙겼다.

우영은 세상의 모든 것들로부터 소외되었다. 세상에 하나밖에 없는 엄마로부터 소외된 그 밤은 적어도 그랬다. 미숙에게는 겨우 무릎을 한 뼘 남겨둔 거리에 있는 딸의 목소리가 들리지 않았고, 딸의 마음이 보이지 않았다. 마치 우영이 투명 인간이라도 된 것처럼.

우영은 올라오려던 눈물을 꿀꺽 삼켜버렸다.

마을 사람들 비난이 무서워서인지, 혹시나 서진수 앞으로 외상값이라도 남은 것이 있을까 봐 그랬는지, 미숙은 누가 쫓아오기라도 하는 것처럼 서둘러 짐을 쌌다.

"엄마, 우리 어디 가나?"

정훈은 어떻게 우영이 물어보고 싶은 것을 아무렇지도 않게 잘 물어보는지. 정훈의 말은 어떻게 그렇게 잘 알아듣는지, 미숙은 졸졸 따라다니며 질문을 해대는 정훈에게만큼은 성실하게 답을 했다.

"그래, 이제 우리 서울 가서 살 끼다."

"서울! 와, 우리도 같이 가나? 누나야도 내도?"

"그래. 그러니까 퍼뜩 정훈이 니도 책가방이랑 니 옷이랑 챙기라. 우영아, 정훈이 옷들 좀 챙겨봐라!"

한꺼번에 몰아닥친 일들에 우영은 슬픔도, 두려움도, 서러움도, 미움도, 그리고 죄책감마저도 가슴속 깊은 곳에 밀어 넣고 뚜껑을 닫아버렸다.

그러고는 서둘러 짐을 챙겼다. 부엌살림이며 가구는 뭐 하나 변변한 것이 없어서인지 미숙은 아무것도 챙기지 않고 들고 온 가방에서 보자기 더미를 몽땅 털어 꺼냈다. 우영은 보자기들을 들고 서랍장을 열어 자기 옷과 정훈이의 옷들을 담기 시작했다. 제일 아래 서랍은 정훈이 옷, 그 위에는 자기 옷, 그리고 그 위 두 칸에는 아빠의 옷들이 있다. 두 번째 칸의 서랍을 열다가 아빠의 옷을 본 우영은 흠칫 놀라, 놀리던 손동작을 멈췄다.

그 모습은 눈치 빠른 미숙의 시야에 포착되었다.

"그 인간 물건은 손도 대지 말아! 내 그 인간 물건이라면 실오라기 하나도 저 차에 싣기 싫으니까! 그대로 냅둬삐라."

우영은 미숙의 말에 멈췄던 손을 다시 움직여 서랍장을 닫았다. 그러곤 뭔가 떠올랐다는 듯이 미숙의 눈을 피해 작은방으로 갔다. 작은방은 원래 남매의 방이었지만 낮이고 밤이고 서진수의 수면실이다. 오래전부터 남매와 미숙이 안방에서 잠을 자고 서진수는 툇마루나 작은방에서 생활했다. 우영은 작은방 책상 밑에서 상자 하나를 꺼냈다. 상자에는 '우영의 그림 상자'라고 쓰여 있다. 보자기를 펴서 상자를 올리고 그 위에 오래된 동화책 몇 권을 올렸다.

"그 방에 뭐 가져갈 게 있겠노. 고마 퍼뜩 가자."

"알았다."

우영의 손에 든 보자기를 보자 미숙은 짜증스럽게 쏘아보았다.

"뭐꼬, 그기는?"

"아이다. 그냥 정훈이 동화책이다. 산 지 얼마 안 돼서."

"알았다. 퍼뜩 옷 입으라."

세탁기에 돌려놓은 빨래도 그대로인데, 냉장고에 넣어둔 음식들도 상할 텐데 하는 걱정을 뒤로하고 우영은 대문을 나섰다. 문 앞에는 '서울삼계탕'이라는 글자가 새겨진 흰색 트럭이 한 대 서 있다. 미숙이 대문을 나서자 운전석에 있던 아저씨가 내려서 짐을 받아 뒷자리에 실었다. 우영은 뭔가 불편한 아저씨 옆자리에 앉고 미숙은 조수석에 앉아 정훈을 무릎에 앉혔다. 우영은 미숙이 시키지 않아도 낯선 아저씨에게 고개를 숙여 인사를 했다.

"안녕하세요."

"어, 그래. 니가 우영이구나. 예쁘게 생겼네. 그동안 엄마 없이 고생 많았지?"

엄마에게 듣고 싶었던 위로의 한마디는 의외의 남자에게 들을 수 있었다. 우영은 불편한 아저씨의 팔이 스치는 것이 싫어서 두 팔을 모아 무릎 위에 가지런히 올려놓았다.

"자, 출발합니다!"

소풍이라도 가는 양 활기찬 목소리로 아저씨는 출발을 알렸다. 엄마 품에 안긴 정훈도 차를 타는 게 좋은 건지, 엄마 품에 안겨서 좋은 건지, 서울 가는 게 좋은 건지 연신 몸을 흔든다. 우영은 아직 체감하지 못한 아빠의 죽음과 정든 집과의 갑작스러운 이별 때문에 마냥 좋지만은 않았다. 미숙은 그렇게 자기 멋대로 떠나고, 자기 멋대로 돌아왔다. 그리고 또 자기 멋대로 남매를 차에 태웠다.

트럭은 차가운 밤공기를 뒤로하고.

우영이 매일같이 쓸고 닦던 마룻바닥을 뒤로하고.

마당 빨랫줄에 꽁꽁 얼어 딱딱해진 옷들을 걷으며 정훈이와 장난을 치던 아린 추억도 뒤로하고 골목을 빠져나갔다.

따뜻하게 인사해주고 머리 쓰다듬어주던 동네 어르신들에게 인사도 하지 못한 채 우영은 그렇게 고향을 떠났다.

'인사 못 하고 가서 죄송합니다. 그동안 감사했습니다. 친구들아, 안녕.'

우영은 편하게 뒤를 돌아보지도 못하고 백미러로 멀어져가는 골목을 바라봤다. 왠지 다시는 이 집으로 돌아올 수 없을 거라는 것을, 우영은 알았다. 그래서 인사도 못 하고 떠나는 것이, 마치 마을 전체에게 거짓말이라도 하는 듯 고개를 들 수가 없었다. 친구들과 뛰어놀던 좁은 골목, 녹슨 철문, 봄이 되면 봉숭아 물을 들일 거라고 정훈이와 씨 뿌려 두었던 굳은 땅아, 안녕! 잘 있어, 정든 골목

아. 모두모두 안녕.

우영이 정든 집과 작별인사를 하는 순간을 깬 건 아저씨의 목소리였다.

"찾았나? 있드나?"

운전석에 앉은 박사장의 질문에 미숙은 우영의 눈치를 살피며 눈을 꿈쩍거리더니 검지로 입을 막아 조용히 하라는 신호를 보냈다.

"그냥 퍼뜩 가입시더. 나중에 이야기하고!"

미숙은 박사장의 말을 가로막았고, 우영은 이 꿍꿍이에 대해 알 것도 같고 전혀 모를 것도 같았지만 모른 척 외면하는 것이 좋겠다고, 들려오는 소리를 반대쪽 귀로 흘려보냈다.

박사장이 찾은 것은 집을 나가서도 꼬박꼬박 착실하게 납입한 서진수의 보험증서와 집문서다. 그렇게 미숙은 남편의 목숨값을 살뜰하게 챙겨서 두 아이를 데리고 자신이 계획한 새로운 삶을 꿈꾸었다.

서진수의 목숨값은 망해가는 삼계탕집에 밑 빠진 독에 물 붓듯 들어갔고, 박사장의 노름 밑천이 돼서 두 사람은 3년 만에 결국 빚더미에 앉게 되었다. 가난이 미숙과 박사장 사이에 끼어 들어오자 어린 자식까지 두고 간 무정하고 잔인한 사랑은 온데간데없이 창밖으로 달아나버렸다. 박사장이 미숙의 곁을 떠나고 나서부터 미숙은 서울에서 두 아이를 키우며 살았다.

단추

아진이 우영의 집에 가정방문을 하기로 약속한 마지막 날이다.

"선생님, 어서 오세요. 날이 많이 덥지요? 날도 더운데 이까지 오신다꼬⋯⋯."

지난 세션에 정훈의 이야기를 듣고 나니 우영은 미숙에게 인사도 하기 싫고, 말도 섞고 싶지 않다. 자기 딸을 저 지경으로 만들어 놓고, 가증스럽게 혀를 놀리는 것이 아진은 역겨웠다. 아진은 미숙의 눈을 쳐다볼 수가 없어서 눈을 피해 가볍게 고개인사만 하고 안으로 들어갔다.

"그럼, 선생님 수고하세요."

눈치 빠른 미숙은 아진의 마음을 알아차렸는지 쏜살같이 집을 나갔다.

"우영 씨, 안녕하세요. 저 왔어요. 밖이 꽤 덥네요."

"……."

대문 앞에서 동이 틀 때까지 야속한 엄마의 뒷모습을 보고 있었을 어린 우영이 저 방 안에 있다. 어린 동생이 깰까 봐 큰 소리로 울지도 못했던 우영이 바로 저 방에 있다.

아진은 더 이상 우영이 하나도 무섭지 않았다. 무서운 존재는 우영이 아니라, 그 어린 자식을 두고 떠난 모질고 독한 미숙이다.

아진은 우영과 좀더 가까이 있고 싶었다. 그래서 방문에 등을 기대고 바닥에 앉았다. 등도 기대고, 머리도 기대서 앉으니 불현듯 마음이 편안하고 고요해진다. 한참을 그대로 앉아 있다가 우영이 작은 소리로 입을 열었다.

"우영 씨, 그 안에서 뭐 해요?"

"……."

사실 아진은 이렇게 물어보려고 했던 것이 아니었다. '우영 씨, 거기는 좋아요? 거기서 지내는 게 세상 밖으로 나와서 사는 것보다 더 좋아요?'라고 묻고 싶었다. 그럴 것 같다. 그렇다면 그것을 방해하는 것이 맞을까 하는 생각도 잠깐 했다.

"그 안은 재미있어요? 그 안은 편안해요?"

아진의 질문은 매번 우영을 어이없게 만든다. 우영은 아진이 집에 도착하기 전부터 방문에 등을 대고 아진과 똑같은 자세로 앉아 있었다. 그 자리가 아진의 소리를 가장 잘 들을 수 있기 때문이다.

'재미있냐고?' 우영은 자기도 모르게 입이 오므려졌다.

'당신의 질문이 더 재미있네요.'

'뭐 하냐고?'

우영은 잠시 머뭇거리더니 지난주에 문밖으로 내밀었다가 수거해 갔던 종이 한 장을 다시 내밀었다. 문밖으로 나온 종이를 보고 아진은 깜짝 놀라 종이를 집어 들었다.

그림이다.

'이게 뭐지?'

하얀 A4 용지에 연필로 그린 그림들이다. 얼핏 보아서는 도무지 무엇인지 모르겠다. 작은 동그라미들이 각각의 크기로 여러 개 있고, 동그라미 안에 눈이 두 개 있다.

'아! 알겠다.'

"우영 씨, 이거… 혹시 단추예요?"

"……."

우영의 얼굴엔 좀 전보다 조금 더 큰 미소가 생겼다. 비록 우영의 대답은 듣지 못했지만, 아진은 우영의 대답보다 그림에 대한 호기심이 더 커졌다.

우영은 대답 대신에 다음 종이 한 장을 더 내밀었다. 프렌치 코트를 디자인한 그림이다. A라인으로 허리 아래쪽이 치마처럼 벌어진 짧은 프렌치 코트인데 아진의 시선을 끄는 것은 단추다. 작은 은색 단추를 자세히 보니 동그란 원을 꽉 채운 섬세한 그림들이 있다. 가는 펜촉으로 그린 것 같다.

"우영 씨, 단추 안에 있는 그림, 이거 무슨 성 같기도 하고 종탑 같기도 한데, 맞아요?"

"프라하성."

우영은 자기도 모르게 소리를 내버렸다.

아진은 우영이 처음으로 자신에게 대답했다는 사실을 인지하지 못했다. 아진의 관심은 오직 놀라운 단추 안의 그림들이었다.

"프라하성이요? 와우! 이렇게 작은 단추 안에 성을 그리다니, 놀라운데요!"

"……."

"우영 씨, 다른 것도 보고 싶어요. 또 다른 것도 있어요?"

또 한 장의 그림이 나왔다. 코트에 붙어 있는 단추들은 실제 물방울이 옷에 붙어 있는 느낌이었다. 그림 속에서 물이 뚝뚝 떨어질 것 같다.

"우와, 이건 단추가 아니라 진짜 비를 맞은 코트 같네요?"

"우비예요."

그 뒤로도 우영의 그림은 줄줄이 나왔고, 아진은 우영의 창의성에 감탄했다. 아진은 그림을 보며 생각했다.

'당신은 그 안에서 당신만의 세상을 만들고, 그 세상에서 잘 살고 있었군요.'

그리고 잠시 망설이다가 생각한 말을 우영에게 들려주기로 했다.

"우영 씨, 그 안에서 우영 씨만의 세상을 만들면서 잘 살고 있었군요."

'나만의 세상. 나의 세상.'

우영이 한 번도 생각해보지 못한 관점이다.

우영과 아진은 문을 사이에 두고 서로 마주 앉아 이야기를 시작했다. 한 사람은 언어로, 한 사람은 그림으로.

우영은 실업고등학교를 졸업하고 남대문시장에 있는 단추 도매상가에서 일을 했다. 사장님은 야간에 오고, 낮에는 우영이 가게 일을 봤다. 낮에 가게에 오는 손님들은 옷 디자이너들이 대부분이다. 디자이너들은 디자인한 옷에 맞는 천과 단추, 지퍼와 같은 기타 부속품들을 사러 온다.

우영은 7년 가까이 그곳에서 일하면서 손님들이 원하는 디자인과 크기를 말하면 수만 개의 단추 중에 그들이 찾는 것들을 정확하게 찾아왔다. 거래처 사장님들이나 디자이너들은 우영의 안목을 완전히 신뢰했다. 그중엔 디자인한 옷에 맞는 단추를 우영에게 직접 골라달라고 부탁하는 이들도 많았다. 그러다가 단골손님 중 한 명의 권유로 우영은 디자인 공부를 할 수 있는 전문대학에 다니기도 했다.

우영은 방 밖으로 더 많은 종이를 내밀었다. 자신이 직접 디자인한 단추 그림들이었다.

아진은 우영이 그린 단추들을 하나하나 자세히 보았다. 그동안 단추에 대해 관심이 없어서 못 본 건지는 몰라도, 단추 안에 이렇게 다양한 그림들이 들어가 있는 것은 처음 본다.

어떤 것에는 다양한 서체에 다양한 크기의 숫자들이 있고, 어떤 것엔 깔끔한 로고가 그려져 있다. 나뭇잎이나 장미꽃잎들이 여러 개 입체적으로 박혀 있는 그림, 굵은 체인, 아주 작은 초승달, 커다란 다이아몬드와 그 옆에 빽빽하게 박힌 모래알만 한 보석들, 예쁜 진달래꽃 모양까지. 아진은 40년 넘게 살면서 단추를 이렇게 자세히 본 건 처음이다. 각각의 단추 위에는 1~8까지의 숫자가 있었는데, 각 단추의 번호를 붙여놓은 것 같다. 그리고 단추들 아래에는 우드 재질, 코르크 재질, 금장, 금형 제작, 가죽 등등의 글이 적혀 있었다. 감탄사를 우영에게 들려주고 싶었지만, 아진은 장난기가 발동했다. 그림을 보여준 사람은 안에서 아진의 반응을 얼마나 궁금해하겠는가! 그동안 밖에서 맘 졸인 것에 대한 복수를 살짝 하는 거다. 아진의 생각대로 밖에서 아무 반응이 없자 우영은 아진의 반응이 궁금해졌다. 우영은 아진의 반응을 끌어내기 위해 또 다른 여러 장의 종이들을 줄지어 내보냈다. 각각의 종이는 단추를 넣어 완성한 작품들이 그려 있었다.

남성 예복에 있는 단추, 겨울 니트에 붙어 있는 단추, 노트북 파우치에 붙은 단추, 크라프트 종이에 달린 단추, 청바지에 달린 단추.

놀라웠다.

"우영 씨, 정말 놀랍네요. 그리고 보니 단추 하나가 옷의 느낌에 아주 큰 영향을 주네요. 근데 이런 단추가 실제로 시중에 있어요?

있는데 제가 주의 깊게 보지 못한 걸까요? 전 단추 안에 이런 그림 처음 봐요."

"비슷한 그림들이 있긴 해요. 이건 제가 그린 거니까 아직 세상엔 없는 거겠죠."

아진은 소리 내서 웃었다. 우영이 술술 말을 하는 것이 신기하기도 했고, 이 와중에 '깨알 자랑'을 하는 것도 사랑스러웠다.

"그 안에서 시간만 죽이고 아무것도 안 하고 있나 했더니 이렇게 재미난 일을 하고 있었군요."

"……."

'시간만 죽이고…….' 우영이 5년 동안 집에 다녀간 사람들에게 여러 번 들은 아주 불쾌한 말인데 아진의 목소리로 들었을 때는 토를 달고 싶지 않았다.

어느새 약속한 시간이 다 되었다. 그리고 오늘은 약속한 마지막 날이다.

아진은 세 번 만에 전혀 익숙해지지 않을 것 같았던 냄새에도 익숙해졌고 우영과도 기적 같은 라포(rapport, 상호 신뢰관계)가 만들어졌는데 말이다. 아진은 이렇게 우영과의 관계를 끝낼 수는 없었다.

"우영 씨, 오늘이 마지막 날인 거 알고 있죠? 제가 듣기로는 아파트 주민들 민원 때문에 이제 정말 곤란한가 봐요. 이사하는 방법도 정훈 씨가 알아보고는 있는데 임대아파트라 복잡한 게 많다고 하네요. 구청에서 도와준다고 하니 도움을 받아 청소를 한 번 하고 계속 사는 게 낫지 않을까 싶어요. 도배랑 장판, 싱크대까지 다 바꿔주실 거래요."

"……."

"저는 이제 가야 해요. 저는 우영 씨를 더 만나고 싶은데, 제가 매주 오는 것이 무리가 돼서 우영 씨가 우리 센터로 저를 만나러 오면 좋겠어요. 낮에 오는 게 부담이 되면 늦은 저녁에라도 시간 내볼 테니 연락해주세요. 기다리고 있을게요."

"……."

쉽게 발걸음이 떨어지지 않아 아진은 우영의 대답을 듣기 위해 그림만 만지작거리며 미숙이 들어오기를 기다리고 있었다.

5분이나 지났는데 미숙이 오지 않는다. 매번 대기하다가 칼같이 들어오는 미숙이 웬일일까? 아진은 미숙에게 전화를 걸었다.

"어머님, 오시는 중이신가요? 시간이 돼서요. 가기 전에 잠깐 뵈려고 했는데요."

지난번처럼 그냥 가도 될 것 같기는 하지만 왠지 마지막이 될 수도 있겠다 싶어 얼굴을 보고 당부하고 싶었다.

"네, 네. 가는 중입니다. 거의 다 왔습니다~ 선생님."

"네, 알겠습니다."

차라리 다행이다. 미숙을 다시 보고 싶지는 않았고 당부를 한다고 들을 사람도 아니니 말이다.

아진은 우영에게 인사를 하고 집을 나섰다.

아진이 떠난 집은 다시 고요해졌다. 달라진 풍경이라면 우영의 방 앞에 가지런히 놓아둔 우영의 그림이 있다는 것이다.

주차장으로 걸어가는 아진의 걸음이 가볍고 또 무거웠다. 우영만 혼자 두고 문을 잠그지 못하고 나온 것이 마음에 걸려서일까? 이렇게까지 마음을 열었는데, 좀더 집으로 찾아와준다고 약속할 걸 그랬나? 이대로 우영과의 관계가 끝나는 건 아닐까? 차에 시동을 걸고 아파트 입구를 막 빠져나왔을 때, 아진의 심장이 빠르게 뛰기 시작했다. 더워서 그런가 해서 창문을 열고 에어컨 온도도 낮췄지만, 심장은 점점 더 빠르게 뛰어 숨을 쉴 수가 없었다. 아진은 겨우 갓길에 차를 세우고 비상 깜빡이를 켰다. 몸에 기운이 다 빠지더니 자꾸만 앞으로 고꾸라질 것 같다. 아진은 의자를 뒤로 해서 누우려고 했지만, 가슴이 답답해서 누울 수도 없었다. 어쩔 줄 몰라 차에서 내려 몸을 이리저리 움직이며 길게 숨을 들이마셨다. 누가 코를 막고 있기라도 한 것처럼 산소가 폐의 끝까지 들어오지 않는다.

'과호흡이다.'

내담자들에게 듣기만 했던 과호흡 증상이다. 아진은 차 안에 들어가서 옆에 있던 작은 비닐봉지를 비우고 봉지로 입과 코를 막아놓고 다시 숨을 쉬었다. 몇 번 반복하니 조금 진정이 됐다.

다시 차에 타서 시동을 막 걸었을 때, 경찰차와 구급차가 요란한 소리를 내며 아파트 안으로 들어갔다. 그리고 아진의 전화벨이 울린다. 미숙이다.

"선생님, 빨리 와보이소. 빨리요! 우영이가 방에서 나왔는데, 빨리 와보이소!"

'무슨 일이지?'

아진의 심장이 다시 빠르게 뛰기 시작했다. 숨을 쉴 수가 없이 답답하고 심장이 오그라드는 것 같다. 무슨 일이냐고 물어보기도 전에 미숙은 자기 말만 뱉어놓고는 무책임하게 전화를 끊었다. 덕분에 아진의 머릿속에는 수많은 상상이 빠르게 지나갔다. 떨리는 손으로 다시 전화를 걸었지만 받지 않는다. 아진은 차를 돌려 아파트 주차장에 다시 주차해 놓고는 아진의 집을 향해 달렸다. 그런데 아진의 몸이 말을 듣지 않는다. 다리에 힘이 풀려서 무릎은 자꾸만 꺾이고 몸은 앞으로 고꾸라질 것 같다. 등줄기에서 땀이 흐르고 숨이 너무 차서 마음만 뛰었지, 사실 보통의 걸음보다 느리게 가고 있었다.

'안 돼. 제발, 제발 아무 일 없기를…….'

우영이 사는 동 입구에 경찰차와 구급차가 서 있다.

'설마…….'

엘리베이터가 9층에 멈춰 섰다. 우영의 집이 있는 곳이다. 아진은 엘리베이터를 기다리는 짧은 시간 동안 잠시 차분하게 생각했다.

'그런데 경찰차와 구급차는 어떻게 이렇게 빨리 알고 왔을까?'

엘리베이터에서 내리자마자 우영의 집 쪽에서 울부짖는 소리가 들린다. 이웃집에서 동네 사람들이 한둘씩 모여들고 있다. 아진은 사람들을 밀치고 급하게 집으로 뛰어 들어갔다.

현관문은 열려 있고 젊은 여자 경찰 한 명, 나이가 좀 들어 보이는 남자 경찰 한 명이 그녀의 방 앞에 서 있었다. 그리고 119 구급대원도 여자 한 명에 남자 두 명이 있었다.

미숙은 식탁 의자에 앉아 양손으로 앞머리를 쥐어 잡고 있다. 식탁 위에는 피가 묻어 있는 부엌칼이 놓여 있고, 식탁 밑에서 우영의 방까지 아직 응고되지 않은 붉은 핏자국이 선을 그어 누구의 피인지 알려주었다.

그리고 식탁 옆에는 유리 파편들이 여기저기 흩어져 있었다.

'우영은 괜찮은 걸까?'

미숙을 보니 미숙의 피는 아니다. 우영의 방 안에서는 찢어지는 굉음이 계속된다. 나이 든 남자 경찰은 그녀의 방문 앞에 서서 어쩔 줄 모른다.

"아가씨, 진정하고 문 열어요. 이러시면 안 돼요. 나이 든 어머니 생각도 해야지요. 문 열어보세요! 계속 이러시면 저희가 강제로 문을 따고 들어갈 수밖에 없습니다."

아진은 두려웠다.

'나 때문인가? 나의 오만함에서 나온 시도들이 오히려 그녀를 위험에 빠뜨렸나? 겨우 마음을 연 사람에게 너무 매몰찼나?'

우영의 방 안에서는 몇 분 전에 아진과 다정하게 대화한 그 목소리와는 다른 짐승의 소리가 들렸다.

"죽어줄게! 제발~ 내가 다 끝낼 테니 제발 가세요!"

우영이 절규하는 소리다. 남자 경찰이 문을 따려 하자 이번에는 여자 구급대원이 나서서 우영을 달랬다.

"진정하세요! 문 열지 않을게요. 걱정하지 마세요. 서우영 씨, 어디 다친 데는 없죠? 안전한지 확인만 하면 갈게요."

우영이 너무 흥분해 있었기 때문에 경찰은 일단 한발 물러섰다. 그제야 미숙이 아진의 존재를 발견했다.

"선생님!"

아진을 보자마자 미숙은 자리에서 벌떡 일어나 아진의 손을 덥석 잡았다. 하지만 아진이 본 미숙의 눈빛에는 두려움이나 절망감, 혹은 안에서 울부짖는 딸로 인한 슬픔은 보이지 않았다. 심지어 미숙은 뭔가 무대에서 독백하는 듯 신이 난 사람 같기도 했다.

아진은 자신도 모르게 미숙의 끈적한 손을 밀어서 떼어냈다. 조금 전까지 심장이 세차게 뛰었던 사람 맞나 싶게 아진은 그 어느 때보다 침착하고 차분해졌다. 겁에 질린 우영을 지켜주기 위해서 아진은 자신의 안에서 초월적인 힘을 내야만 했다.

아진은 다부진 눈빛과 나지막하지만 단호한 목소리로 미숙에게 물어봤다.

"어머님, 무슨 일이에요?"

아진은 안에 있는 우영도 들을 수 있도록 조금 큰 소리로 말했다.

아진의 목소리를 듣자 울부짖던 우영이 잠잠해졌다.

"누구시지요?"

남자 경찰이 아진을 보며 물었다.

그리고 당연히 미숙은 아진보다 빠르게 대답했다.

"우영이 상담 선생님이십니다."

아진과 경찰은 서로 가볍게 고개인사를 나눴다. 경찰은 아진을 보더니 약간 안심을 한 듯 방문 앞에서 한걸음 뒤로 물러서며 아진이 나서주길 바라듯 정중하게 손짓했다. 자신과 자리를 바꾸어 서자고.

"어머님, 이게 다 무슨 일이에요?"

"오늘까지만 선생님 오시고 다음주부터는 안 오신다꼬 하니까 오늘 어떻게든 나오게 하려고 하다가 그만."

미숙의 말투에서 왠지 아진에 대해 원망스러움이 묻어 있었다. 불쌍한 가족을 팽개치고 다시는 오지 않겠다는 야속한 아진을 만천하에 알리겠다는 것이다. 아니면 오늘이 방문하기로 한 마지막 시간이기 때문에 기필코 우영을 밖으로 나오게 할 꿍꿍이가 있었는지도 모른다. 아무튼 미숙은 자신이 원하는 것을 위해 각계의 사람을 동원시킬 수 있는 탁월한 능력이 있는 여자다.

"우영 씨는 괜찮아요?"

아진은 차분한 목소리로 다시 물어봤다.

"모르겠십니다. 짐승처럼 난리, 난리, 그런 난리도 없을 깁니다. 아이고, 내 심장이야."

미숙은 말을 하다 말고 가슴을 쥐어짜고 바닥에 주저앉았다.

"가시나가 칼을 들고 눈을 이렇게 뒤집어 까는데 사람이 아닙디다."

아진이 떠나고 나서 우영은 방문을 열고 나왔다. 방문 앞에는 우영이 내밀어준 그림들이 가지런히 모여 있었다. 그리고 그 위에 고아진의 명함이 한 장 놓여 있었다. 우영은 그림들과 명함을 가지고 방으로 다시 들어갔다. 아진의 연락처를 핸드폰에 저장하고 명함을 책상 서랍에 넣었다.

그리고 우영은 주방에 가서 커다란 쓰레기 봉지를 들고 들어와 방에 있는 쓰레기들을 막 주워 담기 시작했다. 그런데 미숙의 그 못된 꿍꿍이가 이 작은 희망의 불씨를 피우기도 전에 꺼버린 것이다.

분노

“어머니! 우영 씨 괜찮냐고요! 우영 씨가 칼로 어디를 찌른 거
예요? 정확히 말씀을 해주셔야죠!”

“지 허벅지도 긋고 뭐 여기저기, 지 몸을 미친년처럼 막 그었어
요! 아이고, 나도 모르겠습니다. 무서워서 정신도 하나도 없고. 내
머리채를 잡고 흔들고 난리도 아니었습니다. 이 보이소. 내 머리 빠
진 거.”

미숙은 우영이 흘린 피보다 자기 머리카락 빠진 것에 더 관심
이 있어 보였다. 미숙에게는 여전히 슬픔도, 딸에 대한 염려도 보이
지 않았다. 적어도 아진의 눈에는, 마치 동네 사람들에게 자기 딸이
‘미친년’이라고 광고하며, 자기가 얼마나 힘든 생활을 하는지를 내

보이려는 '쇼'로만 보였다.

"왜! 왜 그랬어요? 왜 우영 씨가 저렇게 화가 났냐고요!"

아진이 흥분하며 다그치자 미숙은 기가 한풀 꺾여 목소리가 작아졌다.

"한 번씩 저래 합니다⋯⋯. 한두 번이 아닙니다, 선생님. 이유가 어디 있습니까?"

옆에 서 있던 경찰이 아진의 태도에 사뭇 당황하며 아진을 진정시키기 위해 막아서려고 했지만, 아진은 그런 경찰을 뿌리치며 계속해서 미숙을 다그쳤다. 미숙은 어차피 아진의 말을 듣지 않는다는 것을 잘 안다. 아진은 미숙이 아닌 방 안에 있는 우영에게 말하고 있었다.

'우영 씨, 걱정하지 말아요. 오늘 여기 있는 사람들이 당신에게 아무 짓도 하지 못하게 할게요. 당신의 엄마라 해도!'

아진은 더 단호한 목소리로 미숙에게 말했다.

"아니요! 이유 없이 자기 몸을 긋는 사람이 어디 있겠어요. 빨리 정확하게 이야기하세요, 무슨 일이 있었는지!"

아진은 화가 나서 이성을 잃은 사람처럼 보이지만 어느 때보다 정신이 또렷했다. 도대체 무슨 일이 있었길래 몇 분 전까지만 해도 수줍게 그림 자랑을 하던 우영이 성난 괴물이 되었단 말인가.

미숙의 각본은 이랬다. 경찰과 119에 전화해서, 딸에게 폭행당하고 있다는 신고를 미리 해둔다. 이전에도 이런 일이 있어 이미 접

수 기록이 있는 경찰과 119 구급대원들은 미숙의 전화를 받고 바로 출동한다. 미숙은 아진이 떠나기를 기다렸다가 미리 친구를 현관문 앞에 세워두고 집 안으로 들어간다. 그리고 지갑을 챙겨 나가는 척하다가 몰래 안방에 숨는 거다. 밖에서 기다리고 있던 친구는 미숙인 척, 밖에서 문을 잠그는 소리를 내지만 사실 열어둔 것이다. 미숙은 아진이 상상한 것 이상으로 치밀한 사람이다.

미숙이 나갔다고 생각한 우영은 방 안에 있던 물컵들과 빈 접시들을 내놓기 위해 방문을 열고 나와 싱크대로 걸어 들어갔다. 그때, 방 안에 있던 미숙이 갑자기 문을 열고 나와서 우영의 허리를 부둥켜안았다.

"우영아, 니, 엄마하고 오늘은 이야기 좀 해보자. 이러다 에미 죽겠다. 제발."

미숙의 돌발 행동에 우영은 너무 놀라 들고 있던 것들을 놓치고 말았다. 컵이 바닥에 떨어지면서 유리 파편이 사방에 흩어졌다. 미숙의 손을 떼어내려고 몸을 이리저리 흔들다가 우영의 발바닥이 유리 파편에 찔려 피가 났다. 미숙에게서 상처가 보이지 않은 이유는, 각본을 쓴 미숙은 이런 일을 대비해서 신발을 벗지 않았기 때문이다. 미숙의 각본은 이토록 철저했다.

"아~악! 놔! 미쳤어? 이거 놓으라고!"

미숙은 작정한 듯, 허리를 감싼 손가락에 깍지를 단단하게 끼우고 우영의 등 쪽에 고개를 파묻었다. 한 줌밖에 되지 않는 우영의 허리는 완전히 미숙의 손아귀에 들어갔고 몸부림을 쳐도 자기 몸만 휘청거릴 뿐 미숙의 몸은 끄떡도 하지 않았다. 미숙은 우영의 몸을 벽으로 밀어붙여 놓고 아진에게 전화를 걸었다.

그 틈을 타서 우영은 미숙의 머리카락을 손에 쥐었다. 죽을힘을 다해 머리카락을 잡아당기자 단단하게 고정되었던 미숙의 다리가 중심을 잃은 채 휘청거렸다.

"영아, 니 와 이라노… 차라리 내를 죽이라. 이게 사람 사는 집이가. 오늘은 절대로 몬 들어간다. 니랑 내랑 오늘 여기서 고마 칵 죽어삐자. 엄마가 다 잘못했다 안 하나."

짐승처럼 날뛰던 우영은 몸을 휘청거리며 싱크대 문을 열고 부엌칼을 집어 들었다.

"그래? 죽어? 내가 왜 죽어? 왜 맨날 같이 죽자고 하는데? 왜? 당신이 죽어야지, 왜 맨날 나보고 같이 죽자고 하냐고! 내가 왜 죽어야 하는데? 내가 뭘 잘못했는데! 당신은 평생 이런 식으로 살지! 항상 뒤에서 음흉하게 계획을 세우고는 뒤에서 칼을 꽂잖아! 내가 당신 앞에서 아빠처럼 죽어버리기를 바라겠지만! 아니! 아니! 난 절대 아빠처럼 죽지 않아! 나는 당신 옆에서 평생 당신 피를 말리며 살 거야!"

우영은 목에 핏대를 세우며 눈알이 시뻘게지도록 악을 쓰더니 미숙의 심장을 향했던 칼의 방향을 틀어 자기 허벅지를 여기저기 그어버렸다.

"비켜! 안 비키면 죽여버릴 거야!"

얇은 바지에선 금세 피가 묻어나왔다.

우영의 눈엔 이미 초점이 사라졌고, 온몸은 리듬을 타듯 좌우로 흔들거리며 손에 든 칼이 그녀의 몸 여기저기를 가늘게 스치듯 지나갔다. 미숙은 다가가지도 못하고 우영의 칼을 피해 재빨리 현관문을 열고 도망을 쳤다.

이때 막 경찰이 도착했고, 밖에서 동동거리며 경찰을 독촉했던 미숙의 친구는 경찰에게 빨리 오라고 손짓했다. 우영은 칼을 식탁에 던지고 다시 방으로 들어가 문을 잠갔다.

아진은 당장이라도 미숙의 멱살을 잡아 집 밖으로 내동댕이치고 싶었다.

'당신! 그거 알아? 당신 딸이 자신을 찌르지 않았다면 당신은 이미 죽은 목숨이야. 당신의 딸이 당신을 살리고 자신을 찌른 거라고! 평생을 그렇게 자신을 찌르며 당신을 살린 거라고!'

소리치고 싶었지만 지금 당장 급한 건 우영의 안전이다.

방 안으로 들어간 우영은 쓰레기들을 담으려고 들고 들어온 비닐을 움켜쥐고는 힘겹게 뜯었다. 그리고 아진에게 보여준 보물 같은 단추 그림들도 갈기갈기 찢어 흩뿌렸다. 그렇게 우영과 아진에게 비친 희망의 빛은 다시 꺼져버렸다.

그림을 찢으며 우영은 살기 가득한 눈빛으로 다시 한번 마음의 빗장을 닫으며 결심했다.

'안 된다. 나는 저 여자가 원하는 대로 살아주면 안 된다. 절대 안 된다. 저 여자가 원하는 대로 죽어서도 안 된다. 무조건 살아 있

되 금수 같은 삶을 살아서 저 여자가 세상이 자기 맘대로 돌아간다는 생각을 다시는 못 하게 해야 한다.'

미숙에게는 딸 우영에게는 없는 대단한 능력이 있다. 우영은 아무리 무섭고 힘들어도 도움을 청할 수 있는 사람이 단 한 명도 없는데, 미숙은 언제나 마을 전체를 동원할 능력이 있다. 그래서 이럴 때마다 우영은 혼자서 다수와 싸우는 기분이다. 그들은 언제나 미숙의 편이다.

우영은 내심 아진이 전화를 받고 달려와주기를 기대했다. 그러면서도 자기 모습을 보이고 싶지 않아서 빨리 방에 들어가기 위해 마음이 더 급했다. 아진이 오면 무조건 자기편을 들어줄 거라 믿었다. 아진이라면 결코 미숙이 짜놓은 이 엄청난 음모에 휘둘릴 리 없을 거라 생각했다. 그리고 아진이 와주었다. 우영은 아진의 침착하면서도 단호한 목소리를 들었다. 아진의 목소리를 들은 것만으로도, 갑자기 마음이 차분하게 가라앉았다.

아진은 우영의 방문에 얼굴을 바짝 대고 말을 했다.

"우영 씨, 저예요. 화가 나서 견딜 수가 없네요. 우영 씨 괜찮은지 확인만 하게 해주세요. 부탁이에요."

"괜찮아요."

우영은 아주 가는 목소리로 대답했다.

"지금 피가 나는 곳이 어디어디예요?"

"다리요."

"어느 쪽 다리예요?"

"오른쪽 다리요. 괜찮아요. 걱정하지 마세요."

"피가 지금도 계속 나고 있어요?"

"조금. 괜찮아요. 심하지 않아요."

우영은 괜스레 아진에게 미안했다. 놀라게 한 것, 자기 때문에 견딜 수 없도록 화가 나게 한 것, 가다가 돌아오게 한 것, 이렇게까지 사정을 하는데도 문을 열어주지 못하고 애를 태우고 있는 모든 것이 미안했다.

"우영 씨, 여기 119 구급대원이 와 계시는데, 여자분 한 분만 잠깐 들어가서 상태 보고 치료하시도록 해요. 다른 분들은 다 밖에 계시고, 방에도 한 분만 들어가시도록 할게요. 나 믿고 한 번만 문 열어주세요. 부탁이에요."

"괜찮아요."

"안 돼요. 확인하지 않고 그냥 갈 수 없어요. 우리 다 여기 계속 있어야 해요."

아진은 미숙을 포함해서 다른 모든 사람을 밖으로 나가도록 하고 여자 구급대원 한 사람만 집 안에 들어오게 했다. 아진이 도착하고 나서 방 안이 조용해지자 경찰관도 아진의 말을 믿고 밖에서 지켜보기로 했다.

"우영 씨, 이제 모두 나가시고 여자 선생님만 계세요. 저도 밖에 나가 있을 테니 잠깐만 거실에 나와주세요."

우영이 이런 흉한 모습을 아진에게 보이고 싶지 않을 거로 생각한 아진의 배려였다.

아진은 밖으로 나왔고 20분쯤 뒤에 구급대원이 구급상자를 들고 밖으로 나왔다.

"우영 씨, 괜찮은가요?"

아진이 물었다.

"네. 다리 쪽으로 일곱 군데 외상이 있는데 깊진 않고요. 발바닥에 유리 파편들이 몇 개 박혀서 유리 빼내고 처치했습니다. 그래도 병원에는 가서야 할 것 같은데 설득이 안 되네요. 건강 상태가 아주 안 좋아 보였어요. 위생 상태도…… 저렇게 두면 안 될 것 같아요. 혈압도 비정상적이고, 영양 상태도 안 좋아 보이고요. 뭘 좀 드셔야 할 것 같은데, 수액도 안 맞겠다고 하시네요."

"네, 감사합니다."

경찰차와 119 구급차가 모두 떠나고 구경하던 동네 사람들도 하나둘씩 자리를 떴다. 거실에는 미숙과 아진, 단둘이 남았다.

"어머니, 들어오세요."

"죄송합니다, 선생님. 선생님까지 우리를 포기하시면 우리 식구는 이제 희망이 없습니다. 오늘은 어떻게든 우리 우영이 설득해가 선생님께 상담받으러 가게 할라꼬 한다는 기 그만."

"말도 안 돼요. 제가 말씀드렸잖아요. 저를 만날지 말지는 어머님이 결정하시는 게 아니라 저랑 우영 씨가 결정하는 거예요."

"네, 네. 선생님 잘못했습니다. 다시는 이런 일 없도록 하겠습니다."

아니다. 미숙이 자기의 말을 하나도 귀에 담고 있지 않다는 것을 아진은 잘 안다. 아진의 말을 듣고 있는 것은 미숙이 아니라 방 안에 있는 서우영이다. 아진은 그것을 알기에 큰 소리로 미숙을 나무랐다.

"이건 아녜요. 이러시면 안 돼요. 저 그냥 하는 말 아닙니다. 어머니, 제 말을 잘 들으세요. 저는 어머님과 약속을 지키기 위해 오늘도 왔어요. 그런데 어머님은 전에 저하고 하신 약속을 어기신 거예요. 전 어머님 행동에 정말 화가 납니다. 많이 속상하시고, 어떻게든 우영 씨가 밖으로 나왔으면 하는 마음에서 그러신 건 압니다. 그래도 이렇게 우영 씨를 속이시면 안 돼요. 제가 경찰차를 보는데 얼마나 화가 난 줄 아세요? 망치가 손에 있었으면 차를 다 부숴버리고 싶었어요. 우영 씨가 무슨 죄를 지었다고 경찰차를 불러요? 그저 자기 방에 가만히 있는 사람이 뭐가 위험하다고 경찰을 부르세요? 다시는 이런 식으로 우영 씨를 속이지 않겠다고 약속해주세요. 한 번만 더 이런 상황 만드시면 그땐 저도 완전히 손 뗄 겁니다. 아시겠어요?"

"네, 네."

"어머님도 많이 놀라셨을 거고, 우영 씨도 좀 편히 쉬게 하는 게 좋겠어요. 정훈 씨 퇴근할 때까지 친구분 집에 가 계셔도 되나요?"

"네, 그렇게 하겠습니다."

누가 이 가정폭력의 피해자이고, 누가 가해자인지 아진은 혼란스러웠다. 그래도 두 사람을 한 공간에 두고 가는 것은 서로에게 안전하지 않다는 생각에 일단 분리시켰다.

"집에 우영 씨 먹을 만한 것이 있어요?"

"네, 제가 아침에 밥이랑 국 다 끓여 놨죠. 근데 제가 한 음식은 손도 안 댑니다. 저기 냉장고 옆에 지 먹을 거는 정훈이가 사다 놓은 게 있습니다."

식탁 한구석에 컵라면과 즉석밥, 그리고 생수가 종류대로 몇 개씩 있다. 정훈이 샌드위치나 김밥 같은 것을 사놓기도 했지만, 다른 음식은 거의 손도 대지 않는다. 죽지 않을 만큼만 음식을 위장에 넣는 것 같다. 종류대로 사다 놓는 것은 누나를 향한 정훈의 안쓰러운 배려였다.

"우영 씨, 미안합니다. 오늘은 이만 저도 갈게요. 어머님은 저녁 때까지 친구분 집에 일단 가실 거니까 뭐라도 좀 드시는 게 좋겠어요. 아까 구급대원이 설명하신 거 들으셨지요? 건강 상태가 더 나빠지면 강제로라도 문을 열고 병원에 입원하게 하는 방법밖에 없습니다. 부탁이니 나오셔서 꼭 식사하세요. 제가 정훈 씨에게 퇴근하면서 약을 사 오라고 문자를 할 거예요. 식사하시고 약도 꼭 챙겨 드세요. 제가 도움을 드리고 싶었는데, 오히려 우영 씨를 위험하게 한 것 같아 미안합니다."

다시 듣고 싶은 우영의 목소리는 들리지 않았다.

우영은 대답하고 싶었다. 이대로 고아진을 보내고 싶지 않았다. 정말 고마운 사람에게 마지막 인사도 못 하는 거, 더는 하고 싶지 않았다. 정말 미안한 사람한테 미안하다는 말 한마디 못 하고 헤어지는 거, 이제는 그러고 싶지 않았다. 우영은 자신을 그렇게 만드는 미숙이 야속하다.

'미안해하지 마세요, 선생님. 선생님 잘못이 아닙니다. 오늘 저를 대신해서 싸워주셔서 감사합니다.'

우영은 그렇게 말하고 싶었다. 하지만 차마 입이 떨어지지 않는다.

'오늘 놀라게 하고, 고생하게 해서 죄송합니다.'

그렇게 사과도 하고 싶었다.

'제가 좀더 일찍 방에서 나왔다면 이런 험한 꼴은 안 봐도 되었을 텐데, 이 시간까지 이 더러운 집에 계시게 해서 죄송합니다.'라고 말하고 싶었다. 또, '조심히 가세요.'라고도 말하고 싶었고, 그리고, 그리고, 이 말도 꼭 하고 싶었다.

'고아진 선생님, 이제 더 이상 이 집에 오시도록 안 할게요. 제가 곧 선생님 만나러 가겠습니다.'

하지만 우영은 외마디 인사조차 내뱉지 못한 채 아진과 이별을 했다.

아진은 나가기 전에 넘어진 식탁 의자들을 제자리에 세워두고, 혹시 우영이 나오다가 다칠까 봐 빗자루로 깨진 유리 파편들을 쓸어 담았다.

그러다 문득.

번개처럼 자신의 어린 시절 한 장면이 스치고 지나갔다. 처음이다, 이렇게 선명한 기억을 한 것은.

초저녁인데 집 안은 어두웠다. 안방에서 만화영화를 하는 TV 브라운관의 빛이 새어 나온다. 하지만 볼륨을 아주 작게 해서 소리는 거의 들리지 않는다. 초등학교 1학년인 아진이 TV 앞에 바짝 다가앉아 TV 소리에 귀를 기울인다.

"아진아, 좀!"

바로 옆 침대에서 잠을 자던 아진의 엄마 최영순은 아진에게 TV에서 나오는 빛과 소리 때문에 괴롭다며 짜증을 낸다. 아진은 얼른 TV 볼륨을 완전히 끄고 익숙한 듯 하얀 수건으로 브라운관을 덮는다. 수건에 가려진 화면에서 캐릭터들의 움직임과 작은 소리를 듣기 위해 아진은 TV 가까이에 바짝 다가간다. 그러다가 재미가 없는지 아진은 다시 TV를 꺼버렸다. 그리고 일어나 발뒤꿈치를 들고 살금살금 방에서 나와 안방 문을 닫았다. 조심스럽게 냉장고를 열어 우유를 꺼내고, 시리얼을 그릇에 담은 뒤 우유를 그 위에 부었다. 그냥 거기서 먹어도 되련만, 아진은 시리얼 그릇을 기어코 들고 다시 엄마 곁으로 가겠다고 한 손으로 안방 문 손잡이를 돌렸다. '쨍그랑!' 그러다가 그만 그릇을 놓치고 말았다. 유리 그릇이 깨지면서 우유며 시리얼이 거실 바닥 사방에 다 튀어 날아갔다. 그러나 어찌 된 일인지 영순은 그 소리에는 아무런 반응이 없다.

선호가 실종된 후 오랫동안 영순은 산 송장처럼 호흡을 지탱하며 세월을 보냈다. 온종일 잠에 취해 침대에서 일어나지 못했고, 소리와 빛에 점점 예민해져서 커튼을 열거나 안방 형광등을 켜지 못하게 했다. 집 안에서는 누구라도 뉴스나 드라마 같은 것을 볼 수 없었고, 허용되는 프로그램은 아진이 볼 수 있는 만화영화뿐이다. 그나마도 볼륨은 최소로 줄여야 한다. 아진이 다른 것은 다 포기했지만, 언제부터인지 굳이 TV를 엄마 옆에서 보겠다고 해서 아진은 엄마가 잠에서 깨면 얼른 TV를 수건으로 덮고 본다.

유리 파편을 모두 쓸어 담은 아진은 빗자루에 남아 있는 것까지 탈탈 털어 쓰레기통에 넣었다. 그러고는 빗자루를 한쪽 구석에 세워 놓은 뒤 조용히 집을 나왔다. 소리 없는 몸짓으로 거실에 쏟아진 우유와 불어 터진 시리얼, 유리 파편들을 주워 담는 고사리 같은 손. 그 손을 떠올리며 어른이 된 아진은 엘리베이터 안에서 혼잣말을 한다.

'울지도 못했어. 그때 나도.'

엄마, 문 닫지 마, 제발

선호가 세 살이 되었을 때, 아진은 더 이상 가족과 함께 살 수 없었다. 선호는 하루에도 서너 번씩 심하게 경련을 했기 때문에 병원에 입원과 퇴원을 밥 먹듯 해야 했다. 특히 경련은 새벽에 더 심해서 응급실로 온 가족이 달려가는 일이 다반사였다. 아진의 아빠 은철은 다음 날 출근해야 하기에 어린 아진을 계속 병원에 있게 할 수는 없었다. 그래서 김천에 계시는 부모님께 여섯 살 된 아진을 맡기게 되었다.

"아진아, 선호가 많이 아파서 엄마가 아진이까지 돌봐주면 너무 힘들어. 그래서 선호가 좀 나을 때까지 김천 할머니 할아버지 집에서 지내자. 아빠가 일요일마다 아진이 보러 갈 거고, 엄마랑 선호도 안 아프면 할머니 집에 아진이 보러 갈게. 나중엔 아빠도 할머니 집에서 아진이랑 같이 지낼 거야."

"몇 밤 자면 오는데?"

"일곱 밤 자면 아빠가 올 거야."

"엄마는?"

"엄마는 선호 안 아파서 의사 선생님이 이제 집에 가도 된다고 하면 같이 오지!"

아진은 김천 할아버지와 할머니, 그리고 과수원에서 노는 것과 강아지 빠삐를 좋아한다. 아진은 빠삐랑 과수원에서 놀 생각을 하니 갑자기 기분이 좋아졌다.

"그래. 나 그럼 가서 빠삐랑 놀아야지! 아빠, 이 장난감 빠삐 갖다줘도 돼?"

은철은 고개를 끄덕이며 아진의 짐을 챙겼다. 사실 은철은 아진이 초등학교에 입학할 때까지 김천 부모님께 맡기기로 이미 영순과 결정을 했다. 부모님도 선뜻 그렇게 하라고 하셨다. 하지만 2년이라는 시간이 어린 아진에게는 영원한 시간처럼 느껴질 수 있기 때문에, 그 말은 하지 못했다. 은철은 아진의 겨울옷뿐만 아니라, 봄옷, 여름옷까지 모두 상자 안에 담았다.

"아빠, 나 이것도 할머니 집에 가져갈래. 이것도!"

아진은 애착 담요와 인형들 그리고 하도 보고 또 봐서 너덜너덜해진 그림책 한 권을 가방 안에 넣었다. 짐을 다 싸고 은철은 떠나기 전에 엄마와 동생에게 인사를 하고 가자며 선호가 입원한 병원으로 향했다. 차 안에서 은철은 아진에게 당부를 한다.

"우리 아진이, 엄마한테 씩씩하게 '할머니 말 잘 듣고 있을게.' 라고 인사할 수 있지?"

"응!"

"그리고 '엄마 사랑해요~' 하고 안아주자. 선호한테도 '선호야, 빨리 나아서 누나 보러 와!'라고 말해주자."

"응."

여섯 살밖에 안 된 아진에게 이 모든 현실을 받아들이고 넉넉한 마음으로 엄마에게 덕담까지 하란다. 엘리베이터가 멈추고 문이 열리자마자 은철이 붙잡을 사이도 없이 아진은 병실로 달려갔다.

"엄마! 선호야!"

할머니 말 잘 듣고 있겠다고, 사랑한다고, 빨리 나아서 누나 보러 오라고, 잊어버리기 전에 연습한 것을 말하기 위해 달려갔는데, 문 앞에서 아진은 자기 발을 멈춰 세웠다.

엄마와 선호 사이에 아진이 들어갈 공간이 없었기 때문이다. 선호가 또, 발작을 했다. 몸을 심하게 떨더니 갑자기 숨을 안 쉰다고 영순이 소리를 질렀다. 전에도 경험했던 일이지만, 영순에게는 아무리 여러 번 경험해도 도무지 익숙해지지 않는 일이다. 선호를 옆으로 돌려 뉘는 영순의 손이 떨린다. 뒤늦게 들어온 은철은 문 앞에 서 있는 아진을 툭 치며 달려 들어가 떨고 있는 아내를 대신해 선호를 옆으로 뉘었다. 그 순간만큼은 그들에게 아진은 그저 투명 인간이었다. 간호사가 응급 처치를 하고 나서야 비로소 선호의 발작이 멈췄다.

"엄마, 나 오줌 마려워."

겨우 엄마 옆에 다가간 아진은 아빠와 약속했던 말들은 다 잊어버리고, 오줌 마렵다는 말을 하고 말았다.

침과 토사물로 엉망이 된 선호의 얼굴을 닦아주던 수건을 내려놓은 영순은 잠시 아진의 얼굴을 바라보았다. 그러곤 한마디를 던졌다.

"하아……."

사흘 만에 처음 본 딸에게, 이제 곧 가족과 떨어져 혼자 먼 곳으로 떠나는 딸에게, 영순이 던진 외마디는 깊은 한숨 소리였다. 그리고 영순은 아이에게 해서는 안 되는 말까지 짜증스럽게 내뱉었다.

"아진아, 엄마도 좀 살자. 제발 좀. 아빠한테 가자고 해. 여보, 아진이."

은철은 영순의 말에 놀라 멍하니 서 있는 아진을 뒤에서 감싸안았다.

"영순아, 애한테 그게 무슨 말이야. 아진이 오늘 김천 가잖아. 엄마랑 선호한테 인사하러 왔는데."

은철의 손을 잡고 병실 밖으로 나가는 아진의 축 처진 뒷모습을 보면서 영순은 참았던 눈물을 쏟아냈다. 옆에 있던 간호사는 영순의 어깨를 쓸어주었다. 아진은 연습했던 말을 하지 않고 오줌 마렵다고 말한 것이 사뭇 미안했다.

"괜찮아요?"

김 교수가 카우치에 누운 아진에게 물었다.

아진이 김 교수 앞에서 어린 시절의 기억을 이렇게 생생하게 풀어낸 것은 처음이다. 우영의 가족을 만난 뒤부터 아진의 감정선은 훨씬 더 민감해졌고, 어린 시절의 기억들은 더 또렷해지고 있었다. 아진은 오늘도 꿈을 가지고 왔는데, 꿈 이야기를 하기도 전에 힘이 다 빠져버렸다. 잠시 숨을 고른 아진이 얘기한 꿈 이야기는 이랬다.

갯벌 같은 곳에 아기가 있는데 내가 낳은 아기 같았다. 신생 아 정도 되는? 내가 들어가면 무게 때문에 더 깊이 빠질 것 같아서 들어가지 못하고 사람들한테 도와달라고 소리를 질렀 다. 멀리 지나가는 사람들이 많았는데 아무도 돌아보는 사람 이 없었다. 안 되겠다 싶어 들어가서 아기를 안았는데, 몸이 점점 아래쪽으로 빨려 들어갔다. 그래서 아기를 머리 위로 들 어 올려놓고 도와달라고 또 소리를 질렀다.

"얼마나 팔이 아프고 온몸이 아팠는지 지금도 이야기하려니 팔이 아프네요."

아진은 자신의 양팔을 주물렀다. 한기가 느껴지는지 배를 덮던 담요를 끌어다가 가슴까지 덮고는 얼굴을 찡그리며 다시 팔을 주무르기 시작했다.

김 교수는 연상에 방해되지 않도록 작은 목소리로 개입했다.

"팔이 아파요?"

아진이 입을 열었다.

"아무도 없어요. 도움을 청해도 제 곁에는 늘 아무도 없었어요. 언제나 전 혼자였어요."

아진은 어린아이처럼 가슴을 들썩이며 울었다. 그리고 팔을 더 강하게 주물렀다.

"팔이 너무 저려와요."

아진은 카우치 아래로 오른팔을 털썩 떨어뜨려 보기도 하고 양손을 털기도 하면서 어쩔 줄 몰라 한다.

더 이상 미룰 수는 없다. 보기에 딱하지만 김 교수는 이제 아진의 저항에 공모할 수만은 없었다. 아진이 잃어버린, 아진이 그토록 간절히 찾고 있는 그것이 무엇인지, 그녀가 혼자 찾도록 방관할 수 없었다.

"일어나 앉아보세요."

힘들게 몸을 일으켜 세운 아진은 몸을 떨었다. 팔에 얼마나 힘을 주었는지 양쪽 팔이 축 늘어졌다.

"괜찮아요? 날 봐봐요."

김 교수와 눈을 맞추자 겁에 질린 어린아이의 눈에서 닭똥 같은 눈물이 뚝뚝 떨어졌다. 김 교수는 이럴 때 아진과 같이 있어주고 싶었지만, 그때마다 아진은 허락지 않았다. 아진은 김 교수가 다가갈 수 없는 영역에 있었기 때문이다. 갇힌 그녀만의 세계에서 혼자 보고, 혼자 소리를 질렀다. 아무도 그것에 닿을 수 없었다. 아진을 가둔 곳은 어디이며, 그녀가 그곳에서 경험하고 있는 것은 도대체 뭐란 말인가?

아진은 곧 안정을 찾았다.

"매달린 것 같기도 하고, 힘껏 미는 것 같기도 했어요. 제 팔에 힘이 들어간 거요."

"매달린 것 같기도 하고, 힘껏 미는 것 같기도 했다고요. 뭐에 매달렸을까요?"

"매달린 게 아니고 밀었어요."

아진은 눈을 감고 무언가 기억이 난 듯 흐느꼈다.

"닫지 마, 문 닫지 마. 엄마, 문 닫지 마. 제발……."

"눈 뜨고 날 봐요. 괜찮아요, 괜찮아."

김 교수는 단호하고 차분한 목소리로 아진을 불렀다. 아진이 또 혼자만의 세계로 들어가려고 했기 때문이다. 김 교수는 아진이 그 세계에 혼자 들어가면 위험하다는 것을 알기 때문에, 아진을 현실로 불러냈다. 그곳은 김 교수와 함께 들어가야 하는 곳이다. 그곳은 혼자 보기에는 너무 고통스러운 곳이다.

"엄마가 문을 닫으려고 했어요?"

"네. 엄마가 문을 잠그고 열어주지 않았어요. 아무리 문을 열어 달라고 애원해도 열어주지 않았어요."

드디어 아진은 잃어버렸던 중요한 기억의 퍼즐 조각 하나를 찾아냈다.

아진의 엄마 영순은 선호가 실종된 이후, 매일같이 전단을 들고 선호를 잃어버렸던 고속도로 휴게소에 갔다. 그리고 어두워져야 지친 몸으로 돌아오곤 했다.

하는 수 없이 김천 할머니가 서울로 올라와 아진을 돌보다가 잠시 김천으로 돌아가 과수원 일을 하고, 또다시 서울로 올라와 아진을 돌봤다. 아진의 할머니에게도, 몸도 좋지 않은 할아버지에게도 쉬운 일은 아니었다. 아진의 아빠 은철은 부모님도 부모님이지만 어린 아진을 위해서라도 계속 이렇게 살 수는 없다고 생각했다. 곧 아진이 초등학교에 입학해야 하기 때문이었다. 은철은 선호를 찾는 일은 경찰에게 맡기자고 설득했지만, 소용이 없었다.

"영순아, 부탁이야. 아진이 위해서 살아야지."

누워 있는 영순을 간신히 일으켜 앉힌 후 은철은 간곡히 부탁했다.

"나 일 가야 하니까 아진이도 좀 봐줘. 엄마도 김천 가시고 이제 아진이한테는 당신밖에 없어. 아진이도 엄마가 필요한 나이잖아. 제발 정신 좀 차리고."

영순은 초점 없는 눈으로 간신히 은철의 눈을 바라보았다.

"당신은… 살아져? 우리 선호를…… 잊을 수 있어?"

오랫동안 말라버린 영순의 눈에서 다시 눈물이 흘러내렸다.

"당신은, 살 수 있냐고. 어떻게 선호를 찾는 일을… 멈출 수 있어? 당신은 그게 돼? 선호를 포기할 수 있냐고!"

은철에게 악을 쓰는 순간, 영순의 눈에서 핏줄이 터져 양쪽 눈이 빨갛게 되었다. 은철은 아무 대답도 하지 못했다. 아내의 원망

가득한 눈빛을 나무랄 수가 없었다.

하지만 이런 대화를 언제까지 계속할 수도 없다. 어린 아진이 있지 않은가. 은철은 마음을 다잡고 대화를 이어갔다.

"안 살아지면! 못 잊으면 어떻게 할 건데? 다 같이 죽을 거야? 누군 괜찮아서 매일 일하러 가는 줄 알아? 우리 엄마는 뭐 괜찮아서 매일 밥하고 빨래하고, 과수원 가서 일하고 또 올라와서 당신 밥해 먹이는 줄 알아? ……이제 제발 좀 그만하자, 응?"

"어떻게, 어떻게…… 잊어."

영순은 울 기운이 다 빠져 들릴 듯 말 듯한 소리로 은철에게 애원하듯 겨우 말을 이었다.

"우리가 선호를 잊어버리면, 우리 선호가 얼마나 서운해하겠어. 찾을 수 있는데, 못 찾는 거면……."

은철도 눈물이 나왔지만 이대로 같이 울었다가는, 다 무너질 것 같아 얼른 자리에서 일어섰다.

"밥이랑 다 해놨으니까, 아진이 아침도 챙겨주고, 당신도 제발 뭐 좀 먹고. 살아 있어야 선호를 다시 만날 수 있지 않겠어? 아진이 제시간에 나갈 수 있게만 챙겨주면 돼. 그것만이라도 좀 부탁하자, 영순아."

은철이라도 정신을 차려야 했다. 계속 이렇게 살다가는 아내마저 잃고, 어린 딸도 엄마를 잃을지 모른다는 생각에 은철은 단단히 마음을 먹었다. 은철이 출근하자 영순은 다시 침대에서 눈을 감고 그대로 움직이지 않는다. 이불 속에서 두 사람의 대화를 듣고 있던 아진은 일어나 혼자서 밥을 먹고, 학교 갈 준비를 마쳤다. 그리고 시계와 엄마를 번갈아 가며 보고 있다가 40분이 되자 조용히 일어나 다녀오겠다는 인사도 생략한 채 현관문을 나섰다. 학교에서 돌아왔을 때도, 집 안의 시간은 멈춰 있는 것처럼 그대로다. 아침에 본 자세 그대로 영순은 누워 있다. 아진은 누워 있는 엄마 곁에서 TV도 보고 TV에서 나오는 불빛을 의지해 그림책도 보지만 엄마는 절대 건드리지 않는다. 잠이 오면 베개를 들고 와 엄마의 발 옆에서 엄마가 닿지 않을 만큼 거리를 두고 쪽잠을 잔다.

5월 5일 어린이날. 아빠는 이른 아침에 전화 한 통을 받고 급하게 어디론가 나갔다. 아진은 엄마와 단둘이 집에 남아 있었다.

'오늘 어린이날이다. 학교 안 가도 된다.'

늦잠을 자다가 깬 아진은 학교에 안 가고 온종일 엄마와 같이 있을 수 있다는 생각에 기분이 좋았다. 그리고 어제 학교에서 받은 어린이날 선물을 뜯어 볼 생각에 이불을 박차고 일어났다. 다른 아이들은 그 자리에서 선물을 다 뜯어 보았지만, 아진은 어린이날 선물이니 어린이날 아침에 보는 게 좋겠다고 생각했다. 혹시 어린이날 아침에 이 선물 말고는 다른 신나는 이벤트가 없을 수도 있으니 대비해 두는 것이다.

아침에 아진의 기분을 좋게 했던 것은 그것 말고도 또 있었다. 집 안에서 클래식 음악이 잔잔하게 들린 것이다. 그뿐이 아니다! 거실에 나와 보니 커튼이 젖혀 있는 게 아닌가! 창문에서 햇살이 눈부

시게 비치고 있어 아진은 거실로 나오면서 눈살을 찌푸렸다. 집 안이 이렇게 환했던 적이 있었던가! 집 안이 이토록 따뜻하고 평화롭게 느껴진 적이 있었던가! 아진은 꿈인가 하고 잠시 생각해봤지만, 꿈이라 해도 이런 꿈은 처음이어서 꿈이라도 그저 좋았다.

"엄마!"

아진은 엄마 방으로 뛰어갔다.

엄마가 침대에 없다.

"엄마!"

화장실을 열어봐도 엄마가 없다. 아진은 갑자기 불길한 생각이 들었다.

식탁을 보니 누군가 밥을 차려두었다. 어젯밤에 어질러져 있던 식탁은 깔끔하게 치워지고 예쁜 밥상이 차려져 있었다. 소시지에 케첩도 뿌려놓고 김치도 아진이가 먹기 좋게 썰려 있었다.

"엄마! 이거 내 밥이야?"

아진은 기쁨과 동시에 같은 크기의 불안이 느껴져 심장이 뛰었지만 둘 중에서 불안은 부정하고 기쁨만 선택하기로 했다.

"엄마! 어디 있어? 이거 엄마가 아진이 먹으라고 한 거야? 나 먹어도 돼?"

"아진아, 엄마 여기 있어. 밥 먹어."

영순은 서재방에서 아진에게 얼굴을 보였다. 그제야 안심을 한 아진의 얼굴에 금세 생기가 돈다.

"아, 엄마 여기 있었어? 엄마 이제 잠 안 자?"

"응."

"나도 이 방 들어가도 돼?"

서재에서 나오지 않고 말만 하는 엄마 곁으로 왠지 비집고 들어가야만 할 것 같다. 굳이 방 안에서 나오지 않고 멀찍이 서서 말하는 영순의 표정에서 햇살과 다른 어두운 그림자가 가득했기 때문이다.

"아진아, 이리 와봐."

영순은 방문 앞으로 다가온 아진을 한 발 밀어내며 힘껏 안았다. 얼마 만인지 모른다, 엄마가 안아준 것이. 아진도 엄마를 꼭 안았다. 앙상한 뼈밖에 없다. 엄마의 심장이 빠르게 뛴다. 포근할 거라 상상했던 엄마 품이 아니라 살짝 실망했지만, 그 실망도 아진은 접어둘 수 있다.

"엄마, 이제 안 슬퍼?"

영순은 어린 아진을 꼭 안은 채 흐느꼈다.

"미안해, 아진아. 엄마가 아직 슬퍼서 미안해. 엄마가 너무 미안해. 그리고 사랑해, 우리 예쁜 딸."

영순은 자기를 끌어안은 고사리 같은 딸의 팔을 억지로 떼어내고는 아진을 문밖으로 밀어냈다. 그리고 방문을 닫으려고 했다.

"엄마! 나도 들어갈래. 나도 엄마랑 들어갈래."

영순이 아진을 밀어내고 문을 억지로 닫으려고 하자, 아진은 발을 동동 구르며 문을 닫지 못하게 힘껏 밀었다.

"닫지 마! 엄마, 문 닫지 마!"

아진이 악을 쓰며 울었다.

문은 닫혔다. 손잡이를 아무리 돌리려 해도 문은 굳게 잠겨버렸다. 아진은 발을 동동 구른다. 열어야 한다. 이 문은 반드시 열려야 한다. 엄마랑 같이 있고 싶다. 그곳이 어디라도 아진은 엄마랑 같이 있고 싶다.

"엄마, 아진이 이제 엄마 말 잘 들을게. 아무것도 안 하고 가만히 있을게. 문 닫지 마, 제발. 나도 들어갈래. 나도 엄마랑 같이 있을래!"

아진은 절대로 이 문이 닫히면 안 될 걸 알았던 것 같다. 아진은 역시 좋은 것들을 미리 너무 좋아하면, 결국 좋은 것이 다 망쳐진다는 생각을 그 순간 다시 확인했다.

문은 닫혔다. 그리고 굳게 잠겼다.

얼마나 문을 두드리고 매달렸을까……. 아진은 방문에 매달리기와 두드리기를 반복하며 울다 지쳐 문 앞에서 잠이 들었다.

그것은 그날 닫힌 문에 대한 잃어버린 기억의 한 조각이었다.

열린 문

「안녕하세요. 지난 8월에 집에 오셨는데 기억하실지 모르겠네요. 서우영입니다. 상담받으러 가려고 하는데 어떻게 예약하면 될까요?」

서우영이다. 서우영이 아진에게 문자를 보냈다. 기억하냐고? 서우영은 자신이 고아진의 삶을 어떻게 뒤흔들어 놓고 있는지 모르는 것 같다.

그런데 모르기는 아진도 마찬가지다. 아진도 자신이 서우영의 삶에 무엇을 했는지 모른 채 살아가고 있었다.

'딸랑딸랑'

소심하게 풍경이 흔들렸다.

모자를 깊게 눌러쓰고, 귀를 다 덮을 만큼 커다란 헤드셋을 낀 채 한 여자가 들어왔다. 이번에는 우영이 아진을 만나러 왔다. 오는 길에 들리는 세상의 소리들이 그녀에겐 버거운 소리일 거라 걱정 했는데, 우영은 헤드셋으로 적당하게 자기를 보호했다. 우영은 불면 날아갈 듯 가녀린 몸매를, 자기 몸 두 개는 들어갈 정도의 큰 추리닝으로 가렸다. 5년 전까지 딱 맞게 입었던 옷이 살이 빠져 저렇게 된 것이겠지 싶다. 낡았지만 깨끗이 세탁한 흰색 단화도 커 보인다. 얇은 티셔츠는 긴 소매가 늘어날 대로 늘어나서 헤드셋을 벗으려고 손을 올리자 앙상한 팔이 드러났다. 늘어진 티셔츠 밖으로 나온 손목과 목주름은 마른 나뭇가지처럼 쩍쩍 갈라졌고, 갈라진 틈 사이에 벌겋게 핏기가 보였다.

작은 불씨 하나만 그녀에게 날아와도 순식간에 불이 붙어서 곧 재가 되어버릴 것만 같다.

아진은 건조한 나뭇가지에 수액을 꽂아 수분을 공급하는 그림을 잠시 상상하며 우영을 맞이했다.

"어서 오세요, 서우영 씨. 이렇게 얼굴을 보네요."

"안녕하세요."

우영은 깍듯하게 허리를 숙여 인사했다. 아진은 대기실에 있는 테이블로 우영을 안내하고 상담신청서와 동의서를 건네주었다.

"우영 씨, 이거 작성하시고 이 방으로 들어오시면 돼요."

우영이 상상했던 모습과 아진의 실제 모습은 사뭇 달랐다. 미숙에게 그토록 당차게 호통을 치던 아진은 키도 크고, 살집도 좀 있을 줄 알았다. 하지만 아진은 우영의 키보다 더 작고 피부도 하얀 것이, 여리여리해 보였다.

'저렇게 작은 체구를 하고 어디서 그런 깡다구가 나왔을까?'

천하에 어려운 게 없는 미숙이, 이 작은 여자에게 꼼짝 못 했다는 것이 도무지 믿기지 않았다.

"고아진 선생님이 맞으시죠?"

목소리는 맞는데 상상했던 모습이 아니라서 혹시나 하는 마음에 우영이 물었다.

"네, 맞아요. 제가 고아진이에요. 그러고 보니 우리 처음 보네요."

아진이 미소를 지으며 대답했다.

"아, 네. 제가 생각했던 모습과 많이 달라서요."

방 안으로 들어오는 우영이 앉는 것을 보고 아진도 자리에 앉으며 물었다.

"어떻게 다른가요?"

"생각보다 키가 작으신 것 같아서요."

그랬을 거다. 우영에게 아진은 경호원 같기도 하고, 악마를 무찌르는 호위무사 같았으니까. 경찰관도 동네 사람들도 단번에 물리쳤고, 무엇보다 미숙의 입을 막은 사람이 아닌가. 아진과 우영은 이렇게 서로에 대한 내적 환상을 현실에서 수정해야 하는 순간을 맞이하게 되었다.

우영은 살짝 걱정됐다. 이렇게 작고 여린 사람이 자신의 이야기를 감당할 수 있을지 의심이 되었기 때문이다. 아진을 향해 열렸던 마음을 다시 닫아야 하는 것 아닐까? 우영은 살짝 불안했다.

마지막 가정방문이 있던 날.

그날, 우영은 많은 사람 앞에서 미숙에게 한 발짝도 물러서지 않는 아진을 보았다. 아진은 미숙의 치밀하고도 음흉한 계획에 사용되지도, 흔들리지도 않았다. 우영은 그날 아진을 통해 아주 작은 희망의 빛을 보았다.

우영은 어릴 때부터 종이에 인형 옷을 그리며 놀았는데, 처음에는 종이 인형을 사서 이 옷 저 옷을 입혀보다가 언젠가부터는 종이로 옷을 직접 만들었다.

식당에서 일하는 미숙은 자정을 넘기고 퇴근하는 날이 많았고, 그 전에 우영의 아빠가 집에 돌아오는 일은 거의 없었다. 미숙은 우영이 초등학교 2학년 때부터 일을 다니기 시작했기 때문에 병설 유치원에 있는 정훈을 데리러 가는 것은, 우영의 몫이었다. 집에 돌아온 우영은, 정훈이에게 저녁을 챙겨 먹이고, 빈 그릇들을 설거지한다. 그리고 나면 마당에 널려 있는 빨래들을 가지고 들어와 TV 앞에서 빨래를 갠다. 그다음에는 정훈이를 씻기고, 걸레질을 한 뒤 이불을 깔아놓는다. 그러면 정훈이가 TV를 보다가 잠이 든다. 그렇게 할 일들을 다 끝낸 우영은 TV를 켜놓은 채 숙제를 하고, 숙제가 끝나면 그림 상자를 들고 TV 앞에 엎드린다.

그림 상자 안에는 우영의 소중한 보물들이 들어 있다. 그 상자는 우영의 아빠가 지난 크리스마스 때 사 온 종합선물 세트 상자다. 밤늦게 퇴근하고 돌아온 미숙이 방바닥 여기저기 흩어져 있는 우영의 그림들을 보고는 나쁜 버릇을 고쳐주겠다며 다 쓸어 버린 일이 있었다. 아침에 일어나 지난밤에 그린 그림들이 하나도 없는 것을 보고 우영은 "내 그림! 내 그림 어디 갔어?"라며 방 구석구석을 살펴보았다. 그러자 미숙은 "가시나야, 내가 다 버렸뿌따! 내가 그 종이 쪼가리들 한 번만 더 눈에 띄면 다 버려뿐다꼬 했나, 안 했나? 하루 쫑일 일하고 와서 집구석이라고 기들어오면 서방이란 인간은 술 처먹는다꼬 집에 오지도 않지, 집구석은 엉망이지, 이래가 내가 살 수가 있겠나? 종이 쪼가리 때문에 방에 발 디딜 틈이 없다. 니 한 번만 더 그놈의 종이 쪼가리들 내 눈에 띄기만 해라! 이번에는 아주 연필이고, 지우개고 다 뽀사삘 기다!"

발 디딜 틈이 없는 게 아니고, 우영이 설명할 틈이 없는 거다. 우영은 전날 어느 때보다 방을 깨끗하게 쓸고 닦았다. 빨래도 개어서 한쪽 구석에 모아두었고, 방바닥은 머리카락 하나 없이 깔끔했다. 미숙이 본 '종이 쪼가리'들은, 우영이 그린 새로운 작품들을 엄마에게 보여주고 싶어서 일부러 엄마 베개 머리맡에 둔 것이다. 그동안 그린 그림 중에 제일 맘에 드는 것들만 골라서 말이다.

"종이 쪼가리 아니고 내가 만든 옷이야!"

아진이 외치며 쓰레기통을 뒤지러 나가는 소리를 이불 속에서 들은 서진수는 그날 아침 다락에 올려두었던 종합선물 세트 빈 상자를 꺼냈다. 그리고 상자에 지난 달력을 붙여 포장한 뒤 '우영이 그림 상자(버리지 마시오)'라고 커다랗게 썼다.

학교에서 돌아오니 툇마루에 '우영의 그림 상자'라고 쓰여 있는 하얀 상자가 있다. 상자를 열어보니 칸이 없는 스프링 공책 세 권과 뾰족하게 잘 깎인 새 연필이 다섯 자루, 열두 가지 색연필, 새 지우개, 그리고 녹슨 무거운 가위를 대신할 작고 예쁜 분홍색 가위도 들어 있었다. 연필과 색연필에는 한 자루, 한 자루마다 '서우영'이라는 이름까지 반듯하게 쓰인 스티커가 붙어 있다. 그리고 우영이 그동안 그려서 옷장 안 이곳저곳에 모아둔 그림들을 어떻게 다 찾았는지 작은 상자 안에 고이 담아 두었다. 글씨를 보니 아빠가 해놓은 것이다. 아빠가 아니고는 이렇게 해놓을 사람도 없질 않은가.

고맙다는 말과 그림들을 어디에 숨겨놨는지 어떻게 알고 찾아냈는지 물어보고 싶었지만, 맨정신인 아빠를 만날 수 없어 그 일은 그냥 흐지부지되고 말았다.

그림 상자가 생긴 이후 미숙의 눈에 우영의 그림은 두 번 다시 눈에 띄지 않았다. 하지만 재미있게도 실업고등학교를 졸업한 우영에게 일자리를 소개해준 것은 다름 아닌 미숙이다.

"우영아, 니 남대문시장에 취직자리 있는데 댕겨볼래?"

"뭐 하는 곳인데?"

"니 옷 만드는 거 억수로 좋아한다 아이가! 옷 만드는 데 필요한 것 다 파는 곳이다. 단추도 팔고, 지퍼 같은 것도 팔고."

"응, 할게."

아진이 마지막 가정방문을 마치고 떠나고 3일 뒤, 우영은 20년도 더 지난 '우영의 그림 상자'를 책꽂이 꼭대기에서 내렸다. 그리고 허옇게 쌓인 먼지를 젖은 걸레로 조심스럽게 문질러 닦아냈다.

상자를 열어보니 열한 살이 막 끝나가는 겨울에 그린 그림을 마지막으로 시간이 멈춰 있다. 급하게 동네를 떠나던 날 엄마의 눈을 피해 빠뜨리지 않고 챙겨 온 그림 상자는 그날 이후 단 한 번도 열지 않았었다.

우영은 상자를 열었다가 곧바로 다시 닫았다. 그리고 주변을 둘러보았다. 책상에서부터 방문까지 길이 난 곳을 제외하고는 미숙이 화를 낼 때마다 자주 썼던 '발 디딜 틈도 없네!'라는 말 그대로였다. 정훈을 통해서 들어온 것들은, 지난 5년간 우영의 방에서 나간 적이 없었기 때문이다. 비닐봉지 안의 내용물은 우영의 위장에, 그리고 껍데기들은 비닐봉지 안으로 다시 들어가 여러 층의 벽이 되어 우영의 주변을 감싸고 있었다.

우영의 눈에 그 쓰레기 더미가 들어오기 시작했다. 그뿐 아니라, 우영의 감각들은 하나하나 깊은 잠에서 깨어나기 시작했다. 후각도, 청각도. 그리고 촉각도.

밖에서 들려오는 개 짖는 소리, 학교를 마치고 돌아오는 아이들의 쫑알거리는 소리가 들린다. 여기저기 생채기가 난 다리가 후끈거리고 따갑다. 몸싸움하느라 오랫동안 안 쓰던 근육을 써서인지 팔다리가 두들겨 맞은 것처럼 욱신거린다. 목이며 얼굴에 아토피로 갈라진 틈 사이로 흐르는 땀 때문에 따가운 통증이 생생하게 느꺼지기 시작한다. 깨어난 감각들은 우영에게 견딜 수 없는 자극이 되었다. 그 자극들은 자신이 살아 있다는 것을 깨닫게 하고, 삶이 얼마나 고통스러운 것인지를 직면하게 했다.

그 인식은 다른 숨을 쉬게 했지만, 이 숨은 한순간의 생명을 주곤 더 큰 공포로 숨통을 조여왔다. 우영은 몸을 똘똘 말아 웅크린 뒤 옴짝달싹도 하지 않았다. 이것은 우영이 어릴 때부터 외부 자극과 자기 감각으로부터 자기를 분리하기 위해 만들어낸 방법이다. 그렇게 몸을 웅크리고 모든 근육에 힘을 주면, 순간 모든'통증은 사라지고 청각도 후각도 촉각도 더 이상 우영에게 침투해오지 못한다. 그때 검지 손톱으로 피부에 약간 튀어나온 뾰루지를 잡아뜯어 피를 낸다. 그렇게 하면 몸에 있던 긴장감이 풀어지면서 알 수 없는 황홀경에 빠지게 된다. 그렇게만 할 수 있다면 우영을 감싸고 있는 것들은 더 이상 쓰레기가 아니다. 오히려 우영을 감싸는 캡슐이 되고, 갑옷이 되고, 안전한 성벽이 된다. 그 성벽은 소음을 차단해주고, 바깥세상에서 스멀스멀 들어오는 현실의 냄새도 차단해준다.

우영은 다시 캡슐 안으로 들어가기 위해 몸을 웅크리고 눈부터 힘을 주어 꼭 감기 시작했다. 그런데 이상하게 감아도 감아도 눈이 감기지 않았다. 아니 눈은 감겼는데, 좀 전까지 보았던 방 안의 모습에 대한 잔상이 투시하는 것처럼 그대로 남아 있었다. 눈을 감았는데도 어디선가 빛이 들어온다. 우영은 혹시 방에 불이 켜졌는지 확인해봤지만, 불은 꺼져 있다. 이전에는 불이 환하게 켜 있어도 눈만 감으면 암흑이었는데 이상하다. 아무리 눈을 꼭 감아도 눈앞이 더 환해졌다.

우영은 그 자리에 털썩 주저앉았다.

'싫어. 싫어.'

그 순간 우영은 갑자기 고아진 선생의 얼굴이 궁금해졌다. 미숙에게는 무서운 목소리로 말하고, 자신에게는 한없이 따뜻하게 목소리를 바꾼 그 여자가 궁금해졌다.

우영은 일어나 주방으로 걸어갔다. 냉장고에서 달걀 두 개를 꺼내서 프라이를 하고 밥통을 열어 국그릇에 밥을 3분의 2나 되게 듬뿍 담았다. 그 위에 달걀프라이와 간장을 넣고 비벼서 선 채로 야심차게 밥을 입에 넣었다. 그러나 얼마 먹지 못하고 수저를 내려놓았다. 마음은 다 먹을 생각이었지만, 이미 위가 작아져서 숟가락을 내려놓은 것이다. 남은 밥을 냄비 뚜껑으로 덮어놓더니 우영은 물로 입안을 헹궈냈다. 그러곤 냉장고에서 약봉지를 꺼내 입안에 약을 털어 넣었다. 약을 먹기 위해 밥을 먹었다. 언제 사다 놓은 건지 알수 없는 이것은 정훈에게 부탁해서 사 온 스테로이드 약이다. 피부를 심하게 긁어서 염증이 생겼을 때 부탁해서 한두 번 먹고는 우영이 냉장고에 넣어 두었다.

우영은 거실 서랍에서 손톱깎이를 찾아 손톱과 발톱을 바짝 깎고, 싱크대 서랍에서 주방용 가위를 들고는 화장실로 향했다. 손가락으로 긴 머리를 양 갈래로 가르더니, 한 쪽씩 움켜쥐고는 싹둑싹둑 귀 바로 아래까지 잘랐다. 손재주가 많은 사람이라 그런지 제법 그럴싸하게 잘렸다.

　우영은 머리카락을 검은 봉지 안에 담고 나서 거울을 보았다. 자기 얼굴을 제대로 본 것은 5년 만에 처음이다. 우영이 5년 전 방에 들어가 문을 잠갔을 때 가장 먼저 한 일은 거울을 책장 뒤로 숨기는 것이었다.

　미숙은 정훈이 퇴근하길 기다렸다가 늦은 시간 함께 집으로 들어왔다. 현관문을 열자마자 무언가가 정훈의 발 앞에 쏟아진다. 커다란 쓰레기봉투들이다. 얼마 전 우영의 부탁으로 사다 준 100L 되는 쓰레기봉투가 열 개 정도는 나온 것 같다. 그 뒤로 투명한 재사용 봉투 안에도 플라스틱 물병에 음료수 캔, 종이와 옷가지들이 거실에서 주방까지 줄을 지었다.

　"아이고 이게 뭔 일이고! 우영이가 지 방 치웠는 갑다!"

　"쉿!"

　요란을 떠는 미숙을 향해 정훈은 아무 말도 하지 말라며 고개를 저었다.

　두 사람은 신발을 신은 채 그대로 쓰레기들을 하나하나 내다 버리기 시작했다.

　"정훈아, 누나 밥도 먹었는 갑다. 이봐라."

　쓰레기를 모두 버리고 온 미숙은 작은 목소리로 정훈에게 속삭였다. 식탁 위에 밥그릇은 밥 한 톨 없이 싹 비워졌다.

아진은 우영이 작성한 신청서를 읽어보았다.

인적 사항 : 32세. 전문대 졸. 무직. 무교. 미혼.
가족관계 : 동생(29세), 임미숙(58세)
상담을 통해 도움받고 싶은 것은 : 나의 인생을 살고 싶다.

"얼마 만에 외출하신 거예요?"

"이렇게 멀리 나온 건 스물일곱 살 이후로 처음이네요. 집 앞 편의점에는 지난주부터 나갔었어요."

"그래요?"

"제 방 다 치웠어요. 쓰레기도 버리고요. 그리고 한 달 동안 아직은 잘 유지되고 있어요."

"그랬군요! 잘했네요. 이제 이사는 안 가도 되겠어요."

아진이 웃자 우영도 살짝 미소를 보였다.

"네."

"편의점 가서 뭐 샀는데요?"

아진은 왜 이런 게 궁금할까?

"그냥, 별건 아니고. 생수 사러 갔었어요. 정훈이한테 인제 그만 시켜야지요."

"그랬군요. 잘 왔어요. 정말, 정말 궁금했어요, 우영 씨."

"네, 저도 선생님 궁금했어요."

우영의 눈빛은 건조하다. 목소리는 더 건조하다. 작은 불씨도 튀어선 안 되지만, 함부로 물을 흠뻑 주어서도 안 된다. 불도, 물도 그녀에게는 위험한 침범이 될 것이다. 아진은 너무 잘 왔다고 와락 안아주고 싶은 불같은 마음을 삼켜야 하고, 와줘서 고맙다며 울컥하는 눈물도 너무 한꺼번에 나오지는 않게 단속해야 한다. 이곳까지 힘겹게 걸어온 그녀가 이제 아진을 이끌 것이다.

아진은 우영을 향한 어떠한 욕망도 괄호 안에 넣을 것을 다시 한번 다짐했다. 그리고 이제부터 우영에게서 우영을 배우고, 우영이 가는 만큼만 뒤따라가야 한다.

하지만 아진은 궁금한 것이 너무 많아 욕망을 감추는 것이 쉽지 않았다.

'무슨 일이 있었던 걸까? 무슨 일이 있었길래 젊은 청춘이 어둡고 냄새나는 쓰레기 더미 속에서 살기로 했을까?'

'내가 집으로 찾아갔을 때 방 안에서 내 이야기를 듣고 있었을까? 어떤 마음으로 듣고 있었을까?'

'이제 앞으로 무엇을 할 것인가?'

한참 동안 입을 다문 채 테이블을 향해 멈췄던 우영이 고개를 들더니 눈동자를 아진에게 옮겨왔다. 그러곤 노려보듯 정면으로 아진을 응시한다.

'저 눈빛은 뭐지?'

좀 전까지 눈도 맞추지 못하던 우영이 갑자기 눈싸움이라도 하듯이 아진의 눈을 피하지 않고 공격적으로 쏘아보았다.

'눈을 피해야 하나? 무슨 생각을 하는지 물어봐야 하나? 눈을

피하지 말아야 하나? 나의 눈빛도 공격적으로 보이려나?'

아진은 그 눈빛을 어떻게 해석해야 할지, 어떻게 반응해야 할지 당황스러웠다.

아진은 오랫동안 아무하고도 대화하지 않고 현실과 단절된 시간을 보낸 우영의 눈빛에서 작은 숨은 불씨를 본 것 같았다. 우영의 시선은 정확히 아진의 눈을 향했지만, 우영은 아진을 보고 있지 않았다. 그렇지 않고는 그렇게 시선을 피하지 않을 수는 없다. 우영은 앞에 있는 사람이, 자신을 맡겨도 될 만한 존재인지, 무슨 말을 어디까지 할 수 있는 사람인지 생각하느라 초점이 없었다.

우영의 시선은 한참 동안 일시 정지되어 있더니 드디어 입을 열었다.

"제가 혼자 잘랐어요."

"네?"

아진은 제대로 알아듣지 못해서 다시 물었다.

우영은 멋쩍은 듯 약간 미소를 띠며 뒷머리를 쓰다듬더니 말했다.

"제가 머리카락 잘랐다고요."

"아, 그래요? 손재주가 좋은가 봐요. 제법인걸요."

"선생님, 저 궁금한 게 있어요."

"네, 말씀하세요."

"기억상실이라는 것이, 정말 기억을 못 하는 건지, 거짓말을 하는 건지 어떻게 알아요? 그 기억이 트라우마 때문에 왜곡될 수도 있는 거잖아요."

기억상실. 이 단어가 어떻게 지금, 이 순간에 그녀의 입에서 나올 수 있는 건가! 그녀는 마치 지난 한 주간 아진이 이 문제로 얼마나 깊은 고뇌에 시달렸는지를 다 알고 말을 하는 사람 같았다. 사실 아진은 지난 분석 시간에 떠오른 그 사건들이 사실인지, 지어낸 이야기인지 혼란스러웠다. 부모님께 물어보고 싶었지만, 치매에 걸린 엄마에게 물을 수도 없고, 혹 치매가 아니더라도 너무 아픈 기억이 될 테니 물어볼 수 없었다. 아진은 나중에 아빠한테라도 따로 물어봐야겠다고 생각하고 있었다.

"그럴 수 있죠. 그런데 무엇이 정확한 사실인지보다, 더 중요한 게 있어요. 그렇게 기억을 처리해야 했을 만큼 힘든 시간이었다는 거죠, 그 시간이."

"그럼 뇌에 문제가 생긴 건가요? 정신병인가요?"

"자신을 보호하려는 거죠. 그 기억으로부터 자신을 보호해야만 했을 거예요."

아진은 자꾸만 우영과 동일시되어 스스로에게 답을 하고 있었다. 우영의 질문은 질문이 아니고 뭔가 하고 싶은 말이 있다는 것일 텐데, 아진은 자신을 대신해서 질문을 해주는 우영에게 답을 하고 있었다.

그 순간 아진의 머릿속에 그 꿈이 스쳐 지나갔다.

미친 소를 우물 안에 밀어 넣고 봉했던 꿈.

미친 소를 밀어 넣은 깡마른 여자.

그리고 그 미친 소.

미친 것은 누구이며, 우물에 넣고 봉해버리려고 한 여자는 누구인가? 그리고 봉해버리려고 한 그 위험한 기억은 아진의 기억인가? 우영이 지금 말하려고 하는 기억인가?

우영은 초점 없는 눈으로 자신의 손등을 다른 엄지손가락으로 어루만졌다. 한참을 그런 상태로 있다가 다시 입을 열었다.

"그 여자를 죽일 것 같아서 나올 수가 없었어요."

그 여자. 엄마 미숙을 말하는 것일 테다. 아진은 아무 반응도 하지 않고 우영이 좀더 말하기를 기다렸다. 그때 우영이 갑자기 고개를 들어서 아진을 다시 응시하면서 말했다.

"그 여자가 정말 잘못한 게 뭔지 아세요?"

우영의 눈빛은 분노가 아니라 슬픔이었다.

깊은 슬픔.

너무도 큰 슬픔이 커다란 눈물 덩어리가 되어 주르륵 흘러내렸다. 짠 눈물이 흘러 그녀의 갈라진 논바닥 같은 목을 타고 흘러내렸다.

'따갑겠다.'

갈라진 살점 사이로 눈물이 퍼져 들어가서 따가울 것 같은데 우영은 아무 통증도 느끼지 못하는 사람처럼 움직이지도 않고 눈물을 닦지도 않는다. 아진은 티슈를 뽑아 우영에게 건네주었다. 그제야 우영은 목에 흐르는 눈물을 티슈로 톡톡 두들겨 닦아 냈다.

하지만 사람의 몸속에 저렇게 많은 눈물을 어떻게 담아 둘 수 있을까 싶을 정도로 그녀의 눈물은 멈춰지지 않았다. 그 모습을 보는 동안 아진은 어떤 이미지들이 마음속에 영상처럼 지나갔다. 바싹 말라 죽어가는 나뭇가지에 수액을 꽂는 장면. 수액을 놓으려면 우선 가슴속에 고여서 흐르지 못한 눈물부터 다 뽑아내야 했나 보다.

큰 슬픔이다. 아진도 저런 크기의 슬픔을 안다. 저런 깊이의 슬픔을 안다. 아진도 지금 그렇다. 아진도 우영처럼 슬프고, 우영처럼 그렇게 울고 싶다.

우영은 점점 지쳐간다. 시간도 다 되어가고 탈수가 될까 걱정이 돼서 아진은 먼저 침묵을 깰 수밖에 없었다.

"우영 씨, 물을 좀 마시는 게 좋겠어요."

아진은 일어나서 냉수와 온수를 섞어 우영에게 건넸다. 물을 한 모금 마신 우영은 일어날 준비를 한다.

"죄송해요. 시간이 다 되었네요."

"아직 5분이나 더 남았는데요."

"아녜요. 그냥 밖에 조금만 앉아 있다가 가도 될까요? 머리가 너무 아파서요."

다른 사람에게 부담을 주거나 민폐를 끼치는 것을 이렇게 싫어하는 사람이 동네 사람들의 비난을 어떻게 견뎠을까?

대기실 소파에 앉은 우영을 보고 나서 아진은 방에 들어와 살포시 방문을 닫았다. 아진과 우영의 자리가 바뀌었다. 이제는 우영이 문밖에 있고 아진이 문을 닫는 입장이 되었다. 두 사람 사이에 잔잔

한 음악만 흘렀다. 한바탕 휘저어서 뿌옇게 올라온 구정물을 우영은 우영의 자리에서, 아진은 아진의 자리에서 가라앉혔다.

창밖에 가을이 보인다. 두 사람은 각자의 창문을 통해, 해 지는 가을을 바라보았다.

아진은 열두 살의 우영을 통해 여덟 살의 자신을 만났다. 아무런 보호막도 없이 여린 살갗이 세찬 공기에 쏠리는 열두 살의 우영을 만났고, 그리고 동시에 겨우 여덟 살밖에 안 되는 어린 딸의 손을 뿌리치는 자신의 엄마를 보았다. 딸을 두고 세상을 등지려고 한 엄마. 그리고 그 닫힌 문 앞에서 울다가 잠이 든 어린 아진을 만났다.

아진은 엄마를 한 번도 미워하지 못했다. 윤희와 강희를 낳고 나서는 아이 둘이 곁에 있는 것만으로도 엄마에게 괜스레 미안했다. 그래서 엄마 앞에서 맘껏 두 아이를 예뻐하지도 못했다. 강희가 자랄 때는 혹여 선호에 대한 아픔을 떠올리게 될까 싶어, 이런저런 핑계로 자주 찾아뵙지도 못했다. 미숙을 향한 증오심은 미숙에 대한 것만은 아니었다. 딸을 사지로 몰아넣는 미숙을 보면서, 울부짖는 어린 딸을 문밖에 세워두고 사지로 들어가는 영순을 향한 것이기도 했었다.

소아 우울증

●●

"어서 와요, 고 선생님."

아진은 어깨를 축 늘어뜨린 채 카우치에 누웠다. 담요를 접힌 그대로 배 위에 올려놓더니 그 위에 양손을 가지런히 올렸다.

"많이 힘들었을 것 같은데."

아진은 눈을 지그시 감고 잠시 대답을 미루더니 감은 눈이 떨리기 시작했다.

"네, 힘이 드네요. 임상이 많아서 충분히 제 것을 프로세스 할 여유가 없었어요. 어쩌면 제가 피하고 있는 것일 수도 있고요."

"그랬을 것 같아요."

"머리가 너무 아프더라고요. 며칠 머리가 엉킨 실타래로 가득 차서, 바늘 하나도 들어갈 수 없을 만큼 포화된 것 같았어요. 생각으로 뇌가 꽉 차서 머리에 쥐가 날 것 같더라고요. 어떤 생각으로 가득 차 있는데 아무리 그 생각들을 꺼내보려고 해도 무엇을 꺼내야 하는지 형체가 없는 거예요. 휴, 지금도 머리가 빡빡하네요."

"그랬군요."

아진은 지난 분석 이후에 수시로 떠오른 기억의 조각들을 다시 하나하나 꺼내놓기 시작했다. 그렇게 꺼내보려고 해도 잡히지 않던 생각들이 카우치에 눕기만 하면 한 줄 한 줄 잡혀 나오는 게 김 교수 역시 신기했다.

아진이 김천 할머니 집에 맡겨진 뒤, 고은철은 자신이 한 약속을 지키지 못했다. 주말마다 아진을 만나러 오겠다는 약속도, 나중엔 아진이와 함께 지내겠다고 한 약속도.

"애비야, 선호는 좀 어떠노?"

아빠에게서 온 전화인 것 같아 아진은 자기 방에서 귀를 쫑긋 세웠다.

"여 걱정하지 말고, 선호랑 선호 에미 힘들지 않게 잘 챙기라. 아진이는 밥 잘 묵고, 엄마 아빠 안 찾고 잘 논다. 기다려봐라, 아진이 바꿔주께. 아진아~ 아빠다, 전화 받아봐라."

할머니는 어린 아진을 앉혀놓고 늘 당부했다. 엄마나 아빠가 전화하면 울면 안 된다고. 울면 엄마 아빠가 속상하고 힘들어지니까 밥 잘 먹고, 할머니 말씀 잘 듣고 있으니 걱정하지 말라고, 대사까지 알려주었다. 아진은 자기가 진짜 하고 싶은 말 대신에 어른들이 원하는 대사를 외우게 하는 이유가 뭔지 항상 궁금했지만, 결국 할머니가 시키는 말만 하게 된다.

"아빠, 응~ 밥 먹었어. 된장국이랑 계란이랑 김치랑 먹었어. 할머니 말씀 잘 듣고 있어, 아빠. 그런데 아빠, 언제 와?"

할머니는 알려준 말 외에 다른 소리를 하면 곁에서 지켜보다가 어김없이 허벅지를 툭툭 치고, 눈을 끔뻑거린 다음에, 고개를 흔든다. 언제 오는지 물어보지 말라는 거다. 옆에 있는 엄마를 바꿔줘도 언제나 같은 질문을 아진에게 했다. 은철도 영순도 맨날 밥 먹었는지만 물어본다.

"저희 부모님은 밥 먹는 게 그렇게 중요한가 봐요. 사랑한다, 보고 싶다, 미안하다, 요즘 뭘 하면서 노는지, 엄마한테 더 하고 싶은 말은 없는지, 이런 걸 물어볼 생각은 왜 하지 못할까요?"

아진의 말에 김 교수는 입가에 옅은 미소를 지으며 고개를 끄덕였다. 아진은 열린 문 사이로 좀더 많은 기억들을 꺼내 놓았다.

"여름에 가족들이 김천에 왔었던 기억이 나네요. 아~ 신기하네요. 아무것도 기억 안 났는데, 지금은 장면까지 생생하게 떠올라요, 교수님."

"그래요? 어떤 장면이 떠올라요?"

은철은 아진에게 동생 선호가 이제 많이 안 아파져서 조만간 엄마랑 선호까지 데리고 온다고 약속하곤 전화를 끊었다.

드디어 가족이 온다는 날이 되었다. 할머니가 아침 일찍부터 요란하게 아진을 깨웠다.

"아진아, 인나라. 내일 엄마하고, 아빠하고, 선호도 데리고 오는 날이다. 할머니 시내에 장 보러 갈 긴데 니도 갈래?"

"안 갈래요. 집에 있을래요."

아진은 김천 할머니 집으로 온 뒤 아직 한 번도 엄마를 본 적이 없다. 아빠는 토요일에 왔다가 이른 아침부터 할아버지를 도와 과수원 일만 하다가 저녁만 먹고 다시 서울로 올라갔다. 아진은 그런 아빠를 조금이라도 보고 싶어서 일하는 아빠 뒤만 졸졸 따라다닌 기억밖에 없다. 엄마도 보고, 가족이 와서 몇 밤이나 자고 간다고 하는데도 이상하게 아진은 전날부터 잠이 쏟아져서 아무것도 할 수가 없었다.

"아진아, 이것 좀 받아봐라. 니 여태 잤나?"

시내에서 장을 보고 돌아온 할머니가 침대에 누워 있는 아진을 부른다.

"네~"

할머니는 양손 가득 장 본 것을 현관 앞에 풀썩 내려놓았다.

"아진아, 니도 좋제? 엄마도 보고, 선호도 보고!"

할머니는 좋은가 보다. 너무너무 좋은가 보다.

할아버지는 선호와 엄마에게 줄 참외랑 수박을 딴다고 아침 일찍 과수원에 가셨고, 할머니는 집에 오자마자 청소하고 음식을 만든다고 정신이 없다. 그런데 아진은 왜 그런지 빠삐가 놀아달라며 짖어대는 소리를 들어도 방에서 꼼짝을 하지 않는다. 다른 때 같으면 할머니 뒤를 졸졸 따라다니며 종알거릴 아진이 방에서 나오지 않자 할머니는 슬슬 걱정되었다.

"아진아, 니 더운데 방문 닫고 뭐 하노? 어디 아프나? 나와서 할머니 심부름도 좀 하지?"

"네~"

아진은 겨우 일어나 할머니 옆으로 다가갔다. 할머니의 기분은 아진의 감정선과는 달리 저 높이 날아다니고 있었다.

"아이고, 좋다. 아이고, 좋아. 내 손주도 보고, 아들도 보고, 며느리도 보고. 참말로 좋다. 아진아, 이제 느그 동생이 안 아프면 얼메나 좋겠나. 할머니는 선호만 안 아프면 아무것도 바랄 것이 없다."

할머니는 노래하듯 흥얼거린다. 식탁에 힘없이 앉아 있는 아진은 아무리 할머니의 흥에 동참하고 싶어도 땅에서 잡아당기는 것처럼 흥이 나지 않았다. 점심때가 한참 지나서야 과수원에 갔던 할아버지가 돌아오셨다.

"술 잡쉈써? 대낮부터 뭔 술을 마셨댜? 내일 애들도 오는데 빨리 와서 집이나 좀 치워야지."

"어, 한잔했지요~ 우리 선호가 할애비 보러 온다는데 기분이 좋아서 한잔했지요. 내가 우리 선호 줄라고 수박 제일 좋은 거로 골라왔지요~ 아진아, 내일 느그 동생 온단다. 니도 좋제?"

왜 자꾸만 두 사람은 자신들의 감정을 아진에게 강요하는지 아진은 슬슬 짜증이 났다.

'좋제? 좋제?'라고 묻는 말에 아진은 답을 할 수 없다는 것을, 왜 모를까? 아진은 가족이 와서 몇 밤 잔다는 것이 마냥 신나지만은

소아 우울증

않다는 것을 왜 모를까? 아진은 선호 때문에 엄마 아빠랑 같이 살 수 없었다. 아픈 선호는 엄마도, 아빠도, 심지어 아진의 방도 다 빼앗아 갔다. 그래서 아진은 영원처럼 느껴지는 시간을 엄마도 아빠도 없는 곳에서 보내야만 했다. 그런데 할머니 할아버지는 그런 선호가 뭐가 예쁘다고 '우리 선호, 우리 선호' 하는지 아진은 이해할 수 없었다. 이제 선호가 여기에 오면 할아버지도, 할머니도, 어쩌면 빠삐까지도 다 뺏길지 모른다는 생각에 아진은 불안했다. 아진이 할머니 집에 온 뒤로 할머니 할아버지가 이렇게 활기 넘친 적은 없었던 것 같다.

엄마가 보고 싶어도 울면 안 된다고 해서 울음을 참았다. 아빠가 왔다가 집으로 돌아갈 때도, 아빠 따라 집에 가고 싶다고 떼를 쓰고 싶었지만, 아진은 그것도 참았다. 그렇게 보고 싶은 엄마가 내일이면 아진을 보러 온다는데, 할머니 할아버지처럼 하나도 신나지 않는 것이 아진은 자신도 이상했단 말이다. 할머니 할아버지한테 점점 더 짜증이 나는 것도 싫었고, 이러다가 엄마가 왔을 때, 그 좋은 시간을 자기가 다 망치게 될까 봐 두려웠다. 하지만 어떻게 해도 신이 나지 않는 걸 어쩌겠나.

카우치에 누운 고아진은 한 번도 표현해보지 못한 가족에 대한 분노를 힘겹게 쏟아내고 있었다.

"왜 고 선생님은 신나지 않았을까요?"

"왔다가 금방 다시 자기들끼리만 갈 거잖아요."

아진은 어린아이처럼 울먹였다.

"또 나만 혼자 두고 갈 거잖아요. 그들만의 축제죠. 그들만의 잔 칫날이죠. 거기서 저를 봐주는 사람은 아무도 없었어요. 내가 어떨 지 물어봐주는 사람은 아무도 없잖아요. 오는 것도 자기들 마음대 로고, 가는 것도 자기들 마음대로죠. 제 마음까지도 자기들 마음대 로 해야겠어요? 제 마음만이라도 제 마음대로 못 해요!"

그렇다. 아진은 만남에 대한 기대감보다 다시 남겨지는 것을 생 각했다. 그리고 무엇보다 아픈 동생, 선호를 향한 무서운 시기심을 아진은 감당할 자신이 없었다. 하지만 그런 아진의 마음을 읽어주 는 어른은 아무도 없었다. 할머니 할아버지가 잔치를 준비할 동안, 어린 아진은 마음속에서 엄청난 전쟁을 치르고 있었다.

"그래서 그렇게 잠이 쏟아졌군요."

"네. 지금 생각하면, 그때 저는 소아 우울증이었던 것 같아요. 그 후로도 어릴 때부터 잠을 너무 많이 자서 별명이 '잠만보'였거든 요."

그 복잡한 내적 갈등을 어린아이가 혼자 소화해내기는 어려웠 을 거다. 그래서 어린 아진은 그 모든 것으로부터 자신을 보호하기 위해, 잠으로 회피를 한 거다.

아진의 가족은 다음 날 와서 일주일 정도를 아진과 함께 보냈 다. 꽤 긴 시간이었을 텐데 아진의 기억 속에 남아 있는 것은 한 장 면뿐이다.

당연히 영순과 은철은 오랜만에 만난 딸을 안아주고 아진을 위한 선물도 준비했을 텐데, 아진의 기억 속에는 이 장면 외에 남은 것이 아무것도 없다. 온 가족이 선호를 가운데 놓고 선호에게 시선을 떼지 않았던 그 장면.

할아버지는 선호의 입에 수박을 넣어주고, 할머니는 연신 선호에게 부채질해 주거나 정성껏 선호의 머리를 쓰다듬는다. 엄마는 낯선 자리가 불편한 선호가 껌딱지처럼 붙어 있는 바람에 자리를 뜨지 못하고 선호만 안고 있다. 아빠는 집 안 여기저기 손볼 곳을 찾아 수리를 하고 있다.

"고 선생님은 어디에 있었어요?"

김 교수가 물었다.

아진은 고장 난 선풍기를 고치는 아빠 옆에서 크레파스들을 몽땅 쏟아 제자리를 찾아주고, 다시 쏟아 제자리를 찾아주기를 반복하고 있었다. 아진은 할머니 집에 온 뒤부터 유난히 물건들을 차례대로 줄 세우는 놀이를 한다. 침대 위에도 크고 작은 인형들로 빙둘러 줄을 세우고, 신발들을 모두 마당에 쏟아놓고 빙 둘러 기차놀이를 하곤 했다. 아진이 선풍기를 고치는 아빠 옆에다 크레파스를 다시 쏟았을 때, 할아버지가 다가와서는 발로 쏟아놓은 크레파스들을 밀어버렸다. 이제 밥상 차려야 하는데 정신없게 왜 이리 어질러 놓았냐며 주워 담으라고.

"제가 왜 그랬을까요? 잘 참다가 왜 그랬을까요?"

아진은 상기된 얼굴로 카우치에서 갑자기 벌떡 일어나며 말을 이어갔다. 아진의 행동에 김 교수도 당황했다.

있는 둥 없는 둥 하던 아진은 갑자기 할아버지의 한쪽 다리를 양손으로 감싸 잡더니 있는 힘을 다해 할아버지의 발등을 깨물어 버렸다.

"어! 야가 와 이라노?"

아진의 돌발적인 행동에 온 가족이 화들짝 놀라 아진을 보았다. 그렇게 봐주지 않던 시선이 순식간에 아진에게 모였다.

"고아진! 무슨 짓이야, 할아버지한테!"

다름 아닌 영순이 달려와 아진의 등짝을 때리고는 팔을 잡아당겨 할아버지에게서 떼어냈다.

"내 크레파스를 왜 발로 밟아! 내 건데! 미워! 할아버지도 밉고, 엄마도 밉고! 다 미워! 다 가버려!"

아진은 소리를 지르고는 자기 방으로 들어가 문을 쾅 하고 닫아 버렸다. 아진이 걱정했던 일이 벌어지고 만 것이다. 가족이 다 모이는 행복한 시간을 자기가 다 망쳐놓을지 모른다는 걱정 말이다.

"제가 다 망친 거죠. 모두의 잔치를 망쳐놓았어요, 엄마 아빠랑 함께하고 싶었던 것들이 많았는데, 그 일로 다 망쳐버린 거죠."

"고 선생님, 크레파스를 쏟았다 순서대로 넣는 놀이, 인형들을 침대 사방에 줄지어 놓은 거, 신발들을 모두 모아 고 선생님 주변에 동그랗게 둘러놓은 놀이. 그 아이가 뭘 하려고 한 걸까요?"

아진은 잠시 객관적인 자리에서, 놀이하는 어린 아진을 바라봤다.

"여러 가지가 연상되네요."

"좋아요. 다 말해봐요."

"저를 보호하는 성벽 같기도 하고요, 화가 난 저로부터 다른 사람을 보호하려는 울타리 같기도 해요."

"그 느낌에 좀더 머물러봐요."

김 교수는 자신도 모르게 몸이 아진을 향해 쏠리면서 나지막한 목소리로 격려했다.

"어떻게 표현해야 할지 모르겠지만, 마구 다 망쳐버리고 싶은 제 마음을 그렇게 다잡았을 거예요. 지금도 생각이 복잡하고 불안하면 그런 리추얼들이 도움이 돼요. 헝클어지고 흐트러지는 저의 정신세계를 정돈하고 가지런히 가라앉히는 거죠."

"그렇군요. 얼마나 엄마도 보고 싶고, 집에도 가고 싶었겠어요. 집에 가고 싶다고 울고 떼도 쓰고 싶은데 그렇게 하면 어른들이 힘들어지니 그것을 겨우 참고 눌렀을 것 같아요. 마음 가는 대로 하고 싶을 때마다 스스로 마음을 달래고 다잡는 리추얼이었겠어요."

기운이 빠져 아진의 양팔은 축 늘어졌다. 한동안 고개를 뒤로 젖힌 채 눈을 감고 아무 말도 하지 못하던 아진의 눈에 눈물이 흘렀다. 아진은 또 다른 기억을 연상했다.

"그리고 인형은, 그렇게 하면 혼자 있다는 느낌이 들지 않았어요. 인형들이 제가 자는 것을 바라봐주고, 제 온몸을 에둘러 안아주는 것 같아서 좋았어요. 그것들은 내 거예요. 다 내 거."

엄마, 나도 마음이 아프단 말이야

일주일이 지나고 아진이 가장 걱정하던 순간이 다가왔다. 아진만 남겨두고 가족들이 모두 서울 집으로 떠나는 날 아침이 된 것이다. 할머니는 이것저것 반찬을 챙기고, 할아버지는 밭에서 따 온 야채들과 곡물, 그리고 과일을 트렁크에 싣고 있었다. 선호는 일주일 동안 한 번도 예전처럼 발작하지 않았고, 아파 보이지도 않았다. 그런데 왜 아직 자기는 집에 갈 수 없는지 아진은 아무에게도 물어보지 않았다. 오는 날의 부산스러움도 싫었지만, 가는 날의 부산스러움은 더 짜증스러워 모든 채비를 다 할 때까지 아진은 이불 밖으로 나오지 않았다. 밖에서 아진을 찾는 소리가 들렸지만, 아진은 가족이 떠나는 자리에 있을 자신이 없어 그대로 자는 척 대답하지 않았다.

"냅두고 가라. 떼 놓고 가면 니도 힘들고, 자도 맴이 안 좋을 끼다. 내가 일어나면 잘 달래줄게. 차 막히기 전에 퍼뜩 가라. 운전 조심하고, 가다가 졸리면 휴게소에서 자주자주 쉬면서 가래이~ 아 잘 챙기고."

할머니가 방으로 들어가려는 영순의 걸음을 멈춰 세운 것 같다.

"며칠 저러다 만다. 이따가 햄버거나 하나 사다 주면 다 잊어뿌고, 또 잘 논다."

그랬다. 아진은 아빠가 왔다 갔을 때마다 며칠은 말수도 줄고 이불 속에서 잘 나오지 않다가도, 며칠이 지나면 다시 할머니에게 재잘거리고, 할아버지를 따라 과수원에 가서 심부름도 하고 그랬다.

하지만 이번에는 좀 달랐다.

가족이 떠나고 나서 아진의 말수는 확연히 줄었다. 빠삐와 놀지도 않았고 누워 자는 시간은 점점 많아졌다. 그뿐이 아니다. 침대 위에 인형들은 점점 많아져서 아진이 누울 곳조차 없을 정도가 되었고, 빠삐의 집 주변에 신발이라는 신발은 욕실 슬리퍼까지 다 주워다가 울타리를 만들어서 신발을 찾던 할아버지한테 야단을 맞는 일이 잦아졌다. 거기다 처음에는 '컹컹' 하며 마른기침으로 시작된 틱이, 눈썹을 당겨 올리면서 더 큰 소리로 '컹컹' 하는 투레트증후군(여러 가지 근육틱과 음성틱이 함께 나타나는 증상)으로까지 증상이 악화했다. 초반엔 그저 감기려니 하고 약국에서 기침약을 사다 먹였는데 오래도록 그치지 않아 할머니는 아진을 시내 소아과에 데리고 갔다. 의사 선생님은 아이가 스트레스를 많이 받아 투레트증후군으로 보인다며 소아정신과에 데리고 가보라고 권했다.

"무슨 아가 기침 좀 한다고 정신병원엘 가보라 카노. 병원이 돈 벌어 먹을라꼬. 별소리를 다 듣겠네, 참말로. 의사들은 다 한통속인 기라!"

할머니는 아진의 손을 잡아끌고 나가면서 툴툴거렸다. 의사의 말을 부정하긴 했지만, 사실 할머니도 최근 아진에게 일어난 변화에 대해 걱정이 안 되는 건 아니었다. 아진은 자다가 이불에 소변을 누기도 하고 자기 손바닥을 코에 갖다 대고 냄새를 맡기도 했다. 며칠 전에는 할머니 옆에서 낮잠을 자던 아진이 갑자기 일어나더니 이불이 똑바로 펴지지 않는다며 울음을 터뜨렸다. 잠에서 덜 깬 상태로 방바닥에 있는 이불의 사방 모서리를 펴면서, "안 돼! 이거 안 돼! 똑바로 안 돼! 할머니 도와주세요!"라며 울고불고 난리를 쳤다. 이런 모습이 할머니가 보기에도 조마조마했지만, 선호 하나만으로도 이미 걱정이 가득한 아들에게 아진이까지 몹쓸 병에 걸린 것 같다는 이야기는 할 수 없었다.

다음 날 새벽. 할머니 옆에서 자던 아진이 자다 말고 일어나서는, 정신없이 맨발로 마당까지 뛰어나갔다. 그러더니 마당 한가운데서 방향을 잃은 채 허공을 향해 팔짝팔짝 뛰면서 울기 시작했다. 놀란 할머니와 할아버지는 쫓아나가서 아진의 이름을 부르며 허우적거리는 양팔을 잡으려고 했지만, 아진은 마치 두 사람을 보지 못하는 것처럼 허공을 향해 계속 팔을 저었다.

"아이고, 아진아. 와 이라노. 할미다. 할미 여기 있다. 아가, 와 이라노. 아진아, 꿈꿨나? 무서운 꿈 꿨나? 아이고 영감, 야가 와 이럽니꺼. 겁나 죽겄다."

할아버지는 슬리퍼를 가져다 아진이의 발에 신겨보려고 했지만 동동거리는 발에 슬리퍼를 넣는 것도 쉽지 않았다.

"낮에 뭔 일 있었는가? 아가 낮에 뭐 보고 놀랐었나?"

그제야 할아버지는 아진이의 하루가 어땠는지 물었다.

"무슨. 그런 일 없었제. 아이고, 아진아. 정신 좀 차려봐라."

할머니는 차마 낮에 의사에게 들은 말을 할 수 없었다. 그러는 사이에 아진은 아무리 불러도 어딘가에 갇혀서 나오지 못하고 있다. 슬리퍼 신기기를 포기한 할아버지는 아진을 업기 위해 아진 앞에 허리를 구부렸다. 그러자 아진은 할아버지의 등을 밀어내면서 더 거세게 울었다. 그러더니 갑자기 대문을 향해 달려가 대문 앞에 주저앉았다.

"엄마! 엄마! 나도 데려가! 아빠! 나도 갈래!"

아진은 길게 뻗은 두 다리로 바닥을 긁으며 울부짖었다.

그랬었다.

아진은 그날 이렇게 하고 싶었다.

그렇게 자기도 서울 집에 같이 가고 싶다고 말하고 싶었지만, 참고 또 참다가 마음에 병이 생긴 것이다. 그렇게 하면 안 된다니까, 마음을 누르기 위해, 잊어버리기 위해, 잠도 자보고, 크레파스가 제자리를 찾는 것처럼, 마음을 제자리에 꼭꼭 넣어두려고 했다.

하지만 그것으로는 역부족이었나 보다. 목구멍 속으로 삼켜버린 말, 목구멍 깊이 넣어버린 슬픔이 '컹컹' 소리를 내며 더 이상 밀어 넣을 수 없어 튀어나왔던 것이다.

아진은 그날, 이불 속에 숨어서 보지 않으려고 했던 장면, 가족들이 자신만 혼자 두고 대문을 나서는 그 장면을 꿈을 통해 기어이 보고야 말았다.

할머니는 밤새 잠자는 아진의 머리를 쓰다듬으면서 이런저런 생각을 하느라 잠을 이루지 못했다.

"아이고, 이 어린것이 얼매나 힘들었으면. 아는 즈그 어매하고 살아야제. 어매하고 떨어지면 이래 병이 나뿌는 기지."

할머니의 혼잣말을 듣고 할아버지는 아내가 못하는 결정을 했다.

"낼 아침에 은철이한테 전화해라. 아 이야기도 숨기지 말고 다 하고, 낼이라도 휴가 내고 당장 와서 아 데불고 가라 케라. 아 보는 공은 없다 카드마는. 에휴, 임자도 그만 맘고생하고. 선호도 이제 괜찮은 것 같드만."

"알겠심더. 그래 합시더."

할머니는 한 손으로 아진의 가슴을 토닥이고, 다른 손으로 눈물을 훔치며 대답했다.

1년 만에 마음의 병이 생기고서야 아진은 서울 가족 집에 돌아갈 수 있었다.

아진은 이런 날을 매일 밤 상상했었다. TV에서 나오는 것처럼 예쁜 엄마가 앞치마를 입고 맛있는 요리를 하고 있다. 할머니가 그랬던 것처럼, 아진이 집에 온다고 신이 나서 노래를 부르고 춤을 출 거다. 아진이 문을 열고 들어가면 엄마가 달려와서 할머니가 그랬던 것처럼 이것저것 물어보고, 꼭 안아줄 거다. 아빠는 반찬을 집어서 아진의 밥그릇에 올려주고, 엄마는 아진의 옆에 바짝 붙어 앉아서 머리를 연신 쓰다듬어 줄 거다.

그런데 아진의 상상 속엔 언제나 등장하지 않는 한 사람이 있다.

동생 선호.

선호는 아진의 상상 속에도, 꿈에서도, 현실에서도 존재하지 않는다.

선호는 그저 자기의 모든 것을 앗아가 버린 훼방꾼일 뿐, 아진에게 가족은 엄마와 아빠, 그리고 아진 자신뿐이었다.

김 교수는 아진의 상상이 이루어졌을지 궁금했지만, 고아진의 기억은 거기까지였다.

봄은 또 얼마나 예쁘게요

◖◗

"무슨 이야기부터 해야 할지 몰라서."

우영은 지난주보다는 약간 살이 올랐다. 아토피로 피부는 여전히 각질이 떨어지고 벌건 생채기가 나 있지만 처음보다는 한결 좋아 보인다.

"선생님이 궁금하신 거, 물어봐주시면 안 될까요?"

"머리가 점점 더 예뻐지네요. 신기해요."

"제가 곱슬머리라 아무렇게나 잘라도 끝이 돌돌 말려서 다루기 쉬워요."

"아, 그렇군요."

아진은 당연히 궁금한 것이 많았다. 그렇게 세 식구가 함께 서울로 이사해서 어떻게 살았는지. 엄마와 바람난 식당 사장이란 남자도 한집에 같이 살았던 건지. 정훈의 말로는 처음 방에서 나오지 않던 날, 회사 거래처 사람들과 술을 마시다가 쓰러졌다던데, 무슨일이 있었는지. 5년 전 그날, 도대체 무슨 일이 일어났던 건지, 아진은 당장 물어보고 싶었다. 그리고 어떤 마음으로 5년 동안 나오지 않다가 밖으로 나오기로 한 건지, 무엇이 우영을 밖으로 나오게 한 것인지, 다 물어보고 싶었다.

하지만 아진은 모든 궁금함을 그녀의 시간에 맡겨 두기로 했다. 이렇게 집 밖으로 나온 것만으로 충분하다. 두 번이나 상담실까지 찾아온 것만으로도 충분했다. 아진은 서두르지 않기로 했다. 우영보다 앞서가지 않기로 했다.

아진이 기다리자 우영이 소통의 물꼬를 다시 텄다.

"가을 하늘이 예뻐요. 오면서 하늘을 봤는데, 하늘도 예쁘고, 구름도 너무 예뻐서 한참 동안 저 사거리에 서서 하늘 보다가 왔어요."

"그렇죠. 오늘 하늘이 유난히 예쁘더라고요."

아진은 고개를 돌려 창밖을 내다보며 미소를 지었다. 높고 푸른 가을 하늘에 하얀 구름이 정말 예뻤다.

"가을이 봄이나 여름하고 다르다는 생각, 오늘 처음 한 것 같아요. 가을 산도 다르고, 가을 나무도 다르네요. 단풍나무 색깔이 저렇게 다양하다는 걸 저는 왜 30년 넘게 살면서 몰랐을까요? 가을, 정말 예뻐요."

"봄은 또 얼마나 예쁘게요?"

아진은 추운 겨울을 지나 봄이 오는 것에 대한 기대도 갖기를 희망하는 마음으로 봄을 자랑했다.

"봄도 예뻐요?"

뜻밖의 지점에서 우영은 눈물을 왈칵 쏟아냈다.

"계절이 예쁘다는 말, 처음 해봐요."

깊은 절망 속에 사는 이들에게 봄만큼 잔인한 것은 없다. 그리고 사랑하는 이가 곁에 없는 이들에게는 가을만큼 고약한 친구도 없다.

우영은 잠시 눈을 감았다 뜨고는 말했다.

"봄도 예쁠 수 있을 것 같아요, 이제."

아진은 이제 우영이 봄을 시기하지 않고, 봄하고 같이 놀 수 있을 것 같다고 생각했다.

우영은 사실 오래전부터 그런 날을 기다렸다. 누군가가 문을 두드리고 자기의 이야기를 들어봐주기를. 하지만 동시에 싸울 준비도 하고 있었다. 누구든 자기의 방문을 억지로 열거나, 감히 미숙과 화해를 하라고 한다면 물어뜯을 준비를.

구청의 사회복지사도 왔었고, 사례관리자 선생님도 그녀의 방문을 두드렸었다. 미숙의 친구들도, 가게 사장님도, 경찰도, 119 구급대원도, 이웃 주민들도 우영에게 대화를 하자고 했었다. 그러나 그들은 정말로 우영과 대화를 하려던 게 아니었다. 그들은 하나같이 자신들의 분명한 목표를 가지고 있었다. 우영의 방문을 여는 것,

우영이 밖으로 나와서 가족들과 화해하고 다시 일상으로 돌아가는 것이 그들의 가정방문 목표였다. 우영과는 전혀 합의되지 않은 목표였고, 그것은 미숙과 합의된 목표였다.

정훈에게 소개받은 고아진은 그런 점에서, 시작부터 그들과 달랐다.

「그 선생님이 물어봤어. 누나가 자기한테 원하는 게 무엇일 것 같냐고. 그걸 알아야 상담할 수 있다고.」

우영은 동생이 고아진이 한 말을 문자로 전달한 것을 읽는 순간에 이미 아진에게 약간의 마음을 열었었다. 아진은 우영을 상담할지 결정하기에 앞서 우영이 상담을 원하는지를 먼저 알고 싶어 했다. 그리고 그 질문은 우영이 새로운 희망을 품을 수 있게 했다.

아진이 처음 우영의 집을 방문하던 날.

그 작은 희망 때문에 우영은 방 안에서 미숙과 아진이 하는 모든 대화에 귀를 기울였다. 아진이 침착한 목소리로 미숙을 안방으로 들여보냈을 때, 우영의 희망은 조금 더 커졌다. 방문을 두드리는 미숙을 막아서고 집 밖으로 내보냈을 때, 우영은 적어도 아진이 미숙에게 조종당하지 않을 수 있는 사람이라는 걸 알았다. 만약 그날 아진이 오자마자 우영의 문을 두드리거나 설득하려고 했다면, 우영은 그 마음을 다시 닫아버렸을 거라고 우영은 말했다. 첫 번째 관문은 이렇게 뚫렸다.

"선생님은 그때 밖에서 뭘 하셨어요?"

우영이 물었다.

"궁금했죠? 그랬구나. 우영 씨도 제가 궁금했었군요."

아진은 기분이 좋았다.

"그냥… 식탁 의자에 가만히 앉아 있었죠. 집 안을 둘러보기도 하고. 사진이랑 액자도 보고."

겁이 나서 아무 소리도 내지 못하고 옴짝달싹하지 못했다는 말은 차마 하지 못했다.

"근육이 다 빠져나갔나 봐요. 전혀 걷지를 않았으니까."

우영이 자기 다리를 주먹으로 콩콩 두드리며 어색한 침묵을 깨기 위해 노력한다.

"그렇겠어요. 매일 조금씩 걷는 게 좋겠어요. 음식도 잘 먹어야 하고요."

무슨 말을 해야 할지 모르기는 아진도 마찬가지여서 두 사람의 대화는 자꾸 끊어졌다.

"그냥 생각나는 것부터 말해볼게요."

"그거 좋은 생각이네요."

닫힌 문이 열리다

●●

　우영은 그날에 대해 자기가 일하던 가게 이야기로 첫 단추를 풀
었다.

　"남대문시장에서 일할 때 오시는 손님 중에 한 분이 야간 전문
대라도 가보면 어떻겠냐고 권해주셔서, 일하면서 전문대 의상디자
인과를 졸업했어요."

　거래처 손님들은 우영의 탁월한 감각이 아깝다며 좀더 공부하
면 좋겠다고 입을 모았었다. 여러 천을 가지고 와서 우영에게 골라
달라고 조언을 구하기도 하고, 기타 부품들에 대해서도 우영의 의
견을 귀담아듣곤 했다.

　그날도 오랫동안 거래하던 강지현 대표와 강 대표에게 바늘의

실처럼 붙어 다니는 문 실장이 가게로 찾아왔다. 세 사람은 한참 동안 원하는 단추 디자인에 대해 의견을 나누었다. 그러다가 대화가 길어지는 바람에 우영의 퇴근 시간마저 잡아먹었다.

강 대표는 서우영보다 세 살 위였지만, 어린 나이에 옷을 디자인하는 작은 회사를 차려 이미 이 바닥에서 자리를 잡았다. 문 실장은 강 대표 회사의 유일무이한 직원이다. 운전을 할 줄 모르는 강 대표의 운전기사이자, 거래처를 만나는 일, 공장 사람들을 만나는 일 모두, 문 실장의 몫이다. 강 대표도 대단하지만 문 실장 역시 상가에서는 모르는 사람이 없을 정도다. 작은 여자의 몸으로 오토바이를 타고 다니며 퀵을 부르지 않고 손수 옷감과 부자재들을 실어 날랐다. 두 사람이 사촌지간이라는 것은, 최근에 안 사실이다. 강 대표의 엄마가 문 실장 엄마의 큰언니란다. 한 가족이니 자기 일처럼 일해주었구나 하고 우영은 생각했다.

자기는 꿈만 꾸던 것을 실현하는 자매가 우영은 볼 때마다 부러웠다.

먼저 술을 마시자고 한 사람은 강 대표다. 자기들 때문에 퇴근이 늦어진 우영에게 미안하기도 하고, 이렇게 세 사람만 술을 마신 적이 없어 그동안 묻어두었던 사적인 친밀감을 가져볼 생각이었다. 술을 마시면서 거래처 진상들에 대한 흉을 보고, 요즘 잘나가는 드라마 여주인공 이야기도 했지만, 아직 사적인 것들에 대해 이야기를 나누지는 않고 있었다. 문 실장이 술에 살짝 취하기 시작하자 우영에게 사적인 질문을 했다.

"언니는 부모님이랑 같이 사세요?"

"네."

"아이, 언니! 내가 언니라고 하는데 자꾸 말을 안 놓으시면 제가 뭐가 돼요. 제가 한참 어린데 그냥 말 좀 편하게 놓으세요."

취기가 돌았는지 문 실장은 그날따라 어리광이 심했다.

"……엄마랑 남동생이랑 살아. 아빠는 어릴 때 돌아가셔서."

"아… 몇 살 때 돌아가셨는데요?"

잠시 망설임도 없이 문 실장은 우영에게 물었다.

"야, 넌 왜 그렇게 훅 들어가냐. 우영 씨 당황하게."

화장실에 다녀오다가 두 사람의 대화를 들은 강 대표는 문 실장의 등을 치며 대화의 맥을 끊으려고 했다.

"괜찮아요. 열두 살 때 돌아가셨어요."

"어쩐지. 왠지 언니가 처음 볼 때부터 친근하게 느껴지더라고. 뭔가 우리 둘이 닮은, 뭐랄까, 한쪽이 허전하고 시린 뭔가가 있었다니까. 내가 언니 가게에서 처음 봤을 때부터 그 느낌을 팍! 받았어."

"얘가 오늘 왜 이래? 너 취했니?"

강 대표는 이 대화가 얼마나 위험한 결과를 초래할지 알고 있었을까? 필사적으로 문 실장의 입을 막으려 했으나, 문 실장은 기어코 하지 말았어야 할 질문을 하고 말았다. 문 실장을 저지하려는 강 대표에게 우영은 고개를 끄덕이며 괜찮다고 안심시켰기 때문이다.

"언니 아빠는 어떻게 돌아가셨는데요?"

"술 취해서 길에서 주무시다가 심장마비로 돌아가셨어."

강 대표는 순간 두 손으로 자기 입을 막았다. 혹시 입에서 어떤 소리라도 새어 나올까 봐 그랬다.

술 때문에 생긴 용기인지, 문 실장의 호기심은 거기서 멈추지 않았다.

"언니, 우영 언니! 우와, 이게 무슨 인연이냐. 지현 언니, 우리 아빠도 술 때문에 죽었는데, 우영 언니 아빠도 술 때문에 죽었단다. 내가 우리 둘 사이에 뭔가 있을 줄 알았다니까. 왠지 술 한 잔 먹고, 찐한 대화란 거 해보고 싶었다니까. 우와, 진짜 대박이다."

문 실장의 부모는 문 실장이 초등학교 1학년 때 이혼했다. 이런 저런 사업을 한다고 집에서 돈을 가져만 갔지, 가지고 들어온 적이 없던 아버지가 그나마 사무실 보증금까지 사기당해 빈털터리가 되었다. 문 실장의 아버지는 그때부터 술을 마시기 시작했는데, 술 때문에 이혼까지 한 건 아니다. 매일같이 술을 마시고 와서는 저녁마다 자는 아이들을 깨워서 두세 시간씩 무릎을 꿇게 하고 생트집을 잡아 야단을 쳤다. 돈 없는 것은 참아도 아이들을 괴롭히는 것은 계속 두고 볼 수 없다며 문 실장의 어머니는 이혼을 결심했다.

그렇게 문 실장이 여덟 살 때 부모님이 이혼하고 아빠와 연락을 단절했는데, 2년 전에 큰아버지가 집으로 전화 한 통을 걸어왔다. 아버지가 위암 말기로 병원에 입원했는데 마지막 인사라도 하러 오라는 것이다. 문 실장의 엄마와 오빠는 볼 이유가 없다며 만나기를 거절했다.

"나도 정말 아빠 안 보고 싶었거든요. 이혼하고 단 한 번도 양육

비를 보내준 적도 없고, 연락 한번 없다가 죽을 때 되니까 전화하는 법이 어디 있어요? 그런데, 지현 언니, 거기 나 혼자 갔잖아. 엄마랑 오빠한테는 말 안 하고 나 혼자만 갔었어. 언니도 몰랐지?"

문 실장은 소주를 한 잔 들이켜더니 목소리가 점점 더 커졌다.

"내가 거기 왜 간 줄 알아? 우영 언니, 제가 왜 갔는지 아세요? 가서 내 눈깔로 그 인간 마지막 모습을 직접 봐야, 이 지긋지긋한 인연을 끝낼 수 있을 것 같아서 갔어요. 내 눈깔로 직접 그 인간 송장을 봐야, 다시는 그 인간을…… 기다리지 않을 거니까요."

강 대표는 문 실장의 등을 쓰다듬었다.

불행인지 다행인지 관심은 우영에게서 문 실장에게로 옮겨갔다.

"어휴, 거길 혼자 갔었구나. 나한테는 그런 말 안 했잖아."

"언니, 내가 제일 무서운 게 뭐였는지 알아? 그 인간이 내 졸업식 때 나타날 거라고 기다리는 거. 그런데 초등학교 졸업식 때도! 중학교 졸업식 때도! 고등학교 때도! 대학을 졸업할 때까지 단 한 번도, 한 번도 안 나타났어! 내가 졸업식이 다가오면 얼마나 무서웠는지 알아? 내가 또 기다릴까 봐. 그 인간이 또 안 나타날까 봐. 졸업식 날에 어딘가에서 나를 지켜보고 있을 것 같은 거야. 왜? 그래도 아빠잖아. 아빠가 나를 얼마나 예뻐했는지 언니도 알지?"

"알지."

강 대표는 문 실장의 등을 토닥이며 우영의 눈치를 살폈다.

"아빠가 나 초등학교 입학식 때 와서 뭐라고 약속했는지 알아?

아빠가 무슨 일이 있어도, 아파서 죽더라도 내 졸업식에 와서 죽는다고 했었던 사람이야. 자기가 초등학교도 졸업 못 한 게 한이 돼서 나랑 오빠 졸업식엔 무슨 일이 있어도 꼭 올 거라고 약속했었다고. 그러니까 내가 자꾸 기다리고 또 기다렸지. 근데, 근데 말이야… 바보같이 난 대학 졸업식이 지나도 또 기다렸어. 내 결혼식 때는 오지 않을까 하고. 징글징글하지 않아? 나 완전히 미친 거 아냐? 그래서 보러 갔어. 그 인간이 정말 죽은 건지. 확실히 죽은 건지, 내 눈으로 확인해야 다시는 안 기다릴 테니까!"

옆 테이블에 앉은 사람들까지 젓가락질을 멈추고, 문 실장이 토해내는 말들에 귀를 기울였다. 강 대표는 문 실장의 손을 꼭 잡아주며 눈물을 흘렸다.

"그 인간이 죽어야, 내가 사니까!"

강 대표의 손을 뿌리치며, 문 실장은 잡고 있던 소주잔을 번쩍 들고는 소리를 질렀다.

"그 인간이 죽어야 끝나니까. 그렇지 않으면 이 지옥은 절대 끝나지 않으니까!"

그때였다. 갑자기 우영이 우당탕 소리를 내며 의자 옆으로 떨어졌다.

응급실에서 눈을 뜬 우영은 그 시간 이후 입을 굳게 닫았고, 집으로 돌아와 그 뒤로 5년 동안 미숙을 단 한 번도 '엄마'라고 부르지 않았다. 그리고 그날 이후 그녀의 방문은 굳게 닫혔다.

실종

●⊃

강아지 한 마리가 엉덩이 쪽에 똥을 잔뜩 묻힌 채로 방 안에 들어왔다. 밖으로 내보내고 싶은데 똥이 묻을까 봐 만질 수가 없다.

불쌍하기도 하고 더럽기도 하다.

배가 고픈지 방 안을 킁킁거리고 다녀서 과자를 잘게 던져주면서 밖으로 유인했다. 밖에는 빗물이 고인 커다란 웅덩이가 있다. 거기에 들어가면 말라붙은 똥덩어리가 떨어질까 싶어 발로 강아지를 웅덩이 안에 밀어 넣었다. 그리고 우유를 가지러 집으로 들어갔다. 우유를 그릇에 담아 강아지에게 갔는데 강아지가 어디로 갔는지 사라지고 없었다. 막대기로 웅덩이를 저어서 찾아보려고 했는데, 강아지를 밀어 넣은 곳이 웅덩이가 아니라 크고 깊은 호수였다.

설마 나 때문에 강아지가 죽었나? 내가 강아지를 죽였나?

강아지를 찾아야 한다고 사람들에게 '여기 강아지가 빠졌어요!'라고 소리를 친다.

꿈속에서 빠져나온 아진은 머리가 깨질 듯이 아팠다. 그때 부지런한 윤희가 아진을 깨우러 다가온다.

"엄마! 아빠가 이제 일어나래."

"응, 그래. 일어나자."

아진은 한 손으로 이마를 부여잡고 침대를 나왔다. 아진의 남편은 이미 일어나서 아이들을 위해 아침을 차리고 있다.

그때 핸드폰 진동음이 울린다.

"엄마! 속초 할머니다!"

화장대에 놓여 있던 아진의 핸드폰을 윤희가 먼저 보고 아진을 불렀다. 아진은 그날을 기억한 이후에, 아직 부모님의 목소리를 들을 준비를 하지 못했다.

"여보, 당신이 좀 받아줄래요? 나 배가 아프네."

아진은 엄마의 전화를 피해 화장실로 숨어 들어갔다. 출발은 했는지, 점심은 와서 먹을 수 있는지 물어보기 위한 전화였다. 저럴 때 보면 멀쩡해서 꼭 치매가 아닌 것 같다. 다른 때 같으면 영순의 성격을 아는 아진이 전날 미리 전화해서 몇 시에 출발할 거고, 몇 시에 도착할 건지 자세히 말해줬을 텐데, 이번에는 아무 연락도 하지 않았다.

간단하게 아침을 먹고 아진의 가족은 속초로 향했다. 아진의 부모님이 속초에 살게 된 것은 아진이 결혼한 직후다. 그전까지는 아진의 직장 때문에 움직이지 못하다가, 아진이 결혼하자 영순은 바로 자신의 여동생이 사는 속초로 이사했다. 선호를 잃어버리고 영순은 수백, 수천 번, 서울을 떠나고 싶어 했다. 누군가 "애가 몇이에요?"라고 물어오면 영순은 뭐라고 대답해야 할지 몰라 얼버무리다가, 두 번 다시 같은 사람을 만나지 않기 위해 엘리베이터 타는 것조차 꺼렸었다. 하나라고 하자니 선호에게 미안하고, 아들도 있다고 하자니 꺼내고 싶지 않은 기억을 꺼내야 했기 때문이다. 그래서 멀리 낯선 곳으로 떠나고 싶었지만, 혹시 선호가 다시 집으로 돌아왔을 때 이사한 것에 대해 서운해할까 봐 참고 지냈다.

"엄마, 나 화장실 가고 싶어."

참새가 방앗간을 그냥 지나칠 리 없듯이, 강희가 할머니 집에 가는데 휴게소를 들르지 않을 리 없다. 강희는 할머니 집에 도착하기 전에, 화장실을 핑계 삼아 버터 감자를 꼭 먹어야 한다.

"가자! 화장실 가서 쉬도 하고, 우리 강희 좋아하는 감자도 사 먹고, 윤희 좋아하는 소떡소떡도 사 먹자."

아진이 안전띠를 풀자 남편 진우가 의외라는 표정을 지었다.

"당신도 가게?"

아진은 고속도로 휴게소에서는 좀처럼 내리지 않는다. 어릴 때부터 그냥 그래왔다. 화장실이 급하면 어쩔 수 없이 화장실만 잠시 갔다가 곧장 차 안으로 돌아와서 가족을 기다렸다. 그 이유는 선호를 잃어버린 곳이 다름 아닌 고속도로 휴게소였기 때문이다. 그래서 은철과 영순은 아진이 어릴 때부터 아무리 먼 곳을 가더라도 꼭 국도로 돌아간다. 지금도 속초에서 밖으로 잘 나오지 않지만, 혹 서울 병원에 올 일이 생기더라도 먼 길을 돌아서 온다.

아진이 일곱 살 때 고속도로 휴게소에서 네 살 된 선호가 사라졌다.

추석을 앞두고, 아진의 아빠 은철의 고향 친구가 심장마비로 갑자기 세상을 떠나는 바람에 은철은 혼자 기차를 타고 먼저 고향으로 내려갔다. 미리 주문한 추석 선물들도 아직 배송되지 못했고, 선호 컨디션도 봐야 해서 영순은 계획대로 두 아이를 데리고 차로 이동하기로 했다. 네 살이 된 선호는 밥도 잘 먹고, 약도 잘 먹어서 발작을 거의 하지 않았고, 혼자서도 제법 잘 뛰어다녔다.

"아진아, 엄마는 운전해야 하니까 네가 뒤에서 선호 잘 봐줘야 해. 엄마 신경 안 쓰이게."

"응."

늘 엄마의 껌딱지였던 선호는 한사코 운전석에 앉아 있는 엄마에게 가겠다고 칭얼거려서 그때마다 아진은 선호를 보는 게 힘들었다.

"아진아, 엄마 신경 쓰이면 운전을 못 하잖아. 네가 선호 좀 잘 봐줘. 동화책 읽어주든가, 재미있게 놀아주면 되잖아!"

짜증스러운 영순의 목소리가 선호에게 말할 때는 다정하게 변한다.

"선호야, 엄마 운전해야지~ 우리 선호 안 울고 잘 가면 저기 휴게소에 가서 엄마가 사탕도 사주고, 아이스크림도 사줄게."

목소리뿐이 아니다. 거울을 통해 본 엄마의 눈빛이, 자신을 향할 때와 동생 선호를 볼 때가 달랐다. 괜스레 심통이 난 아진은 자기 방식의 떼를 쓰기 시작했다.

"엄마, 나 우동 먹고 싶어."

"차 막히기 전에 빨리 가야 해. 먹을 시간은 없고, 휴게소에서 다른 거 사 와서 차 안에서 먹자."

"싫어! 우동 먹고 갈래. 나 배고파!"

처음이었다, 아진이 떼를 쓴 건. 그것도 엄마에게 떼를 쓴 건.

하는 수 없이 영순은 휴게소에 차를 세웠다. 그리고 아진의 우동을 주문하고, 선호가 먹을 간식거리도 사 왔다.

"엄마, 나 응가 마려워."

아진이 우동을 막 먹기 시작할 때, 선호가 배를 움켜쥐곤 엄마의 시선을 또 빼앗아버린다. 차 안에서 내내 아진에게 짜증을 낸 것이 미안했던 영순은 마음을 가라앉히고 아진이 우동을 다 먹을 때까지 옆에서 봐주려고 했다. 하지만 그럴 때마다 어김없이 선호는 영순의 관심을 자신에게로 돌려버린다.

"아진아, 우동 먹고 있어. 엄마가 선호 화장실 데리고 갔다 올게. 어디 가지 말고, 천천히 먹고 있어."

아진은 두 사람이 자신을 혼자 두고 가는 뒷모습을 다시는 보고 싶지 않았다. 그래서 대답도 하지 않고 체념한 듯 뜨거운 우동을 호호 불었다.

화장실에 간 선호가 볼일을 보고 나오자, 이번에는 영순의 배가 뒤틀리기 시작했다.

'아침에 뭘 잘못 먹었나? 나도 배가 아프네.'

영순은 뒤틀린 배를 움켜쥐고는 선호를 밖으로 내보냈다.

"선호야, 엄마도 응가 해야 하니까 여기 문 앞에서 기다리고 있어. 어디 가면 안 돼, 알겠지? 여기 있어!"

어차피 엄마 껌딱지인 선호는, 집에서도 엄마가 화장실에 가면 문 앞에서 기다리는 아이이기 때문에, 영순은 선호가 그 자리를 떠나리라는 생각을 조금도 하지 못했다.

그것이 영순과 아진이 본 선호의 마지막 모습이다.

화장실에서 나왔는데 선호가 없었다. 영순은 놀라서 선호의 이름을 부르며 화장실 문마다 두드렸다. 선호는 어디에도 보이지 않았다. 밖으로 달려 나와 우동을 먹고 있는 아진에게 달려갔다.

"아진아, 선호 못 봤니? 선호가 없어졌어!"

"……."

우동을 먹다가 젓가락질을 멈추고 일어난 아진은 사방을 둘러보았다.

"선호야! 선호야!"

실종

영순이 혼비백산해서 다시 뛰어나가 선호의 이름을 부르는 동안, 아진은 그 자리에 서서 얼음이 되어버렸다. 영순은 제자리에서 팔짝팔짝 뛰기도 하고 양손을 좌우로 흔들며 선호의 이름을 불렀다.

버터 감자를 사기 위해 줄을 서서 신이 난 윤희와 강희를 보고 있는 아진은 속초에 사는 이모에게 들은 당시의 일들을 머릿속에 그려보았다. 이제는 더 피할 수 없다는 것을 안다.

'우동을 사달라고 한 내가 얼마나 원망스러웠을까? 저렇게 소중한 아이가 갑자기 눈앞에서 사라졌으니 엄마는 얼마나 기가 막혔을까? 동생이 없어진 줄도 모르고 우동이나 먹고 있는 내가, 엄마는 얼마나 미웠을까?'

그때 아진의 아빠 은철에게서 전화가 왔다. 영순이 언제 오냐고 하도 재촉한다며 전화를 바꿔주었다. 3년 전부터 약간씩 보이던 치매 증상이 아주 조금씩 속도를 내고 있는데, 최근에는 부쩍 아진을 찾는다. 이런 사람에게 무엇을 확인하고 사과를 한들 무엇 할 것이고, 사과를 받은들 무슨 의미가 있겠는가. 다 부질없고 잔인한 일이다.

"엄마, 우리 가고 있어. 2시면 도착할 거야."

"애 잘 챙겨. 애 잘 봐!"

"응, 애들 바로 옆에 있어. 금방 갈게요!"

"……"

"엄마! 엄마, 끊어요. 이따 봐!"

"아진아, 선호는? 선호도 같이 있니? 선호 손 잘 잡고 있지?"

"……."

옆에 있던 은철이 전화를 뺏어서 끊어버렸다.

처음이다, 영순의 입에서 선호의 이름을 다시 들은 것은. 아진이 초등학교를 들어가고 나서 기억할 수 있는 시간을 다 열어봐도, 선호의 이름을 엄마의 입에서 들은 것은 그때가 처음이다.

'선호 봤어?'

'선호도 같이 있니? 선호 손 잘 잡고 있지? 아진아!'

"여보, 가자."

남편 강진우는 멍하니 서 있는 아진이 불러도 대답이 없자, 다가와 어깨를 툭 하고 쳤다.

"여보, 잠깐만. 나 식당 좀 다녀올게."

아진은 넋이 나간 사람처럼 급한 걸음으로 식당을 향했다. 식당에 들어간 아진은 주문대 앞에 서서 한참 동안 생각에 잠겼다. 강진우는 두 아이의 손을 잡고 아진에게 방해되지 않도록 멀찍이 바라보고 있었다. 아이들이 엄마에게 가려고 했지만, 진우는 아이들의 손을 꼭 잡아 그 길을 막았다. 최근에 아진이 잃었던 어린 시절 기억의 조각들을 하나씩 찾고 있다는 것을 잘 아는 진우의 배려였다. 휴게소에서 내린 것도, 우동을 파는 식당에 들어간 것도 아진에게는 잃어버린 기억들을 되찾기 위한 큰 용기였다.

차로 돌아온 아진은 남편에게 국도로 빠져서 가자고 제안했다.

엄마를 만나기 전에 조금 시간을 갖고 마음을 추스르고 싶었다. 진우는 장인에게 전화해서 늦어진 도착 예정 시간을 다시 알려드리고 출발했다.

한참 동안 아무 말 없던 아진은 두 아이가 잠이 들자 입을 열었다.

"아까 엄마랑 통화할 때, 엄마가 선호 이름을 불렀어. 나한테 선호랑 같이 있냐고……. 처음이야. 그 일 있고 나서 엄마가 선호 이름 부른 거."

"장모님이 뭐라고 하셨는데?"

"그냥. 선호 봤냐고, 선호랑 같이 있냐고."

"장모님이 치매 때문에 그러신가 보네. 치매 걸리면 가까운 기억은 못 해도 오래전 트라우마가 된 일들은 생생하게 기억한다고 하더라. 휴우, 어떡하냐……. 장모님도 당신도 힘들어지겠다."

진우는 아진의 등을 쓰다듬었다.

도화선

"할아버지~"

은철은 양손을 벌려 두 손녀를 안아주었다.

"아이고, 내 새끼들! 오느라 고생했지? 우리 윤희와 강희가 언제 이렇게 컸지? 어서 와라, 어서 와. 자네도 어서 들어오게."

"잘 지내셨어요, 아버님. 자주 찾아뵙지 못해 죄송해요."

들고 온 과일 상자며 선물들을 주방에 가져다 놓고, 아버지와 인사를 나눈 아진이 집 안 여기저기를 둘러보더니 그제야 엄마를 찾았다.

"아빠, 엄마는?"

"방에 있어. 아까부터 계속 너 언제 오냐고, 오긴 오는 거냐고.

화가 잔뜩 났다. 잘 지내다가도 한 번씩 저렇게 심통을 부리네."

"엄마! 우리 왔어~ 왜 화가 났어?"

영순은 침대에서 나오지도 않은 채 아진을 맞았다. 그리고 아진이 방으로 들어오자 갑자기 찌를 듯 아진을 노려보았다. 좀 전에 통화한 내용도 그렇고 심상치 않게 느껴진 아진은 밖으로 나와 남편에게 아이들을 데리고 잠깐 나가 있어달라고 부탁했다. 그리고 방안에 들어가 문을 닫았다. 눈치를 챈 진우는 아이스크림을 사러 가자며 두 아이를 데리고 밖으로 나갔다.

"엄마, 왜 그런 눈으로 봐? 강 서방이 늦는다고 연락했잖아."

"나쁜 년. 너 한마디 거짓말도 하지 말고 솔직하게 말해봐. 선호 못 봤어? 선호 분명히 너한테 갔어!"

이 눈빛. 이 목소리. 그리고 이 말.

선호가 사라진 그때.

아진이 먹다 만 우동 앞에 멍하니 서 있을 때.

선호를 찾으러 나갔다가 다시 돌아온 엄마가 아진에게 달려와서 했던 딱 그 말이다. 그때도 이것과 똑같은 눈빛과 목소리로 다그치듯 아진에게 악을 썼다.

경찰과 남편에게 전화를 건 영순은 다시 식당으로 뛰어 들어와서 아진을 향해 소리쳤다.

"넌 우동이 목구멍으로 넘어가니? 그깟 우동은 왜 먹고 가겠다고 그 난리를 쳤어! 니가 우동 먹자고 하는 바람에 그랬잖아! 우동이 그렇게 먹고 싶었어? 선호 나가는 것도 못 보고 우동만 먹고 있었니?"

영순은 얼어붙은 아진의 작은 몸을 마구 흔들었다.

큰소리를 듣고 은철이 방으로 뛰어 들어와 영순을 말려보려 했는데, 아진은 은철을 방 밖으로 밀어내고 문을 잠갔다.

먼 길을 찾아온 딸을 매서운 눈으로 노려보는 엄마를 보자, 아진은 참았던 분노를 터뜨리고 말았다.

"내가 못 봤다면 못 본 거잖아. 사람 말을 왜 그렇게 못 믿어? 못 봤다고! 그때도 그렇게 나한테 뭐라고 하더니, 엄마는 그럼 지금까지 그렇게 생각했던 거야? 내가 선호 보고도 거짓말하는 거라고? 엄마가 애 놓쳐놓고 왜 나한테 그래! 나한테 왜 이래!"

참았던 분노가, 아픈 엄마를 위해 무덤까지 가지고 가고 싶었던 분노가, 그 순간 용수철처럼 튀어 비수처럼 날아갔다. 은철은 열쇠를 가져와 방 안으로 뛰어 들어왔지만 오랜 세월 동안 억눌렀던 모녀의 판도라 상자는 서로가 도화선이 돼서 터져 나왔다. 아진이 소리치며 달려들자 겁먹은 영순은 잠시 주춤했지만, 아진은 거기서 멈추지 않았다.

"내가 선호 아프게 낳았어? 내가 선호 아프라고 했어? 내가 뭘 잘못했는데! 왜! 왜 다들 나한테만 양보하고 참으라고 하는 거야! 어떻게 그렇게 어린 애를 문밖에 세워두고, 그런 나쁜 생각을 할 수가 있어? 엄마, 그때! 나 여덟 살 때! 어린이날! 엄마가, 서재방에 들어가서 무슨 짓 하려고 했어? 내가 그렇게 문 열어달라고 할 때 엄마 그 안에서 무슨 짓 했어? 내가 모를 줄 알았어?"

아진은 울부짖었다.

은철과 영순은 아진이 모를 거라고, 생각했다. 늦은 저녁에 은철이 집으로 돌아왔을 때 아진은 서재 문 앞에 잠들어 있었다. 방문 앞에서 잠이 든 것을 의아하게 여긴 은철은 잠든 아진을 소파 위에 눕힌 뒤 영순을 찾았다. 망부석처럼 침대에 누워 있어야 할 영순이 없다. 그러고 보니 침대도 가지런히 정리되어 있고, 창문에 커튼도 열려 있다. 심지어 오디오까지 틀어져 있는 게 아닌가! 불길한 예감에 휩싸인 은철은 아내의 이름을 불렀다.

"영순아! 영순아! 아진 엄마!"

"아빠, 엄마 이 방에 있어."

잠에서 깬 아진의 말을 듣고 은철은 다급하게 서재의 문을 열려 했으나 문이 잠겼다. 은철은 열쇠를 찾아 문을 열었다.

영순은 방바닥에 쓰러져 있었다. 수면제를 몽땅 먹어 반 이상 들어있던 약통은 텅 빈 채 책상 위에 덩그러니 있다.

"여보! 아진 엄마! 아진 엄마!"

은철은 영순의 몸을 흔들어보기도 하고 입가에 귀를 가져가 숨을 쉬는지 살폈다.

가늘게 숨을 쉰다.

무슨 생각을 할 틈도 없이 은철은 곧장 영순을 둘러업고 한 손에는 차 키를 들고 밖으로 달려나갔다.

그때 은철의 눈에는 아진이 보이지 않았었다. 응급처치를 하고 의사의 괜찮다는 말을 듣고 나서야 집에 혼자 두고 온 아진이 생각이 났다. 그제야 은철이 급히 집에 돌아왔을 때 아진은 집 안의 모든 불을 다 켜둔 채 TV를 보고 있었다. 아진이 아무것도 묻지 않아 두 사람은 아이가 아무것도 모르는 줄 알았다.

　흥분하며 겁에 질린 영순에게 아진은 악을 쓰고 있었다. 은철이 다가가 아진을 안아주려고 했지만, 아진은 은철의 손길을 완강히 거부하며 계속해서 억지로 삼켰던 말들을 쏟아냈다.
　"내가 아무것도 모르는 줄 알았지? 아빠가 엄마 업고 병원에 가고 나서 나 그 방에 들어가 봤어!"
　아진은 갑자기 하던 말을 멈추더니 다리에 힘이 풀리는 듯 바닥에 그대로 주저앉았다.
　"그래, 생각나네. 다 생각났어. 허! 기가 막혀. 엄마가 책상 위에 써 놓은 글도 생각나네. 어떻게 그럴 수가 있지? 어떻게 그렇게 어린 딸을 문밖에 두고 그런 짓을 할 수 있지? 엄마한테 나는 항상 안 보이지?"
　흐느끼며 울부짖는 아진에게 은철은 다시 한번 다가가려고 몸을 숙였다.
　"아진아, 아진아, 미안하다. 엄마 아빠가 정말 잘못했다."
　"아빠도 나한테 자꾸 물었지? 선호 못 봤냐고. 선호 나한테 오지 않았느냐고! 경찰 아저씨들까지 나한테 물었지! 선호 나한테 안 왔어! 엄마가 화장실에 데리고 갔잖아! 엄마는 뭐 하고 화장실에서 안 나왔어? 애가 혼자 나와서 강아지 뒤를 졸졸 따라다니며 돌아다니던데!"

아진이 하던 말을 멈췄다. 그리고 흐르던 눈물도 멈췄다.

아진의 눈빛에 아진에게 다가가던 은철의 손길도 얼어붙은 듯 멈췄다.

아진은 광기 가득한 눈으로 갑자기 일어나 뭔가를 찾더니, 자동차 키를 손에 쥐고 밖으로 뛰쳐나갔다. 은철은 다급하게 사위에게 전화해서 아진이 차 키를 들고 나갔으니 따라가보라고 했다. 주차장 근처에서 아이들을 데리고 시간을 보내던 진우는 아진을 보자다가가 손에 든 열쇠를 뺏었다.

"놔줘."

"어딜 가는데? 아진아, 어딜 가는데? 내가 데려다줄게. 나랑 같이 가자."

마침 뒤따라온 장인에게 두 아이를 맡기고 진우는 아진을 조수석에 태웠다.

"거기. 선호 잃어버린 그 휴게소. 거기 갈 거야."

단호한 아진의 표정에 진우는 더 묻지 않고 대답했다.

"그래, 가자. 내가 데려다줄게."

선호의 실종 이후 처음으로 다시 와본 휴게소다. 진우는 이 상황이 걱정됐지만, 언젠가는 직면해야 할 일이고, 그것이 지금이라면 그 자리에 함께 있어주고 싶었다. 진우는 아진이 잃어버린 것,

꿈속에서 그렇게 찾으려고 했던 그 퍼즐 한 조각을 오늘 찾을 수 있을 것 같다는 생각이 들었다. 아진은 주문대로 가서 우동 한 그릇을 주문했다. 그러곤 화장실도 가고, 편의점도 가고, 식당도 둘러보았다. 잠시 후 우동이 준비되었다는 벨이 울리자 아진은 우동을 받아 들고 좌우를 살피더니 자리를 잡았다.

우동 한 젓가락을 입에 넣다가 뭔가 떠올랐는지 아진은 젓가락을 떨어뜨리고 망부석이 돼서 진우의 눈을 응시했다.

"왜?"

진우가 작은 소리로 물었다.

아진은 아무 말도 하지 않았다. 아니 못했다. 아진은 꼼짝도 하지 않고 가만히 앉아 있었다. 진우 역시 조용히 아진을 기다렸다. 한참 멈춰 있던 아진을 지켜보던 진우가 아진에게 말했다.

"괜찮아?"

아진은 가만히 고개를 끄덕였다.

"이제 가자."

진우는 얼른 자리에서 일어나 우동을 퇴식구에 가져다 놓고 축 늘어져 있는 아진을 부축해 차에 태웠다. 진우의 차가 휴게소를 빠져나가자 아진은 오랫동안 다물었던 입을 열었다.

"나 기억났어. 그날 일."

진우는 갓길에 차를 세우고 떨고 있는 아진의 손을 잡아주었다.

"아진아……."

"여보, 나 지금은 이야기 못 할 것 같아. 나중에 이야기하자."

친정으로 돌아가지 못한 아진은, 남편만 아이들에게 보내고 혼자 집으로 돌아왔다. 그리고 24시간을 꼬박 잠들어 있었다. 예약된 분석 시간은 아직 하루가 더 남아 있었지만, 아진은 하루 앞당겨 세션을 잡았다. 김 교수를 만날 때까지 홀로 이 엄청난 보따리를 다시 열어 볼 자신이 없어서 억지로 의식을 죽이려고 했지만, 더 이상은 어려울 것 같아 그리했다.

"무슨 일 있어요?"

분석실로 들어오는 초췌한 아진의 얼굴을 본 김 교수는 깜짝 놀랐다. 그뿐 아니라, 지금까지 단 한 번도 분석 시간을 옮긴 적이 없는 아진이, 급하게 시간을 잡은 것으로 봐서 뭔가 안 좋은 일이 있었을 거라 생각했다.

김 교수는 걱정스럽고 안쓰러운 눈빛으로 아진을 맞았다. 왜 힘들지 않겠는가. 그 긴 세월 동안 꼭꼭 닫아놓았던 문이 열리고, 그 안에서 이토록 끔찍하게 여기는 기억들이 스물스물 삐져나오니 얼마나 괴로울까. 아진은 쉽사리 카우치에 눕지 못했다.

"교수님, 저 오늘은 그냥 앉아서 하고 싶어요."

"그렇게 해요."

이미 눈물이 바다가 되어, 아진의 눈망울 안에 가득 차, 넘치기를 기다리고 있었다. 아진의 입이 열림과 동시에, 고였던 무거운 눈물이 폭포가 되어 가슴까지 뚝뚝 흘러내렸다.

"저 그게 뭔지 알았어요. 제가 잃어버렸던 것이 뭔지."

아진은 말을 다 잇지 못하고 아이처럼 엉엉 소리를 내 울부짖었다. 대기실까지 들릴 정도로 큰 울음이었다.

무엇이 더 남아 있었던가.

그 작은 어린아이가 대체 또 무엇을 겪어낸 것인가.

얼마나 더 큰 가시가 저 작은 몸 안에 박혀 있었던 것인가.

김 교수는 지금까지 들었던 아진의 어린 시절에 관한 이야기 외에 또 무엇이 남아 있었을지 걱정스러운 눈빛으로 귀를 기울였다.

"전 찾고 있던 게…… 아니었어요. 전…… 찾게 될까 봐…… 두려웠던 거였어요."

말을 쥐어짠다는 게 이런 건가. 아진의 음성은 너무 오랫동안 갇혀 있어서인지 힘을 다 잃어 죽음을 목전에 둔 사람처럼 가느다랬다. 생명을 거의 잃은 목소리, 날것의 소리. 세상에서 가장 진정성 있는 말을, 아진은 사력을 다해 밖으로 내보냈다. 김 교수는 아진의 해산하는 이 고통을, 숨소리조차 방해되지 않도록 침묵하며 도왔다.

"그날. 저, 선호를 봤어요. 선호가."

아진은 잠시 멈칫했다가 깊은숨을 내쉬며 천천히 다시 입을 열었다.

"선호가 응가 마렵다고 해서, 엄마랑 선호가 화장실에 갔는데 오지 않는 거예요. 계속 창밖을 내다봤는데 선호 혼자 어떤 강아지 뒤를 졸졸 따라갔어요. 주차장 사이로 따라 들어가길래 저는 선호를 놓치지 않으려고 계속 지켜보고 있었어요. 그러다 선호가 엄마를 찾는 것처럼 뒤를 돌아보면서 두리번거렸는데."

아진은 또 말을 멈췄다. 그리고 입술이 다시 파르르 떨렸다.

"선호가 뒤를 돌아서 제 쪽을 봤는데, 아후……."

아진은 말을 잇는 것이 얼마나 고통스러운지, 한마디 한마디를 할 때마다 날숨을 내보냈다.

"선호가 제 쪽을 봤는데, 제가 기둥 뒤로 숨었어요."

"아!"

김 교수는 자기도 모르게, 그만 입 밖으로 외마디 짧은 비명을 내고 말았다.

김 교수는 아진의 그 마음이 뭔지 알 것 같다. 하지만 그래도 어린 아진의 당연한 시기심이 그 순간만큼은 원망스러웠다.

"그냥 미웠어요. 선호에게 겁을 주고 울리고 싶었어요. 잠깐만 숨어 있으면 선호가 올 거고, 그러면 달려가서 데리고 올 생각이었어요. 그런데 선호가 안 보이는 거예요. 선호가 눈 깜짝할 사이에 사라져버렸어요."

아진은 발을 동동 구르며 두 손을 모아 입을 막았다. 마치 선호가 사라지기 직전으로 시간을 돌려달라 간절히 기도하는 것처럼.

아진은 그날 일에 대한 자신의 기억을 점점 더 구체적으로 풀어놓기 시작했다.

"선호가 주차장에 있는 차들 사이로 하얀색 강아지를 따라갔어

224 ∘ 225

요. 그러다가 고개를 돌렸는데, 그 순간 제가 나쁜 생각을 했어요. 그래서 우동을 집던 젓가락을 내려놓고, 선호가 저를 보지 못하도록 기둥 뒤로 몸을 숨겼어요. 그냥 선호를 놀려주려고 했어요. 왜 사람들이 가끔, 애들과 숨바꼭질하는 것을 즐기잖아요. 애들이 술래를 찾으면서 울면 그렇게 재미있어하잖아요. 생각해보면 그거 잔인한 놀이예요. 저도 그런 거였을까요?"

김 교수는 아진이 당시의 상황을 이렇게까지 자세히 보고하는 것이 뭔가 마음에 걸렸다. 게다가 숨바꼭질 놀이라니. 하지만 김 교수는 이 의심을 일단 괄호 안에 넣어두기로 했다.

"저는 아주 잠깐만 선호에게 고통을 줄 생각이었어요. 제가 겪은 똑같은 고통을 선호도 겪게 해보고 싶었어요. 아무도 봐주지 않는 것, 혼자 남겨지는 것이 어떤 기분인지. 엄마가 없어질 때 선호는 어떤 모습을 하며 울지, 보고 싶었어요."

아진은 멈출 줄 모르고 끊임없이 이야기를 펼쳐 나갔는데, 김 교수의 눈에는 그 모습이 마치, 잠꼬대를 하는 것 같기도 하고, 술에 취한 사람처럼 보이기도 했다.

"아주 잠깐만 기둥에 숨었는데, 다시 보니까 선호가 사라지고 없었어요. 강아지도, 강아지를 데리고 가던 아줌마도 모두 사라졌어요. 놀라서 선호를 찾으러 가려고 막 일어났는데, 엄마가 왔어요. 엄마가 오더니 저한테 선호 못 봤냐고 다그치는 거예요. 저한테 '넌, 우동이 목구멍으로 넘어가니? 그놈의 우동이 그렇게 먹고 싶었어? 선호 좀 잘 봐주라니까, 그 우동 먹는다고 정신을 팔려가지고!'라며 윽박질렀죠. 전 너무 무서웠어요."

"그랬겠어요. 엄마가 너무 무섭게 다그쳐서 선호를 봤는데 숨었다는 말을 할 수 없었겠어요. 너무 무서워서."

"네. 만약 그때 엄마가 조금만 덜 다그치고, 제가 말할 때까지 기다려줬다면, 저는 사실대로 말했을 거예요. 근데 저는 엄마가 너무 무서웠어요. 저를 지켜보고 있는 사람들도, 경찰 아저씨도 무서웠어요. 나중에 경찰 아저씨들까지 와서 저한테 선호를 못 봤는지 물어봤는데, 그때는 더 무서워서 아무 말 못 하고 울기만 했거든요. 교수님, 만약 제가 사실대로 말했다면, 우리 선호 찾을 수 있었을까요?"

시간이 다 되어 김 교수는 고개를 끄덕이며 눈빛으로 마쳐야 한다는 신호를 보냈다. 그러곤 무거운 입을 뗐다.

"그 순간이 얼마나 두려운 순간이었을지 감히 상상할 수도 없네요. 그 긴 시간 동안 기억에서 완전히 지울 만큼 엄청난 무게를 가진 일이었을 것 같아요. 어린아이가 감당하기엔 너무 큰 죄책감이고 두려운 일이었어요……."

아진은 시간이 다 되었기에 소용돌이치는 마음을 정리해야 했다. 김 교수는 이대로 보내는 것이 마음에 걸려서 일어서려는 아진에게 한마디를 더 건넸다.

"고 선생님, 괜찮겠어요?"

"괜찮습니다."

"5분 정도 시간을 좀 더 쓸 수 있어요. 지금 어때요?"

김 교수의 배려에 일어서려던 아진은 다시 자리에 앉았다. 그리고 두 사람은 마음이 가라앉기를 조용히 기다리는 시간을 가졌다. 잠시 후 아진이 입을 열었다.

"부모님께도, 그리고 선호에게도, 할머니 할아버지께도 용서를 구해야겠지요. 어떤 마음으로 남은 인생을 살아야 할지 아직은 잘 모르겠습니다. 하지만 한편으로는 시원해요, 교수님. 이런 말을 하는 것조차 이기적인 것 같아 죄스럽지만, 이제 더 이상 악몽은 꾸지 않을 것 같네요."

김 교수는 조심스럽게 입을 열었다.

"정말이지 너무 힘든 작업을 하고 있다는 것 잘 압니다. 선생님이 이 작업을 하기 위해 얼마나 오랜 시간 스트러글(struggle; 몸부림치며 고투하다)해 왔는지 알 것 같습니다."

김 교수는 한동안 세션을 더 늘려야 하나 잠시 생각했지만, 아진이 이 과정을 잘 견뎌낼 수 있는 사람이라는 믿음 때문에 우선은 지켜보기로 하고 돌려보냈다.

아진이 떠나고 나서 김 교수는 뜨거운 커피를 내려 창문 가까이 다가갔다. 낙엽이 바람에 나뒹군다. 김 교수는 아진이 들려준 이야기를 다시 한번 재구성해봤다.

평소에 좋아하지도 않던 우동을 먹겠다고 괜스레 떼를 쓴 아진은, 우동을 다 먹을 때까지 엄마가 봐주기를 바랐다. 뜨거운 우동을 호호 불어도 주고, 단무지도 입에 넣어주길 바랐다. 천천히 먹으라며 물컵도 손에 쥐여주길 바랐다. 선호는 먹지 않는 우동을 혼자만 먹는 아진에게, 잠시라도 온전히 집중해주길 바랐다. 평소 같으면 그것은 아빠의 몫이겠지만 그날은 아빠도 없는 날이 아니던가. 그런데 우동 한 가닥을 입에 넣기도 전에 선호는 아진에게서 엄마를 또 빼앗아 갔다. 뜨거운 우동은 벌써 식을 기미가 보이는데 두 사람은 오지 않았다. 아진이 갑자기 속도를 내서 우동을 후루룩 입에 다 쑤셔 넣으려고 하는 순간, 선호가 보인다. 엄마는 보이지 않는다.

엄마가 선호랑 떨어져 있다.

껌딱지처럼 붙어 있는 두 사람이 떨어져 있다.

'너만 없으면, 너만 없으면.'

강아지를 따라 천진하게 주차장 사이로 뛰어가는 선호를 보며 아진은 생각했다.

'가버려. 그 아줌마 따라서 가버려. 강아지 따라가서 강아지랑 살아. 그대로 사라져버려.'

아진의 주술을 들었는지 선호가 갑자기 뒤를 돌아보았다. 아진은 반사적으로 선호가 보지 못하도록 기둥에 몸을 숨긴다.

나쁜 건 선호를 유괴한 사람이지, 당신의 잘못이 아니라는 뻔한 위로는, 지금 아진에겐 받아들일 수 없는 말장난에 불과하다. 사실, 어쩌면 아진이 선호를 발견하자마자, 달려나가서 선호의 이름을 큰 소리로 부르기만 했어도 그런 일은 일어나지 않을 수 있었을지 모른다. 김 교수 역시 시간을 다시 돌려놓고 싶은 마음이 간절했다.

잔인한 기억

남편과 아이들만 남겨두고 온 뒤, 아진은 아직 부모님과 전화 통화조차 하지 못했다. 아진의 부모님도, 남편 진우도, 그날에 대해 아무도 아진에게 물어보지 않았다. 아진을 위한 배려였다. 그 배려는 아진에게 배운 것이다. 아진은 그 누구도 다그치는 일이 없다. 그것이 그녀가 가진 상담사로서의 좋은 자질이기도 하다. 믿어주고, 곁에 있으면서 기다려주는 것을 남편과 아이들은 아진에게 배웠다. 스스로 말할 수 있을 때까지 충분히 기다려주는 법.

"여보, 당신 괜찮아?"

또 하나 배운 것이 있다면, 무관심하게 내버려두는 것이 아니라, 가끔은 '내가 너를 기다리고 있어.'라는 사인을 주는 것이다. 진우는 며칠 지난 아침에 출근을 준비하는 아진에게 그 사인을 주었다.

"응. 그날 당신 많이 놀랐지? 내가 생각이 정리되면 당신하고 엄마, 아빠께 찾아가서 말씀드릴게. 미안하고 고마워요."

"그래. 뭔지 모르겠지만, 당신 힘들어 보이기는 하는데, 왠지 평온해 보여. 당신 만나고 지금까지 요즘처럼 당신 옆에 있는 게 편안하게 느껴진 적은 없는 것 같아. 힘들어도 당신에게 좋은 일인 것 같아서 그렇게 걱정은 안 할게."

"그래? 그렇게 말해줘서 고마워, 여보."

아진은 화장대 거울에 비친 자기 얼굴을 봤다. 아진이 봐도 그랬다. 얼굴에 그림자 하나가 벗겨져 보였다.

"어서 와요."

우영은 매번 늦지도, 이르지도 않게 도착한다. 그것이 아진에게 안정감을 준다.

"시작해볼까요?"

아진은 지난 세션에 이어 그다음 이야기가 궁금했는데, 고맙게도 우영은 이어서 이야기해주었다. 아진은 매 세션의 시작을 내담자들의 자유로운 연상에 맡긴다. 듣고 싶은 말이 있고, 물어보고 싶은 것이 있지만, 자신의 욕망을 뒤로한다. 내담자의 저항도, 방어도 아직 내담자 자신을 위해 더 필요한 것이라면 존중해줘야 하고, 그 속도 역시 내담자를 따라가야 한다는 것이 김 교수에게 배운 태도

다. 지난 세션에는 했던 이야기를 이번 세션에는 없던 일처럼 잊어버린다면, 그 또한 이유가 있을 거다. 지난 세션에 이미 다 한 이야기를, 이번 세션에 또 한다면 그 또한 중요한 이유가 있을 거다.

아진은 잘 안다. 간절히 알고 싶으면서도, 모르고 싶은 게 있다는 것을. 그리고 너무나 말하고 싶으면서도, 동시에 영원히 말하고 싶지 않은 것이 있다는 것을. 만약, 우영이 다른 이야기로 시작한다면, 아직 그 이야기를 할 마음의 힘이 없거나, 아진에 대한 신뢰가 부족해서 그런 거다. 혹 다른 이유가 더 있거나. 그런데 고맙게도 우영은 용기를 내주었다.

우영이 그렇게 쓰러진 후, 눈을 떠보니 병원 응급실이다. 곁에 있던 문 실장이 미안해서 어쩔 줄 몰라 한다. 몸도 안 좋은 사람을 붙잡고 괜한 소리를 한 것 같아서.

의사는 심하게 스트레스를 받거나 과로해서 그런 거라고, 수액만 다 맞으면 집에 가도 좋다고 했다.

여기까지 이야기하다가 멈춘 우영은 고개를 들더니 아진의 눈을 뚫어지라 응시했다. 그 눈빛은 마치 아진의 각막을 뚫고 들어와 머릿속을 지나 가슴속을 샅샅이 투시하는 듯했다. 자기를 담아줄 만큼 아진의 그릇이 단단한지, 그만한 크기인지 스캔을 하는 것 같다.

'시작해도 돼요. 나 당신의 이야기를 들을 준비가 되었어요. 괜찮아요.'라고 아진은 속으로 우영에게 말했다. 그 소리가 전해진 걸까. 우영의 입이 열렸다.

"제가 아빠를 죽였어요."

아진의 심장이 '쿵' 하고 떨어졌다. 김 교수가 자신의 고백을 듣고 내뱉은 외마디 비명을, 자신도 우영 앞에서 내보낼 뻔했다. 아진의 견고한 눈빛이 흔들렸다. 자기가 방금 들은 말을 취소라도 시키듯, 아진은 자신도 모르게 머리를 좌우로 흔들다가 우영의 눈에 시선을 고정하며 물었다.

"우영 씨, 그게 무슨 말이에요?"

미숙이 바람난 남자와 집을 나간 날이다. 우영은 자다가 소변이 마려워 화장실에 가기 위해 일어났다. 시계를 보니 12시가 넘었다. 당시 우영의 집 재래식 화장실은 마당을 지나 대문 옆에 뚝 떨어져 있었다. 미숙은 뭘 하는지 낮에도 일을 가지 않더니 웬일로 작은방에 불을 환하게 켜놓고 누군가와 통화를 하고 있다. 우영은 볼일을 보고 다시 이불 속으로 들어가 잠을 청하려고 하는데 쉽사리 잠이 오지 않았다. 아빠가 아직 집에 오지 않은 것이 걱정도 되었고, 미숙이 누군가와 작은 소리로 통화를 하는 것도 왠지 신경이 쓰였던 거다. 우영은 귀를 쫑긋 세워 미숙의 통화 내용을 엿들었다.

"저 인간 정신 차리게 하려면 이 방법밖에 읍다. 내는 이제 더는 몬하겠다. 나는 저놈의 빌어먹을 인간 죽기 전에는 이놈의 촌구석에 다시는 안 올 기다. 내사마 우영이 저 가스나만 그때 안 가졌어도 저 인간하고 절대로 결혼 안 했을 기다. 저 인간이 그때 술 처묵고 그 짓거리만 안 했어도, 내가 뭐 한다꼬 저런 인간하고 지금까지 살았겠노! 저 인간 죽는다 케도 절대로 연락하지 마래이! 송장 치르고 나면 연락해라! 송장도 보기 싫다! 저 인간이라면 구신도 보기 싫다! 니는 내가 독한 년이라고 생각할지 몰라도……. 선화야, 니는 내 친구니까 내 맘 알제?"

우영은 엄마가 왜 그렇게 자신에게만 늘 화가 나 있었는지 그때 알게 되었다.

그날 이른 새벽에 미숙은 자는 우영을 조용히 깨웠다.

"우영아, 이리 나와봐라."

잠에서 덜 깬 우영은 눈을 비비며 정훈이가 깨지 않게 조용히 엄마를 따라나섰다. 신발이 없는 걸 보니 아빠는 지난밤에 들어오지 않은 것 같다.

"엄마, 어디 가?"

이른 새벽 시간부터 외출 준비하고 화장까지 다 한 미숙을 보고 우영은 불길한 생각이 들었다. 미숙의 대답을 듣기 전에 불현듯 지난 통화 내용이 기억나면서, 아진은 엄마의 대답을 들을 게 아니라 빨리 정훈을 깨워야 한다는 생각이 들었다.

"우영아, 엄마 말 단디히 들으라. 엄마가 서울에 큰 식당에 취직이 됐다. 거기 가면 밥도 먹여주고, 잠도 재워주면서 돈도 억수로 많이 준단다."

우영의 예감대로 미숙은 정훈과 자신을 두고 멀리 가겠다는 말

을 하고 있다. 우영은 그 뒤에 돈을 벌어 오겠다느니 동생 잘 챙겨
주라느니, 무슨 일 있으면 고모나 정민이 아줌마에게 연락하라느
니 했지만, 우영의 귀에는 그 말이 하나도 들리지 않았다. 그저 빨
리 정훈이를 깨워 엄마를 따라나서야 하는 건 아닌지 생각했다. 하
지만 몸이 말을 듣지 않았다. 아니, 몸이 엄마의 말만 듣고 자기 말
은 듣지 않았다.

"엄마, 우리도 갈래."

우영은 엄마처럼 작은 목소리로 소심하게 떼를 썼다.

"뚝! 울지 마라, 니!"

우영이 울기를 아직 시작도 하기 전에, 미숙은 우영의 울음을
금지시켰다. 울먹이던 우영은 울면 봐주려다가도 더 엄격해지는
미숙의 성질을 알기에 울음을 멈췄다.

"엄마, 정훈이 깨서 엄마 없다고 울면 우야노?"

우영은 어린 동생 핑계를 댔다. 차라리 정훈이가 이럴 때 일어
나서 자신을 대신해 엄마를 붙잡아주길 바랐지만, 엄마가 사준 선
물로 한껏 들떠 있는 정훈은, 세상모르고 자고 있다.

"정훈이 깨면 울고불고 난리 난다. 엄마가 서울 가면 전화할게.
아빠한테는 아무 말 하지 말고, 그냥 아침에 일어났더니 엄마가 없
더라고만 해라. 알겠지? 아이고, 차 왔는갑다. 엄마 간다. 정훈이 아
침 챙겨주고."

밖에서 자동차 멈추는 소리가 들린다. 그러자 미숙은 우영을 한
번 안아주지도 않고 커다란 가방을 양손에 무겁게 들고는 대문 쪽

으로 종종걸음을 했다. 그제야 몸이 말을 들은 우영은 맨발로 엄마를 따라 대문을 향해 달려갔다. 문 앞에는 엄마를 기다리는 자가용이 한 대 있다. 당황한 미숙은 우영에게 손짓하며 들어가라고 했고, 운전석에 앉아 있던 남자는 고개를 내밀어 우영을 쳐다봤다. 뻔뻔한 건지, 금실이 좋은 건지, 우영이 아무것도 모르는 바보라고 생각한 건지, 꼭 그렇게 대문 앞에 바싹 차를 대야 했을까?

이 무슨 멍청한 짓인지. 그 상황에서 우영은 반사적으로 남자를 향해 꾸벅 인사를 해버렸다. 미숙을 꼬셔서 서울에서 삼계탕집을 하자며, 두 아이에게서 엄마를 빼앗아 간 파렴치한 그놈에게, 우영은 예의 바르게 인사를 한 것이다.

서둘러 조수석에 탄 미숙이 우영에게는 들어가라는 손짓을 하고, 남자에게는 출발하라고 손짓했다. 미숙의 손은 예나 지금이나 사람을 자기가 원하는 대로 조종할 재주를 가진 손이다. 그 손놀림에 우영은 한 발짝도 앞으로 가지 못한 채, 골목을 빠져나가는 자가용 뒷모습을 망연자실하게 보고 있었다.

참았던 눈물이 뒤늦게 흘러내렸다.

그로부터 10개월 뒤 12월 마지막 밤, 우영과 정훈, 두 아이가 깊이 잠든 시간에 전화벨이 울렸다.

"여보세요."

잠이 덜 깬 목소리로 우영이 전화를 받았다.

"우영아, 엄마다."

"엄마! 엄마!"

"응, 잘 지냈나? 별일 없나?"

"응. 엄마 어딘데?"

"어디긴 서울이지. 우영아, 아빠 아직 집에 안 들어왔제?"

"응? 잠깐만."

우영은 수화기를 내려놓고 아빠 방과 신발을 찾아봤다.

"안 온 것 같다."

"그래?"

"내가 나가볼게. 엄마, 기다려봐! 내가 아빠 데리고 와서 바꿔줄
게. 아빠 요즘은 집에 잘 들어온다."

아진은 혹여라도 엄마가 아빠의 목소리를 듣고 싶어 전화했을
까 싶어서, 엄마의 마음을 잡아줄 아빠를 찾아 나설 생각이었다.

"아니다! 이 밤에 추운데 어데 가서 찾는단 말이고! 그 인간 어
디서 또 세상모르고 술 퍼마시고 있을 끼다. 걱정하지 말고, 정훈이
자다가 깨면 놀라니까 니는 그냥 다시 자라. 알겠제? 우영아, 대답
안 하나? 정훈이 혼자 두고 함부로 밖에 나가지 마래이!"

"응. 엄마 언제 오는데?"

"엄마가 또 전화할게."

뚜뚜뚜.

미숙은 또 자기 말만 하고 전화를 끊어버렸다.

왜 하필이면 오늘인가.

미숙이 집을 나가고, 고모마저 미국으로 떠난 뒤로 서진수는 술

을 마시기는 했지만, 12시가 되기 전에는 꼭 집에 들어와서 잠을 잤다. 가끔 전방 평상에 누워 잠이 들 때도 있지만, 가게 문을 닫기 전에 아주머니가 집에 전화해주면 우영이 아빠를 데리러 가기도 했다. 그런데 왜 하필이면 엄마가 전화한 날, 도대체 왜 이런 날 아빠는 안 들어오는지 우영은 애가 탔다.

우영은 엄마가 아침에라도 다시 전화할지 모른다고 생각해서 엄마와의 약속을 깨고 아빠를 찾아 나서기로 했다. 두껍게 옷을 챙겨입고, 손전등으로 어둠을 밝히며 전방으로 갔다. 설날 새벽이라 그런지 아직 불이 꺼지지 않고 웅성웅성 가족끼리 이야기하는 소리가 들린다. 그래서인지, 엄마 목소리를 듣고 나니 용기가 나서인지, 우영은 어둠이 무섭지 않았다. 전방은 이미 불이 꺼져 있다. 어두운 평상에는 서진수가 잔뜩 취해 상체가 평상 아래로 쏟아질 것처럼 위태롭게 앉아 있다. 아무래도 전방의 부부는 명절이라 진수가 도착하기 전에 일찍 문을 닫고 들어간 것 같다. 안 그랬으면 술취한 사람을 그냥 두고는 가지 않았을 거다. 진수는 항상 선술집에서 이미 취한 상태로 전방에 들러 막걸리 한 병을 다 비우고는 집에 들어왔다.

"아빠! 여기서 뭐 하노? 엄마 전화가 왔었단 말이다! 빨리 인나라, 집에 가자!"

우영은 진수의 팔을 잡아당기며 짜증스럽게 말했다.

"아이고~ 우리 공주님! 아빠가 오늘은 기분이 억수로 좋다. 아빠는 세상에서 느그 엄마가 따라주는 술이 젤로 달다. 니 그거 아나?"

"엄마는 무슨 엄마! 엄마 방금 서울에서 전화 왔는데! 빨리 인 나라! 이상한 소리 하지 말고."

끌어안으려는 진수를 우영은 밀어냈다.

"인나라, 쫌. 무슨 엄마랑 술을 마셨다는 건데. 방금 엄마한테서 전화 왔단 말이야. 빨리 인나서 집에 가자. 엄마 또 전화 올 거란 말 이야."

"그래, 가자. 엄마한테 가자. 우리 우영이, 엄마한테 가자!"

진수는 우영의 팔을 당기며 집 반대 방향으로 끌고 가려고 했 다. 속이 타들어 간 우영은 처음으로 아빠에게 모진 소리를 했다.

"집이 이쪽인데 어데 가노! 아빠 계속 이라믄 나도 정훈이도, 아 빠랑 안 살 끼다! 우리도 다 엄마 따라 서울로 가삔다고!"

이 말을 들은 서진수는 갑자기 우영의 뺨을 때리기 시작했다. 처음이다, 진수가 딸에게 손을 댄 것은.

"이놈의 가스나가! 지금 뭐라 캤나? 다시 말해봐라! 어딜 간다 꼬? 아, 나 미쳐뿌겠네. 오랜만에 술 잘 얻어먹고 기분 좋게 들어갈 라 캤는데, 내가 자식 새끼한테 이런 소리를 다 듣네. 니 다시 한번 말해봐라!"

비틀거리며 사정없이 우영의 머리를 때리는 진수를 밀치고 우 영은 혼자 집으로 와버렸다. 처음으로 자기에게 손을 댄 아빠에 대 한 서러움과 엄마와 전화 통화를 그렇게 하고 끊은 것이 속상해서 우영은 방문을 잠그고 한참을 울었다. 그런데 한 시간이 지나도 아 빠가 들어오지 않는다. 아빠에 대한 화도, 때리던 아빠에 대한 두려움도 사그라들었다. 아빠가 걱정된 우영은 손전등을 들고 다시 골목으로 나섰다.

그런데 전방 앞에 있던 아빠가 사라졌다. 집으로 갔다면 우영이 못 봤을 리가 없는데, 우영은 전방 맞은편에 아빠가 자주 가는 국숫집을 향해 달려갔다. 정훈이가 깰지도 모르고 엄마한테 다시 전화가 올지도 몰라 우영은 이 상황이 짜증스럽다. 멀리서 보니 국숫집은 당연히 불이 다 꺼져 있다. 그때 공판장 쪽에서 무슨 소리가 들린다.

손전등을 비춰보니 누군가 공판장에 쓰러진 미나리 상자 더미 아래 엎어져 있다. 상자 위에 누우려고 하다가 더미가 무너져 내리며 바닥에 엎어진 것 같다.

우영은 손전등을 비추며 한 걸음을 내딛다가 불현듯 발을 멈춰 세웠다. 그리고 곧바로 손전등이 꺼졌다.

'나는 저놈의 빌어먹을 인간 죽기 전에는 이놈의 촌구석에 다시는 안 올 기다.'

그 순간 엄마의 말이 번개처럼 우영의 머릿속을 찌르고 지나갔기 때문이다.

우영은 손전등을 끈 채 발길을 돌려 집으로 향했다. 무언가 뒤에서 우영의 몸을 끌어당기는 것처럼 걸음이 속도를 내지 못했다. 방금 전까지 화로 인해 달궈진 심장이 갑자기 싸늘하게 식어버렸다. 집에 돌아온 우영은 대문을 살짝 열어놓은 채 정훈의 옆에 누워 잠이 들었다.

고해성사의 끝

"서울로 이사한 날부터 우리 집에서 아빠라는 단어는 아무도 입에 올리지 않았어요. 그 여자가 아빠에 대해 말하지 말라고 한 건지는 잘 기억나지 않는데, 그러고도 남을 인간이죠. 정훈이가 어릴 때 가끔 아빠에 관해 몇 번 물었는데, 우리는 둘 다 안 들리는 사람처럼 행동했던 것 같아요. 그런데 문 실장이 아빠가 죽어야 자기가 산다고 말하는데, 갑자기 그날의 일이 생생하게 기억났어요. 병원에서 눈을 떴을 때, 그날 일이 하나씩 생각나는데 정말 미칠 것 같더라고요. 제가 아빠를 버리고 간 거예요."

우영은 울면서도 말을 멈추지 못했다. 울음 섞인 우영의 고해성사는 계속되었다.

"제가 아빠를 죽인 거죠. 제가 그날 아빠와 함께 집으로 갔다면. 그 깜깜한 데서 잠이 들었으니 당연히 아무도 아빠를 못 봤을 거예요."

"아빠가 없어야 엄마가 돌아올 거로 생각했군요."

우영은 어깨를 들썩이며 흐느껴 울었다.

"가족에게만은 용서를 구하고 싶었어요. 사실대로 말하고 싶었어요. 그리고 세상 사람들이 다 저를 욕해도, 그 여자에게만은 용서받고, 이해한다는 말을 듣고 싶었어요. 그 여자만큼은 내 마음을 이해해줄 거라고 생각했어요. 그 여자도 그걸 바랐으니까, 그 인간은 나를 이해해줄 수 있잖아요. 그래서 병원에서 나오자마자 새벽에 말했어요."

그날 정훈은 중학교 동창 아버지 장례식에 참석하느라 마침 집에 없었다. 강 대표와 문 실장은 우영을 집까지 태워다 주고는 미숙에게 자초지종을 설명한 뒤 돌아갔다. 우영에게서 이런 모습을 한 번도 본 적이 없는 미숙은 잠이 덜 깬 눈으로 우영을 바라봤다.

"이게 다 무신 일이고?"

"엄마, 나 할 이야기가 있어. 좀 앉아봐."

미숙이 어리둥절한 채 소파에 앉자 우영은 미숙을 마주 보고 바닥에 앉았다.

"엄마, 아빠 죽은 거……."

미숙은 '아빠'라는 단어를 듣자 화들짝 놀라며, 엉덩이를 뒤로 붙여 자리를 고쳐 앉았다.

"그날, 나 아빠 찾으러 나갔었어. 아빠 만나서 집에 같이 가려고 했는데 아빠가 나를. 아니, 아무튼 내가 아빠를, 추운 데 누워 있는 아빠를, 그냥 두고 집으로 와버렸어."

우영은 아빠가 욕을 하고 때려서 집으로 가버렸고, 걱정돼서 다시 데리러 갔었다는 구차한 변명을 다 말하고 싶진 않았다. 어쨌든 결국 아빠를 추운 곳에 버려두고 온 것은, 변하지 않는 사실이니까. 우영의 말이 끝나자 미숙은 닫혀 있는 창문들을 다시 확인하더니 우영에게 바짝 다가왔다. 그리고 밖으로 목소리가 새어 나가지 않을 만큼 조용한 소리로 짜증을 냈다.

"니는 뭐 한다꼬 다 지난 이야기는 끄집어내는데. 술 처먹고 왔으면 조용히 드가 잘 것이지, 뭐 좋은 일이라꼬 들쑤시기는 들쑤시노. 치아라. 듣기 싫다! 드가서 자라!"

미숙이 자리를 박차고 일어나려고 하자 우영은 일어서려는 미숙을 다시 잡아 앉혔다.

"아니야, 엄마. 나 그 이야기, 하고 싶어. 내가 어디 가서 아빠 이야기를 하겠어. 엄마나 정훈이한테도 숨길라고 숨긴 게 아니고, 나 정말 그날 일, 기억 못 하고 살았어. 그런데 나 다 기억났어. 기억나는데 어떻게 없던 일로 해."

"야가 와 이라노!"

미숙은 우영의 손을 강하게 뿌리쳤다.

"니가 잘못 기억한 기다. 니가 그때 몇 살인데 그게 기억이 난단 말이고? 그때! 내가 물어봤을 때도 니 아무것도 기억 안 난다 했다.

그런데 지금 몇 년이 지난 일을 기억한단 말이고. 니가 잘못 기억한 기다."

"아니야, 엄마. 나 그날 엄마가 전화한 것도 기억나. 엄마가 서울 가고 처음으로 전화했잖아. 그 전화 받고 내가 아빠 찾으러 나간 거야. 정훈이는 집에서 자고 있었고."

미숙은 이상하리만큼 흥분했다. 우영이 생각한 핵심은 그날 공판장에 누워 있는 아빠를 보고도 그냥 내버려 두고 들어와 잠을 잤다는 것인데, 미숙은 그날 집으로 자신이 전화를 했다는 말에 크게 반응했다.

"야가 지금 뭔 헛소리를 하는 기고! 술 처먹고 술주정하는 기가! 내가 무신 전화를 했단 말이고. 야가 사람 잡겄네, 참말로!"

미숙의 이상한 반응에 우영은 울음을 멈췄다. 우영은 혹시나 자신의 기억이 왜곡된 것인지 정확하게 알고 싶었다. 미숙은 다시 차분해지더니 목소리를 낮추며 우영을 살살 달랬다.

"우영아, 고마 잊어라. 니가 그런다꼬 느그 아부지가 살아 돌아온다드나? 니가 지금 술 취해서 그렇다. 자자. 자고 인나믄 다 잊어진다."

"엄마, 나 술 안 취했어. 그리고 그날 엄마가 분명히 집으로 전화했어. 엄마가 아빠 집에 안 들어왔냐고 물었고, 내가 아빠 찾으러 나간다고 했더니 정훈이 깬다고 나가지 말라고 했어. 나 다 기억나!"

"그래서! 그래서 뭐! 집에 전화한 게 뭐가 잘못인데! 느그 아부지 죽은 기 내 탓이란 말이가! 그러니까 어린 딸래미가 가자 캤을 때 얌전히 들어갔으면, 그렇게 되지는 않았을 거 아이가! 공짜 술이라니까 주는 대로 빙신같이 다 받아 처먹고 뭘 잘했다고 어린 지 새끼를 그리 두들겨 패노! 그 인간은 자식한테 버림받아도 싼 인간이다!"

미숙이 말을 하다가 갑자기 멈췄다.

우영의 몸도 얼어붙었다.

요란했던 집 안에 잠시 정적이 흘렀다.

"엄마, 내가 아빠한테 그날 맞은 거, 어떻게 알았어?"

"뭐! 술 처먹고 소리 지르고 싸우고 그런다 아이가! 그 인간."

뒤돌아 방으로 들어가려는 미숙의 팔을 잡아 세우며 우영은 또 박또박 말을 이어갔다.

"나, 그날 아빠한테 맞은 거 아무한테도 말한 적 없어. 아무도 본 사람도 없고. 엄마한테도 나 말한 적 없어. 그리고 아빠 아무리 술 취해도 사람 때리고 그런 적 한 번도 없어. 엄마 그거 알잖아. 그런데 어떻게 알았어? 나도 기억 못 하는 걸? 전방에서 나 때린 거, 어떻게 알았냐고!"

"와~ 나 진짜 오늘 미쳐뿌겠네! 야가 진짜 오늘 와 이라노. 밖에서 뭔 일이 있었길래 이 새벽에 다 지난 일을 끄집어내고 이카는데. 저 눈까리 봐라. 술 먹었으면 조용히 들어가 자빠져 잘 기지, 어디서 안 하던 짓거리를 하고 사람 속을 다 디비뿌는데!"

미숙이 방으로 황급히 들어가려고 하자 우영은 벌떡 일어나 미숙의 방 앞에서 미숙을 가로막았다.

"엄마, 그날 왜 전화했어? 1년 가까이 전화 한 통 없다가 왜 그날은 그 한밤중에 전화해서 아빠 아직 안 들어왔냐고 물어봤어? 제발, 엄마 사실대로 말해줘. 제발!"

"안 비키나? 비키라!"

미숙은 우영을 세게 밀치고는 방으로 들어가 방문을 잠갔다.

우영은 미숙의 방문에 등을 기대고 그 자리에 주저앉았다. 울음은 완전히 말랐고 우영의 눈빛은 슬픔에서 점차 분노로 바뀌기 시작했다.

아침이 되도록 그대로 방문 앞을 지키고, 생눈으로 밤을 새운 우영은 미숙이 방문을 열자 정신을 차렸다.

"니, 여태 여기 이러고 있었나! 아이고, 이 쇠심줄 같은 가시나 보래이."

미숙은 태도를 바꿔 우영을 살살 달래기로 했다.

"우영아. 우리 지난 일은 다 잊자. 엄마가 다 잘못했다. 느그들 그래 두고 가는 게 아닌데 미안하다."

남매를 두고 떠난 것에 대해 미숙이 사과를 한 것은, 우영은 그 아침에 처음 들었다. 하지만 우영은 이미 마음에 어떤 결정을 내렸다. 우영은 다가오는 미숙의 팔목을 양손으로 단단하게 잡았다. 그리고 미숙의 몸에 바짝 붙여 놓고는 초점 없는 눈을 간신히 힘주어 뜨고는 이렇게 말했다.

"잘 들어. 당신과 나는, 이제부터, 차라리 죽는 게 나은 삶을 살게 될 거야. 각오해!"

그렇게 우영의 문은 닫혔다.

미숙은 우영이 한 말이 무엇인지 몰랐다. 그렇게 닫힌 문이 앞으로의 지옥 같은 삶의 시작임을 몰랐다. 그래서 그 순간에도 우영의 닫힌 문 밖에서, 술주정뱅이 남편과 사느라 자기가 얼마나 힘들었는지를 쉬지 않고 말했다.

아빠가 만들어준 그림 상자

미숙은 그런 사람이었다. 자신의 욕망을 위해서라면 어린 자식의 작은 추억들까지 짓밟을 수 있는 사람. 열두 살 때는 몰랐던 것들, 아니 어렴풋이 알아도 모른 척 그런 엄마와 공모자가 되어 누리던 서울살이가 모두 아빠의 목숨값이었다는 것을, 우영은 그날 모두 알아버리고 말았다. 그날, 왜 미숙이 한밤중에 느닷없이 전화해서 다짜고짜 아빠가 없다는 것을 확인했는지, 장례식장에서 왜 누구도, 그날 아빠가 어디서 누구랑 그렇게 술을 마셨는지 아는 이가 없었는지, 아빠가 전방에서 왜 집이 아닌 공판장 쪽으로 걸어갔는지, 그리고 엄마가 집에 돌아오자마자 장롱 서랍에서 꺼낸 서류 봉투가 아빠의 몸값이었다는 것까지, 모두 알게 되었다.

고아진은 한마디도 하지 못한 채 흐르는 눈물만 맨손으로 닦아냈다. 그 눈물은 우영이로 인한 것인지, 자신으로 인한 것인지 명확하게 구분할 수 없는 눈물이었다.

"그 인간의 마음에는 죄책감이라는 것을 느낄 수 있는 구조가 없어요. 그저 자신이 생각하고 원하는 것을 방해하는 모든 사람을 치워버려야 직성이 풀리죠. 그리고 그것을 이루어줄 수 있는 사람은 모두 자기편으로 만들어낼 수 있는 여자예요. 그래서 전 그 여자를 이길 수가 없어요."

미숙을 이길 방법이 없다고 여겼던 우영은, 미숙을 상대하는 고아진을 보면서 새로운 힘을 발견했다. 그것은 '상식의 힘'이다.

아무 이유 없이 청춘의 나날을 그렇게 방 안에서 짐승처럼 보내고 싶은 사람은 없다는 상식.

아무 이유 없이 자기 몸에 생채기를 내는 사람은 아무도 없다는 상식.

그리고 엄마라면 다른 사람들 앞에서 자식의 허물을 덮어주고 보호해주려는 모성을 가지고 있다는 것도, 아진을 통해 알게 된 상식이다.

미숙에 대한 증오심을 토해낸 우영은 한동안 말을 멈췄다. 5분 정도의 시간 동안 우영의 낯빛은 서서히 핏기가 돌기 시작했다. 그러더니 다시 입을 열었다.

"그 사람이 나한테 아빠만 빼앗아 간 게 아녜요. 나의 어린 시절도 모두 빼앗아 갔어요."

"그게 무슨 뜻일까요?"

우영은 눈을 지그시 감았다.

우영은 언제부터인지 자꾸만 차가운 맨바닥에 누워서 자는 척을 하는 습관이 생겼다. 한번은 집 앞 골목에서 고무줄놀이를 하고 있는데, 멀리서 아빠가 골목으로 들어오는 것을 봤다. 우영은 하던 것을 멈추고 쏜살같이 집으로 뛰어 들어가서는 툇마루에 발랑 누워 잠이 든 척을 했다.

"자는 척을 했다고요? 왜 그랬을까요?"

아진이 물었다.

그렇게 찬 데 누워 있으면 아빠가 와서 '찬 데서 자면 입 돌아간다' 하며 웅크린 그 자세 그대로 모아 안고 방으로 들어갔다. 그리고 우영을 따뜻한 아랫목에 눕히고는 했다. 그러면 우영은 그 느낌이 좋아서 한참을 더 자는 척을 했다.

적당히 기운이 빠진 다정한 아빠의 목소리.

적당히 밴 아빠의 담배 냄새.

적당히 꼬릿한 아빠의 발 냄새.

그리고 적당히 따끔했던, 우영의 이마에 비비던 아빠의 턱수염.

우영은 그렇게 미움 아래 있는 아빠에 대한 미안함, 그보다 더 아래 있는 그리움의 조각들을 하나하나 꺼내고 있었다.

아진은 우영의 연상들에 방해가 되지 않기 위해 숨조차 크게 쉴 수 없었지만, 그 시간 동안 자신의 아빠 은철을 떠올리며 속울음을 울었다.

'나도 알아요. 그 냄새. 그 덕수염. 그 적당히 기운이 빠진 목소리도.'

아진도 박탈된 모성에 매달리느라, 부성의 냄새와 부성의 흔적까지 모두 지워버렸었다.

우영이 떠나고 나서 아진은 시계를 한번 쳐다보고 은철에게 전화를 걸었다. 그렇게 집을 떠나고 나서 은철도 아진을 기다려주느라 아직 그날의 일을 서로 이야기하지 못했기 때문이다.

"어, 아진아."

"아빠."

기운이 많이 빠진, 하지만 한없이 다정함이 묻어 있는 목소리다.

그랬다. 아진의 아빠 은철은 아진에게 늘 미안했다. 선호가 태어난 뒤부터 아이답게 떼 한번 써보지 못했다는 것을 은철은 잘 안다. 엄마에게 살가운 눈빛 한번 받아보지 못하고 온전히 엄마의 심장을 가져보지 못한 아이였음을 너무도 잘 안다.

전화로 할 이야기가 아닌 걸 알지만, 그래서 찾아뵙고 이야기하려고 했지만, 우영의 아빠에 대한 추억을 듣고 나니, 왠지 아빠라면 그런 자신을 용서해줄 수 있을 거라는 자신감에 용기를 냈다.

"아빠, 나 선호 이야기하려고 하는데, 괜찮아요? 들어줄 수 있어요?"

"그래, 해봐. 아빠가 들어줄게."

은철은 사위에게 들은 말이 있어 마음의 준비를 이미 해두었다.

"그때. 선호 휴게소에서 없어졌을 때."

"그래."

아진의 목소리는 심하게 떨렸다.

"아빠, 미안해. 나, 정말 그동안은 하나도 기억이 나지 않았었는데. 정말이야. 나 정말, 그동안은 전혀 기억 못 했어. 아빠도 알지?"

은철은 아무 말 없이 듣고만 있다.

"그때 나 사실은 선호 봤어. 주차장 쪽으로 강아지 따라가는 선호 봤어. 선호가 뒤를 돌아봤는데 내가 기둥 뒤로."

아진은 크게 숨을 들이마신 후 길게 내뱉었다.

"기둥 뒤로 숨어버렸어. 바로 다시 봤는데 선호가 없어졌어. 엄마가 나한테 막 소리를 질러서 무서워서 그랬어! 아빠……."

아진은 어깨를 들썩이며 한참을 소리 내서 울었다.

"아빠, 미안해. 아무한테도 말할 수 없었어. 아니, 나도 얼마 전까지 하나도 기억하지 못했어. 정말이야."

이상하게도 은철은 아무 말이 없다. 수화기 너머로 아빠가 어떤 생각을 하고, 어떤 마음인지 알 수 없어 아진은 갑자기 불안해지기 시작해 말을 멈췄다.

"아빠! 아빠, 괜찮아?"

"아진아… 아이고, 이 자식아……. 얼마나 마음고생이 심했으면 아직도 그 일을 잊지 못하고…… 다 기억하는구나."

사실 아진이 그날의 이야기를 아빠에게 한 것은 이번이 처음이 아니었다. 젊은 아줌마가 데리고 가는 하얀 강아지 뒤를 졸졸 따라가는 선호를 보았고, 선호가 뒤를 돌자 기둥 뒤에 숨었다는 이야기. 다시 보니 순식간에 선호가 사라졌다는 이야기는, 아진이 초등학교 2학년 때까지 새벽마다 은철의 귀에 못이 박히게 했던 이야기다. 선호가 실종된 다음 해 어린이날 아침, 그러니까 영순이 문 앞에 매달려서 우는 아진을 뿌리치고 스스로 목숨을 끊으려고 하던 그날부터였다. 아진은 밤마다 야경증에 시달렸다. 자다가 깨서는 자기 때문에 선호가 없어졌다며 빌고 또 빌었다.

그날 새벽, 그러니까 어린이날 새벽에 은철에게 제보 전화 한 통이 왔었다. 원주경찰서인데 선호인 것 같은 사체를 발견했으니 와서 확인해보라는 전화였다. 영순도 함께 가겠다고 했지만, 잘못된 제보로 이미 지칠 대로 지친 영순은 갈 수 있는 몸 상태도 아니었다. 영순과 아진을 두고 혼자 원주로 간 은철은 원주경찰서에 도착해서야 그것이 장난 전화였다는 것을 알았다. 어떤 죽일 놈의 인간이, 다른 날도 아닌 어린이날에 '당신의 아이가 죽었으니 보러 오라'는 장난 전화를 한 것이다. 은철을 통해 장난 전화였다는 말을 들은 영순은, 그래서 그날, 어린 딸을 곁에 두고 삶의 끈을 놓아버리기로 마음먹은 거다.

그 일이 있고 나서 아진은 혼자 잠을 자지 못했다. 매일 엄마 곁에서 잤는데도 야경증으로 오랫동안 놀이치료를 받아왔다. 자다가

께서 울면 아무리 안아주고 달래줘도 도무지 진정되지 않았다. 마치 귀신이라도 보고 있는 아이처럼 무언가를 응시하기도 하고, 팔짝팔짝 뛰며, 선호의 이름을 부르다가 엄마를 부르기를 반복했다.

겨우 진정이 되면 두 손을 모아 닭똥 같은 눈물을 뚝뚝 떨어뜨리며 용서를 빌었다. 아진의 시기심에 대한 형벌은 오랫동안 잔혹했다. 그때마다 은철은 아진을 안고 '아진이 때문이 아니야. 아진이 잘못이 아니야.'라고 아무리 달래줘도 들리지 않는 것 같았다. 그러다가 다음 날 아침이면 아진은 아무것도 기억하지 못했다. 처음에는 충격 때문에 그러려니 했었는데, 점점 더 심해져서 치료를 받기 시작했다. 이러다 아진이마저 잃겠다 싶어 부부는 선호를 찾는 일을 기관에 맡기기로 하고 집 안에서 선호의 물건을 모두 없앴다.

"아진아, 엄마 아빠가 미안하다. 잃어버린 선호만 보느라고 마음이 아픈 너를 보지 못했어. 미안하다. 조만간 아빠가 너 보러 갈게. 그때 더 이야기하자."

이틀이 지나고 은철은 갑자기 아진의 집에 찾아왔다.

"아빠, 어쩐 일이세요? 연락도 없이?"

일요일 아침 일찍 연락도 없이 찾아온 은철을 본 아진은 반가움 반, 두려움 반으로 맞이했다.

"엄마한테 무슨 일 있어요?"

"아니다. 그냥 혼자 왔어. 아진아, 옷 챙겨입고 나와봐. 아빠랑 갈 데가 있다."

은철은 신발도 벗지 않은 채 잠옷 바람에 나온 사위의 인사만 받고, 예쁜 손녀딸들 한번 안아보지도 않은 채 앞장서 집을 나섰다. 아진도 급하게 옷만 챙겨입고 아빠를 따라나섰다.

은철이 아진을 차에 태우고 간 곳은 다름 아닌 선호를 잃어버린 휴게소였다. 휴게소 식당 안으로 들어간 은철은 머뭇거리는 아진의 손을 꼭 잡았다. 그리고 이렇게 말했다.

"아진아, 고개 들고 잘 봐봐. 이 휴게소 식당은 예전부터 저렇게 밖이 보이지 않아. 저것 봐라. 기둥 같은 것도 없지 않니?"

그제야 아진도 이 장면 역시 처음이 아니라는 것을 알아차렸다.

35년 동안 아진을 가두었던 문이 열리는 순간이다. 아진의 죄책감은 눈을 뜨고도 선택적인 것만 보도록 허락한 거다. 아진은 여덟 살로 되돌아가서 아빠의 작은 품에 안겼다. 은철은 아진의 등을 토닥였다.

"아빠, 나 엄마 보고 싶어. 우리 엄마 보러 가자."

"그래. 그러자. 우리 엄마 보러 가자."

두 사람은 오랫동안 감옥이 되었던 휴게소를 빠져나와 영순이 있는 집으로 갔다. 영순을 만나러 간 딸은, 여덟 살 아진이 아닌 마흔세 살의 고아진이다. 오랫동안 꽁꽁 묶여 자라지 못한 몸의 일부처럼, 아진의 한 부분은 여덟 살에 성장이 멈췄다. 아진은 여덟 살 어린아이가 아닌, 두 아이를 둔 엄마로서 상처받은 한 여인을 용서하고 위로하러 갔다. 지옥 속에 허우적거리는 딸을 살리기 위해 자신의 상처를 가슴에 묻고, 잃어버린 자식의 이름조차 부르지 못했던 한 어머니를 안아주러 갔다.

집에 도착한 아진은 잠자는 영순 옆에 살포시 누웠다. 이렇게 엄마의 얼굴을 가까이 본 것은 처음인 것 같다. 어릴 적 우울증으로 잠만 자던 엄마의 발 아래에서, 엄마에게 방해가 되지 않을 만큼만 얼굴을 발끝에 대고 숨죽이며 잠을 청했던 기억이 난다. 얼음장처럼 차가웠던 엄마의 발에 따뜻한 자신의 볼을 대고 녹여주던 기억이 난다.

'엄마, 가여운 엄마. 그 험한 세월을 어떻게 견뎌왔어. 어떻게 버텨왔어.'

잠자던 영순이 눈을 떴다.

굳은 얼굴이 코앞에 있는 딸을 보자 환하게 펴졌다.

"이게 누구야? 아진이구나. 우리 아진이구나."

영순은 환하게 웃으며 양손으로 아진의 볼을 감쌌다. 엄마의 손길, 엄마의 따뜻한 손길, 부드러운 목소리. 선호가 태어나기 전 우주에 엄마와 아진 단둘만 있던 그 시간으로 되돌아갔다. 그 시간만큼은 자식 잃은 죄인이라는 사실을 완전히 기억에서 지워버린 영순이 아진을 향해 환하게 웃었다. 그 웃음은 아진이 잃어버린 아주 아주 어린 시절의 엄마를 다시 만나게 해주었다.

"엄마, 우리 이러고 오래오래 있자."

두 사람이 꼭 끌어안고 있는 모습을 보고 은철은 눈물을 훔치며 조용히 문을 닫아주었다. 아진은 처음으로 엄마의 치매가 좋았다.

당신이 문을 열었습니다

새 학기가 시작되었다.

"강희야, 일어나~ 학교 가야지. 일어나서 밥 먹자!"

언제나처럼 강희를 깨우러 방으로 달려가는 윤희의 손을 아진이 잡았다. 그리고 아진은 윤희의 어깨에 양손을 가볍게 얹으며 이렇게 말했다.

"윤희야, 우리 윤희 참 착하다. 그러고 보니 윤희가 아침마다 강희를 깨워준 것 같네."

"맞아! 강희는 안 깨우면 맨날 안 일어나잖아."

"그래. 그런데 윤희야, 그거 이제는 네가 안 해도 돼. 강희 아침에 깨우는 거, 밥 먹이는 거, 그건 엄마가 해야 하는 일이지 윤희가 해야 할 일 아니야. 그리고 오늘부터는 엄마가 강희 데리러 가니까, 너는 피아노 학원에서 더 놀다 와도 돼. 친구들이랑 놀다가 학원 차 타고 와."

아진은 강희가 신생아 때 젖 달라고 울어도 못 본 척할 때가 많았다. 그러면 윤희가 "엄마, 아가 찌찌!" 하고 설거지를 하는 아진의 손을 끌어다가 강희 앞에서 웃옷을 까 올리기까지 했다. 강희가 걸음마를 배울 때 넘어져서 울어도 아진이보다 먼저 달려가 강희의 목을 끌어안아 달랬던 것도 윤희였다. 그런 모습을 보며 아진은 안심했다. 언니 윤희의 장난감을 뺏으면 아진은 강희를 야단쳤고, 윤희는 동생 편을 들며 장난감을 냉큼 강희의 손에 쥐여주곤 했다.

그렇다. 아진은 윤희의 시기심으로부터 강희를 지켜야 한다고 생각했고, 강희로부터 윤희를 보호해야 한다고 생각했다. 이 무의식적인 불안감 때문에, 윤희가 아이답게 행동하지 못하게 한 거다. 아진의 해방은 윤희에게도 해방이 되었고, 강희에게는 박탈된 엄마의 품을 되찾게 해주었다.

"아이들은 시기도 하고 질투도 하고 싸움도 하면서 형제애, 자매애가 더 커지는 법이죠. 증오심을 느끼지 않는 사랑은 만질 수 없는 이상에 불과하잖아요."

김 교수의 말이 정말 맞았다. 아진은 엄마에 대한 미움과 원망을 알아차리고 나서야 엄마를 사랑할 수 있었다. 선호에 대한 시기심을 인정하고 나서야 자신을 용서하고 사랑할 수 있었다.

11시가 훨씬 지났는데 양주영이 아직 오지 않는다.

「주영 씨, 오시는 중이세요?」

「네. 지금 엘베예요~」

주영은 술을 완전히 끊은 지 2년이 넘었다. 주영은 이제 술을 먹지 않고도 다른 사람들과 싸울 수 있고, 하기 싫은 일은 거절할 수 있다. 알코올의 힘을 빌리지 않고도 자기주장을 할 수 있고, 차분하게 본인을 화나게 한 대상에게 직접 자신의 감정을 말할 수도 있게 됐다. 오늘은 주영과 종결에 관한 이야기를 하기로 한 날이다. 주영이 처음으로 지각을 하는 것은 종결에 대한 저항일 것이다.

이제 57세가 된 진호는 소송에서 이기기는 했지만, 친구를 형사 처벌하는 것 외에 할 수 있는 것은 없었다. 긴 소송 과정을 아진과 함께하면서, 진호는 비록 돈도 잃고 친구도 잃었지만, 그나마 일상생활을 할 수 있게 됐다. 공황장애 증상은 얼마 지나지 않아 사라졌고, 회사에서 다시 열심히 일해서 작은 전셋집도 얻을 수 있었다.

문제는 강수진이다. 남자친구하고만 수시로 이별하는 게 아니라, 수진은 아진과도 수없이 많은 이별을 했다. '상담해도 나아지지 않는다, 아진이 자기를 비웃었다, 상담받을 돈으로 차라리 여행을 가는 게 정신건강에 도움이 되겠다.' 여러 이유를 대며 사라지다가 한두 달만 지나면 다시 찾아오기를 지금까지 반복하고 있다.

오늘 마지막 내담자 서우영. 우영은 4년제 대학 디자인학과로 편입해서 얼마 전 졸업전시회를 마쳤고 강 대표의 회사에서 일하고 있다. 그 덕분에 지난주에는 독립해서 살 원룸도 계약했다. 여전히 팔이나 목은 아토피로 고생하고 있지만, 얼굴은 약간의 화장을 할 수 있을 만큼 좋아졌고 살도 제법 붙어서 옷 입을 태가 난다. 안타깝게도 방 안에 있는 동안 뜯고 생채기를 낸 상처들 때문에 긴 옷으로 가리고 다니긴 하지만 말이다. 우영은 최근 졸업전시회를 마치고 영상 찍은 것을 아진에게 보여주었다. 영상 속 모델은 우영 본인이다. 우영이 직접 디자인한 커다란 단추의 위치나 모양은 역시 독특하다.

"작업복이에요. 이번에 대기업 자동차 공장 작업복 디자인을 공모했는데, 제 옷이 선정됐어요! 그래서 저희 회사와 계약 맺기로 했어요. 단추 자세히 보시면 회사 로고 보이시죠? 제가 직접 그린 거예요."

우영은 아진에게 웃으며 자랑을 한다.

"오, 그러네요. 너무 잘됐어요. 정말 너무너무 잘됐어요! 내가 요즘 우영 씨 때문에 얼마나 고맙고 좋은지 몰라요."

아진은 환하게 웃으며 눈시울이 붉어졌다.

"감사합니다. 봄이 예쁘다는 선생님의 말씀이 삶에 대한 기대를 처음으로 하게 했어요. 저희 집에 오신 첫날, 얼굴은 못 봤지만 문밖에서 들리는 선생님의 목소리와 태도가 지금도 생각이 나요. 그때 제가 느낀 선생님은 겸손했고, 저는 처음으로 누군가에게 존중받고 있다고 느꼈어요. 선생님이 닫힌 문을 열어주셨어요."

"그랬군요. 내 개인적인 이야기를 우영 씨에게 다 할 수는 없지만 우영 씨도 나에게 참 고마운 사람입니다."

그리고 아진은 속으로 말했다.

'당신이 문을 열었습니다.'

서로의 문을 열어준 사람들. 마주 앉은 두 여자가 환하게 웃었다.

〈끝〉

작가의 말

"봄은 또 얼마나 예쁘게요?"

이 문장을 쓰는 이 순간은 저의 소중한 가을입니다.

지난밤 소복하게 쌓인 노란 단풍잎 아래에 한참을 서 있었습니다. 가로등 불빛 아래에서 올려다보는 단풍이 어찌나 예쁘던지요…….

가을 한가운데서 봄을 기대하는 삶. 지나온 삶에 대한 기억을 다시 쓸 수 있는 사람이 누릴 수 있는 계절의 맛이라고 생각됩니다.

봄엔 여름이라는 기억의 문 앞에서 여름을 기대합니다. 여름엔 가을이라는 기억의 문 앞에서 가을을 기다립니다. 그리고 가을은 겨울이라는 기억의 문 앞에서 겨울을 반기지요. 추운 겨울은 따뜻한 봄이라는 기억의 문 앞에서 간절히 봄이 오기를 기다립니다.

사람은 기억을 먹고 사는 것 같습니다.

저마다 다른 기억은 저마다 다른 계절을 갖게 합니다.

새 학기가 시작될 봄날에 할아버지 손 잡고 문방구에서 산 24색 크레파스의 비닐을 뜯어내던 설레는 손의 느낌. 고장 난 선풍기 달달거리는 소리 앞에서 엄마의 무릎을 베고 누워 낮잠을 자던 어느 여름날. 비 오는 어느 가을날, 우산을 들고 버스 정류장에서 아빠를 기다리며 맡았던 만둣집 냄새. 늦은 밤 자율학습을 마치고 운동장을 거닐 때 하늘에서 내려준 '하얀 눈' 선물.

이런 기억들이 우리의 삶에 좋은 양분이 되는 것 같습니다.

제 삶의 이야기를 다시 쓸 수 있도록 기억의 문을 같이 열어주신 저의 분석가님께 감사드립니다. 그리고 이 글이 세상 밖으로 나올 수 있도록 해주신 책나물 출판사 김화영 대표님께도 감사드립니다.

사계절이 오고 갈 때마다 함께 울고 웃으며 기억을 만들어간 가족들과 동료들, 그리고 저를 찾아온 소중한 분들, 그리고 독자분들에게 이 책이 '당신의 소중한 기억의 문'을 여는 시간이 되었으면 합니다.

당신이 문을 열었습니다

초판 1쇄   2023년 11월 22일

지은이   윤설
편집   김화영
마케팅   어쩌면 이 책을 읽은 누군가
디자인   박산리 baksanli926@gmail.com

도와준 사람   도상희

펴낸이   김화영
펴낸곳   책나물
등록   제2021-000026호(2021년 3월 8일)
이메일   booknamul@daum.net
블로그   blog.naver.com/booknamul
인스타그램   @booknamul

ISBN   979-11-92441-15-3 03810

ⓒ 윤설, 2023
이 책은 저작권법에 따라 보호받는 저작물이므로 무단전재와 무단복제를 금하며,
이 책 내용의 전부 또는 일부를 이용하려면 반드시 저작권자와 책나물의 서면 동의
를 받아야 합니다.